U0946291

国学解读丛书◎第二辑

高宏存 李正堂 总主编

《楚辞》解读

张向荣 著

天津古籍出版社

图书在版编目（CIP）数据

《楚辞》解读 / 张向荣著. —天津：天津古籍出版社，2011.1
（国学解读丛书 / 高宏存，李正堂主编. 第2辑）
ISBN 978-7-80696-873-4

Ⅰ.①楚… Ⅱ.①张… Ⅲ.①古典诗歌—中国—战国时代 ②楚辞—通俗读物 Ⅳ.①I222.3

中国版本图书馆CIP数据核字（2010）第231442号

《楚辞》解读

张向荣/著

出版人/刘文君

*

天津古籍出版社出版

（天津市西康路35号　邮编300051）

http://www.tjabc.net

E-mail:tjgj@tjabc.net

山东新华印刷厂印刷

全国新华书店发行

开本787×1092毫米　1/16　印张16.25

2011年 1 月第 1 版　2011年 1 月第 1 次印刷

ISBN 978-7-80696-873-4

定　价：25.00元

序言

屈平词赋悬日月

木兰之枻沙棠舟，玉箫金管坐两头。
美酒尊中置千斛，载妓随波任去留。
仙人有待乘黄鹤，海客无心随白鸥。
屈平词赋悬日月，楚王台榭空山丘。
兴酣落笔摇五岳，诗成笑傲凌沧洲。
功名富贵若长在，汉水亦应西北流。

——李白《江上吟》

话说唐代大诗人李白在他三十余岁的时候，仗剑远游，赴长安，下江南，好不风流。不久，顺着江水来到了今天湖北的江夏。这里千里长沙，万里江水，好一派泽国风光。李白很是畅快，舟行水上，人仿佛在梦中。随即，李白诗兴大发，他看到江水滔滔，想起了岁月的流逝永无止息；看到当年楚王修筑的亭台楼阁都变成了废墟，想起了人生的价值总显得那么虚妄；看到江边美丽的风景，想起了许多年前，同样像他一样在这江上踽踽独行的一个人：屈原。

李白对屈原，颇有些感同身受、惺惺相惜之感。屈原一生的抱负都没有施展，而他李白自己呢？也同样空怀一腔热情无处释放。相似的遭遇，让李白挥笔写下了上面这首著名的《江上吟》。在诗中，李白虽然再次感受到了时间的无限与人生有限之间巨大的悲剧性张力，但更坚定了自己的信念：

“屈平词赋悬日月，楚王台榭空山丘。”

“功名富贵若长在，汉水亦应西北流。”

是的，人生有限，人生无常。无论是怎样的英雄豪杰，还是才子佳人，都逃不过时间的宿命。但人之所以成为人，正是拼其一生的力气，去努力让时间记住自己，在历史上刻下自己的些许痕迹。但是，不是所有的努力都能成功，不是一切的汗水都能凝结成宝石。李白感悟到，尽管世俗之人都把功名、富贵看得很重，但即使是富贵如王侯，江山千里如楚国，也逃不过时间的宿命。所以，反而唯有当年流浪四方、自杀身亡的屈原，凭借自己的文学作品留下了千古芳名。那么，人生价值何在？孰是孰非？孰轻孰重？李白内心明如镜鉴。

古人如此，今人又该怎样呢？

面对屈原与《楚辞》的隽美文字，李白心如明镜，我们何妨将心比心？

今人不见古时月，今月曾经照古人。就让我们翻开《楚辞》，感受一下香草美人的美丽气息吧。

一、沅湘流不尽，屈子怨何深：屈原故事

屈原何许人也？这话一说，可就长了，要从楚国的起源说起才行。

话说，黄帝的后代有个叫做祝融的。他的后代在商朝的时候，改姓为芈，以熊为部落的图腾，所以也称熊氏。等到了周朝的时候，建立了楚国，但其实和周朝的天子本没有什么关系。不过，当时周天子为天下的共主，所以楚国也接受了周天子子爵的册封。后来，楚国的国君还是觉得自己跟周是平起平坐的，而且，子爵是五等爵位中很小的爵位，就干脆抛弃了周天子的册封，自命为王。

这个自命为王的楚王叫楚武王，就是屈原的祖先了。

楚武王有个儿子，叫熊瑕，后来被封在“屈”这个地方。这一支王室就改姓为屈，代代相传，出了不少楚国的高官。到了屈原父亲这一代，就已经衰落了，但仍是楚国重要的皇亲国戚。

大约在公元前 343 年的正月 21 日，一代诗人屈原就在这个贵族家族中诞生。他的父亲伯庸很喜欢屈原，为他绞尽脑汁起名字。伯庸希望儿子能够做一个有德行、有正义感的人，所以就命名为“平”，意思是像天空一样公正无私；取字为“原”，意思是像大地一样胸怀坦荡。

这的确是一个好名字，屈原也深孚众望，自幼受到了良好的教育，上知天文，下晓地理，精通历史和文学，还对上古的传说、祭祀的礼仪等精熟于心，更重要的，他还很有政治头脑，对国际大势很有看法，并且善于外交。可以说，屈原简直是楚国朝廷里的一个德才兼备的全才啊。

所以，屈原二十岁就当了楚国的左徒。左徒可不是一个小官，类似于今天的国务院秘书长，仅次于楚国的令尹，令尹就相当于今天的国务院总理。曾经在战国后期名噪一时的春申君黄歇也当过左徒。可见，屈原可谓少年得意。当时楚国的君主是楚怀王，对屈原也是十二分的信任。对内，他让屈原帮他制定国家法令，主持朝廷祭祀大典，撰写祭祀的诗歌和祭文；对外，他又让屈原接待外宾，出使其他诸侯国，有时还让屈原陪他坐一辆马车去打猎兜风。可见屈原当时的地位和权力都是相当令人瞩目的。屈原也非常珍重楚怀王的信任，对外出使则不辱使命；对内施政则刚正不阿。

俗话说，树大招风，屈原的高官和高调就招来了一些人的嫉妒，他的刚正也得罪了不少人。其他的诸侯国也都不愿意楚国任用屈原，怕屈原让楚国强大起来威胁到自己的安全。于是，那些既得利益的贵族们就想方设法陷害屈原，其代表就是楚怀王的儿子子兰，他伙同上官大夫靳尚，勾结楚怀王的爱妃郑袖，每每遇到什么事情就都推到屈原身上。日久天长，就是圣人也会被这些人绕糊涂的。更何况一个手握大权，天天担心被别人算计的君王呢？于是，楚怀王渐渐起了疑心，慢慢地有意疏远屈原了。

此时，已经是战国时期的后半期了，战国七雄里面，以秦国、楚国和齐国比较强大。其中秦国越来越强大，因为离齐国较远，势力暂时还伸不到。所以楚国成了秦国最忌惮的国家。此时，天下出了一个纵横家叫做苏秦，他主张"合纵"，就是通过游说，让六国联合起来攻打秦国；而苏秦的好朋友兼同窗张仪则主张"连横"，就是和苏秦对着干，拆散合纵，让六国都跟秦国结盟，从而各个击破。这两位纵横家，以苏秦为早，所以早早地在六国之间建立了合纵。而楚怀王俨然是六国联盟的首领，屈原则成了联盟的大力鼓吹者和支持者。

所以,秦国对屈原也很讨厌。趁着楚怀王开始对屈原疏远的时机,就开始施行反间计。此时,张仪才刚刚登场,有意想向世人证明自己的本领,于是自告奋勇,亲自要帮秦王拆散六国联盟。

话说张仪离开了秦国,第一个到的国家就是楚国。张仪虽然是孤身前来,却带了大量的金银财宝。他首先暗地里贿赂子兰、靳尚和郑袖等一干讨厌屈原的人。上下打点完毕后,就正式拜见楚怀王了。在朝廷上,张仪说:“齐国和楚国,风马牛不相及,联盟只是一种幌子罢了。我建议大王您跟秦国联盟,和齐国绝交,秦国愿意献出商、於一带六百多里土地给您。”

屈原马上反驳:“张仪小儿,齐楚是世代交好的国家,你代表秦国而来,恐怕是想渔翁得利吧!再说,即使真心想和楚国结盟,那也得先把土地献过来,我们才能和齐国断交。”

张仪笑而不答,只看着楚怀王等答案。怀王虽然也不是很有底,但一想到凭空能得到六百多里的土地,还是很心动。心动不如行动,楚怀王不顾屈原的苦谏,答应了张仪的条件,就派使者到了齐国和齐国断交了,还一怒之下罢黜了屈原。

张仪于是领着楚怀王的另一个使者到秦国去办理“土地过户手续”。结果一到秦国,张仪突然病倒了,躲在自己家里养病。这位使者等啊等,等到花儿也谢了,也不见张仪。只好硬着头皮报告给楚王。结果楚王一听,心想,“是不是我们和齐国断交断得不彻底?”就派了几个人到了临淄,把齐王骂了一通。这下,齐国怒了,齐王马上赶在楚国之前先跟秦国联盟,还让人带话给楚怀王:“以后再也别想和我们齐国交好了!”

张仪听到这个消息,病马上就好了。他大摇大摆地召见了楚国的使者,告诉他可以办理土地过户手续了,领他到了一个地方,说:“喏,这就是我说的那块土地,您瞧,长六里,宽也是六里。”使者一看,上当啦!赶紧回去报告楚王。楚王也大怒,先后两次发兵攻打秦国,结果大败而归,损兵八万,连汉中也被秦国占领了。

这下,楚王想起了屈原的好,把屈原官复原职,出使齐国,重修楚齐之盟。张仪一看屈原又出动了,不免有些担心。于是主动提出退还汉中之地的一半以求和。楚怀王恨透了张仪,对秦王说:“汉中地要不要不打紧,我只要张仪这个骗子的脑袋!”秦王本不同意,张仪却胸有成竹地说:“我张仪一个人就能抵得上汉中的土地,臣愿意到楚国去。您放心吧。”

张仪再次来到楚国,表面上装出一副认罪伏法的样子,又是道歉又是假装帮楚王分析天下形势;暗地里却故伎重演,再次用重金贿赂郑袖和靳尚。于是,这两个小人一前一后,再次给楚怀王下了迷魂药,说得楚王不仅不想杀张仪,甚至还觉得张仪很厉害,最终竟然把屈原出使齐国的事情抛到了脑后,还跟秦王约定为儿女亲家,最后,厚礼相送把张仪送回了秦国。

张仪前脚走,屈原后脚从齐国回来。一听这个消息,赶紧对楚王说:“大王您糊涂啊,您忘了上次被骗的事儿了吗?”楚王一听,后悔不迭,派人去追,张仪连个影儿都没有啦。这下,屈原对齐国的出使等于黄了。后来,秦国果真来和楚国结亲,屈原极力反对,楚王不听,加上郑袖的谗言,楚王一怒把屈原流放到了汉北。这是屈原的第一次被流放。

此时,屈原还没有失去希望,他人在江湖心在庙堂,每日除了写写诗,还是整日担忧着楚国的安危。年复一年,坏消息不断传来:齐国攻打楚国以报复楚国背约啦;楚太子在秦国杀人,导致秦国发兵报复啦;以及最新的消息是,秦王邀请楚王到秦国去“开会”。

屈原赶紧回到郢都,极力向楚怀王建议:“秦国是虎狼之国,不可信,不能去赴会啊。”但是,子兰却说:“秦国这么强大,不去的话,恐怕面子上不好看吧。”楚怀王也被秦国这些年的攻打弄得头脑发昏,子兰这么一说,竟然同意了。结果怀王一入武关,就被秦军扣留,还被送往咸阳,秦王说:“要想回去,就割让巫郡和黔中郡给秦国。”已经被秦国蹂躏得疲惫不堪的楚怀王,这次可算是真的清醒了,他坚决不同意。也就永远的被扣在了秦国,最后死在他乡。

楚怀王被扣留,楚国的大臣们立了新的国君,号称楚顷襄王,而子兰当了令尹。屈原更成了他们的眼中钉和肉中刺。楚顷襄王六年，秦国给楚国下了战书，楚王决定讲和，屈原坚决反对，子兰则反对屈原。深受子兰之害的屈原，百般无奈之下，就写写诗发发牢骚，顺便怀念一下死去的楚怀王。这下，惹恼了顷襄王，就把屈原流放到更为荒蛮的湖北。这是屈原第二次被流放，他从此再也没能返回故乡。

公元前278年，秦军攻破楚国郢都，消息传到屈原的耳中，他万念俱灰，抱石投汨罗江而死，用生命做了他毕生信念的祭品。屈原的死，让他成了中国历史上第一个为理想而殉道的诗人。长沙岳麓山的三闾大夫祠镌刻着这样一副对联，可以看做屈原毕生的写照：

何处招魂，香草还生三户地；

当年呵壁，湘流应识九歌心。

二、哀怨托《离骚》，德行遗端午：屈原的文化影响

从精神和文化的层面上说，屈原还活着。

他活在诗歌的历史里，自古至今，有无数的诗人骚客都是念着《离骚》而长大的，更有无数的读者通过《楚辞》来抒发自己内心的郁结；他也活在传统的风俗里，端午节的包粽子是为了他，龙舟赛、雄黄酒等都是为了他；他还活在华夏文化的精神世界里，每当国家遇到内忧外患，每当中国人民需要精神鼓励的时候，屈原的身影就会出现在舞台上、剧本里和电影屏幕上。

屈原的确还活着。

从文学史的角度来看，屈原是中国当之无愧的第一位诗人。他用楚辞的文采为华夏留下了璀璨的珠玉，这些文字在千载之下仍然闪闪发光，映照着一个又一个世纪的文学创作。在古代，人们往往把诗人称之为“骚人”、“骚客”，正是因为屈原的光辉作品《离骚》的缘故。无论是作诗的，还是填词的，还是写曲的，都离不开屈原的影响。直到近代和现代，仍然有不少的文学大家用“楚辞体”来写作，如于右任先生著名的那首《国殇》，正是使用“兮”字结尾的“楚辞体”来表达内心的情感。可以说，屈原以自己一个人的诗人身份塑造了中国几千年的诗人的群相：激情飞扬、关注现实、抒发内心，以及把真善美的价值置于生命价值之上的判断。

著名的文学研究家陆侃如先生亦曾说过一段话：

二千年来，所谓“读书人”几乎没有一个不读他的作品的，读了也没有一个不崇拜的。二千年来无数作家，没有一个不受屈原的影响的，没有一个不以屈原做模范的。所以扬雄以屈原比孔子，所以李白说屈原死了便“无堪与言”，所以苏轼说他终身“企慕而不能及万一者”只有一个屈原。

从他的作品里，产生出赋，产生出骈文，产生出七言诗，“其衣被词人，非一代也”。二千年来，他的作品几乎含有宗教的魔力，变成神圣不可侵犯的著作。到了端午节，竞渡角黍之风普遍了全国。这一个令节，几为他一人所独占。在长江流域一带，连穷乡僻壤都会有他的庙宇。这一种福气，是没有第二个文学家能够赶得上的。

这个评价，足以概括屈原在文学史和诗歌史上的影响。古人说，什么是名士？“能熟读《离骚》，会喝酒”，就是名士。足见屈原的影响有多大。古人如汉代的贾谊，写过著名的《吊屈原赋》；如宋代的辛弃疾写“我亦卜居者，岁晚望三闾”；如清代的李元度写“太史公，真知己，千秋定论，能教日月争光”。即使在今天，也有很多人写诗来纪念他。如郭沫若写“揽辔忧天下，投鞭问汨罗”；毛泽东也通过对屈原的反思表达自己的壮志：“屈子当年赋楚骚，手中握有杀人刀。艾萧太盛椒兰少，一跃冲向万顷涛。”

而屈原更为古今诗人所不及的，是他独自占据了一个中华民族最重要的节日之一：端午节。传说屈原死后，楚国的百姓哀痛异常，纷纷涌到汨罗江边去凭吊屈原。渔夫们划起船只，在江上来回打捞他的真身。有位渔夫拿出为屈原准备的各种食物丢进江里，希望屈原在水中也不会饿到，人们看到后，纷纷仿效。一位老人则拿来一坛雄黄酒倒进江里，说是要药晕蛟龙水兽，以免伤害屈大夫。后来屈原托梦给当地人，说食物都被蛟龙吃了，以后可以把食物用树叶包起来。于是人们就用楝树叶包饭，外缠彩丝，后来，就成了今天我们见到的粽子。

到了唐代，粽子的形状已经出现锥形、菱形的，甚至传到了邻国，如日本文献中就记载有"大唐粽子"。宋朝的时候,品种进一步增多,如"蜜饯粽",即把果品入粽。诗人苏东坡写过"时于粽里见杨梅"的诗句。这时还出现用粽子堆成楼台亭阁、木车牛马作的广告,说明宋代吃粽子已很时尚。元、明时期,粽子的包裹料已从菰叶变革为箬叶,后来又出现用芦苇叶包的粽子,附加料已出现豆沙、猪肉、松子仁、枣子、胡桃等等,品种更加丰富多彩。

而现在,即使在中国最偏僻的地方,每年的农历五月初五,都会有吃粽子、喝雄黄酒的风俗,有条件的地方还会举行龙舟赛,来纪念屈原。唐代的文秀写诗《端午》云:"节分端午自谁言,万古传闻为屈原;堪笑楚江空渺渺,不能洗得直臣冤。"也为屈原与端午节的夙缘挥洒笔墨。至于长江流域常常可以看到的屈原祠、屈原庙,就更不用说了。这些建筑物上往往都有纪念屈原以及端午节的对联,可以说,光这些对联就能写一部书。如湖南长沙屈贾祠上的著名对联,就是把屈原和贾谊一齐来纪念的:"千古名胜又重新,是谁润色江山?应追思屈子文章,贾生才调;四面烽烟都扫尽,到此安排樽酒,好携来洞庭秋月,衡岳春云。"现代著名的佛学专家,中国佛教协会原会长赵朴初先生作为佛教徒,也深为屈原所感动,在江西秭归的屈原祠写下:"大节仰忠贞,气吐虹霓,天问九章歌浩荡;修能明治乱,志存社稷,泽遗万世颂离骚。"等等,可以说比比皆是。

至于今人对屈原的了解,恐怕最深的就是他的爱国爱家乡的精神了,这尤其体现在爱家乡的风土、文化和人民等方面上。现代作家郭沫若在中华民族抵御外侮最残酷的岁月里,写下了著名的话剧《屈原》,极大地鼓舞了中国人民的抗敌热情。所以,屈原也是抗日一战士呢。虽然在两千多年之前,他没能帮助楚国抵御秦国的吞并,但在两千多年后,精神不死,继续帮助华夏抵御日本侵略者的入侵,并最终实现了胜利。这恐怕也多少能够告慰屈原的芳魂吧。

最后,让我们用一首词来结束这个序言。这是南宋词家吴文英的作品《莺啼序》中的最后一阕,其用心用意,表达的情绪情感,都与屈原在精神上有着极大的相似性,而最后一阕,则是对屈原的伟大致敬:

危亭望极，草色天涯，吹鬓侵半苎。
暗点检、离痕欢唾，尚染鲛绡，亸凤迷归，破鸾慵舞。
殷勤待写，书中长恨，蓝霞辽海沉过雁，漫相思、弹入哀筝柱。
伤心千里江南，怨曲重招，断魂在否。

张向荣
于2009年3月25日，时维谷雨

目录

contents

《离骚》

【导读】

《离骚》,中国诗歌史上的第一首长篇抒情诗。

既然是抒情,就意味着这首诗不仅蕴含着作者之情,也能挥洒出读者之情;不仅能感动古人,也能感染今人。所以,《离骚》真可谓古往今来第一首“情诗”。当然,这个“情”,是爱情,是乡情,更是诗情。

所以,《世说新语·任诞》篇云:“名士不必须奇才,但使常得无事,痛饮酒,熟读《离骚》,便可称名士。”

于是扪心自问,我们现代人亦常常饮酒,然而,却还记得《离骚》的诗句么?

【原文】

帝高阳之苗裔兮[1]，朕皇考曰伯庸[2]。
摄提贞于孟陬兮，惟庚寅吾以降[3]。
皇览揆余初度兮，肇锡余以嘉名[4]。
名余曰正则兮，字余曰灵均[5]。
纷吾既有此内美兮，又重之以脩能[6]。
扈江离与辟芷兮，纫秋兰以为佩[7]。
汩余若将不及兮，恐年岁之不吾与[8]。
朝搴阰之木兰兮，夕揽洲之宿莽[9]。
日月忽其不淹兮，春与秋其代序[10]。
惟草木之零落兮，恐美人之迟暮[11]。
不抚壮而弃秽兮，何不改乎此度[12]？
乘骐骥以驰骋兮，来吾道夫先路[13]！
昔三后之纯粹兮，固众芳之所在[14]。
杂申椒与菌桂兮，岂维纫夫蕙茝[15]！
彼尧舜之耿介兮，既遵道而得路。
何桀纣之昌披兮，夫唯捷径以窘步[16]。
惟夫党人之偷乐兮，路幽昧以险隘[17]。
岂余身之惮殃兮，恐皇舆之败绩[18]！
忽奔走以先后兮，及前王之踵武[19]。
荃不察余之中情兮，反信谗而齌怒[20]。
余固知謇謇之为患兮，忍而不能舍也[21]。
指九天以为正兮，夫唯灵修之故也[22]。
初既与余成言兮，后悔遁而有他[23]。
余既不难夫离别兮，伤灵修之数化[24]。

【注释】

①高阳:古代帝王颛顼的称号,是楚国的先祖。苗裔:后代之子孙。兮:语气助词。

②朕:我。秦始皇之前,自天子以至于庶人,皆可自称朕。皇考:对先父或者先祖之尊称,此处指屈原之父亲。伯庸:屈原父亲的表字。

③摄提:摄提格之省称。这里指屈原出生的年份,即夏历的寅年寅月寅日。

④皇:皇考之省文。览:观察。揆:衡量,揣测。初度:初生时的气度。肇(zhào):开始,指初生时。锡:同“赐”。嘉名:美善的名字。

⑤正则:屈原名平,字原。指其公正而有法则,得乎天道之正。灵均:指屈原灵善而平均,得乎地道之平。

⑥纷:繁盛、美盛貌。内美:内在的美好品质。重:加,再,复。脩:美好。能:通“耐”。

⑦扈:披。江离:江蓠,一种香草,生长在水湿的地方。辟芷:白芷,一种香草。纫:贯穿连缀。秋兰:开放于秋日的兰花,香草的一种。佩:身上的佩饰。

⑧汩:水流急之貌,此处指疾行之貌,形容流逝之时光。不吾与:“不与吾”之倒装句法。

⑨搴:摘,拔取。阰:山坡。揽:采集。洲:水中的陆地。宿莽:经冬不枯死的水草。

⑩淹:停留。序:代谢。

⑪迟暮:由盛壮之年慢慢变老。

⑫抚:凭借。壮:盛年,美好的少壮之年。此度:当前的法度。

⑬骐骥(qíjì):良马,此处指任用贤才。来:请来。道:导,前导。先路:前路,当指先圣之道。

⑭三后:三位君主,一说为楚之三王,即熊绎、若敖、蚡冒,或曰鬻熊、熊绎、庄王。这里应当指夏禹、商汤、周文王。纯粹:品德至美至善,毫无瑕疵之意。固:本。众芳:群贤。

⑮杂:交杂,并用。申:朱熹的《楚辞集注》认为申是地名。椒:花椒。菌桂:肉桂,有香气。岂维:难道唯独,反诘的意思。蕙:香草,薰草,气味如荼蘼。茝(chǎi):亦读作芷(zhǐ),白芷。

⑯昌披:衣不束带,狂放不羁之貌。窘步:步履难进,寸步难行。

⑰党人:指聚集在楚王周围,结党营私的集团。偷乐:偷安。

⑱惮殃:害怕灾祸。皇舆:君王的车乘,这里比喻国家。败绩:作战时战车倾

覆,指战争失败。

⑲忽:匆匆的样子。及:追寻。踵武:足迹,比喻继承前人的事业。

⑳荃:香草名,即荪,比喻君王。中情:衷情。而:又作以。齌(jì)怒:盛怒,楚地方言。

㉑謇謇(jiǎn):一说指口吃难于说话,形容忠直敢言之貌;一说做蹇蹇,指步履艰难之貌,引申为忠贞敢谏。舍:丢下,舍弃。

㉒九天:九重天,指中央和八方。正:征,证,起誓。灵修:指楚人对君王的美称,也指楚怀王。

㉓成言:彼此约定,有所承诺。悔遁:因反悔而变卦。

㉔难:害怕。数:屡次。化:反复无常。

【经典原意】

我是远古帝王颛顼的后代,我那高贵父亲的名字是伯庸。

就是在夏历寅年寅月寅日那奇特日子,我降生在这个世界。

父亲惊讶于我天生就有的气度,才将美好的名字赐给我。

我的美名叫做正则,我的表字称为灵均。

我有着华美的内在品质,又有着毓秀的外在风姿。

披着香气依约的江蓠和白芷,又将秋日的兰花连缀成佩饰。

只是时光匆匆不停留,唯恐今生等待不及。

在晨曦中,我摘取山坡上的香木兰,傍晚又把经冬不枯的宿莽来采。

日月飞驰它不停留,作别了春天就迎来秋天。

想起终究要走向凋零的花草树木,伤心美女的年老色衰。

要乘着壮年抛弃不良的嗜好,才能改变腐朽的政制法度!

乘上骏马,纵横驰骋吧,让我在前面为你引路。

古代先王有德行的统治,才能让朝臣如花争开;

把申椒和菌桂交杂地佩戴在身上,岂独戴香蕙和白芷。

只有尧舜这般广大神圣的王者,才遵循正道让国事清明;

而桀纣这样猖狂不羁的君主,只贪图捷径最后寸步难行。

还有结党营私的无耻小人,使国家的前途昏暗艰险。

难道是我害怕身遭灾难么？其实只担心主公的大车颠覆！

我前前后后地奔走照料，追随着先王的足迹。

尽管今天的君王不体察我的内心，反而听信谗言对我抱以怨怒。

我岂能不知直言招祸，但忍不住又要劝谏。

我上指九天来作证，只是为了主公的德行。

当初是你和我山盟海誓，如今却反悔变卦有了他心。

我已经不再害怕和你离别，只是悲伤你这般的反复无常。

【当代阐释】

生与死：《离骚》的精神内核

如果用一个词来概括《离骚》，那就是“生死”。生与死，这是任何一个人在这个世界上都必须要思考的问题。有趣的是，任何一个人都无法选择自己的出生，但可以决定自己的死亡。所以，对生与死的态度，也就决定了一个人看待人生的基本态度。

你、我、他，谁也不能免俗，谁都得面临人生这一头一尾的思考。屈原纵然是一代诗人，也同样无法摆脱出生对他的影响，更无法摆脱死亡对他的召唤。所以，对屈原而言，《离骚》是一首关于生命的诗，从出生到死亡，从死亡到永恒。

先说出生吧。

我们谁也无法选择自己的出生，甚至出生之后很多年，才开始慢慢体会这个世界的痛苦以及快乐，才会庆幸或者后悔自己被父母生下来。但是，在古代，每个人似乎都会从内心对自己的出生感到无比骄傲。正像屈原，这个男子极其爱惜自己的血统和身份。对他而言，他的出生是他一生中最值得纪念的日子。所以《离骚》一诗的最开始，正是屈原用他无比强烈的自我意识开始了一次抒情：

我是远古帝王颛顼的后代，我那高贵父亲的名字是伯庸。

就是在夏历寅年寅月寅日那奇特日子，我降生在这个世界。

父亲惊讶于我天生就有的气度，才将美好的名字赐给我。

我的美名叫做正则，我的表字称为灵均。

生命从这里开始，这个起点上浓缩了诸多令人目眩的要素：古代帝王颛顼、寅年寅月寅日。这令我们联想起古希腊史诗《伊利亚特》里对英雄人物的描写。在古希腊史诗里，每一位英雄的出场都是与他的世系联系在一起的。如史诗里的英雄阿喀琉斯，在史诗的叙述中总是被称作“帕琉斯之子”，或者“伟大英雄赫拉克勒斯的后裔”。屈原笔下的这个男人无疑正是屈原自己，或者说，是屈原的影子。而他同样把自己显赫的贵族世系勾勒出来，用以表达他的自豪。

就屈原作为诗人的意义而言，他的生命就此开始，同样，这也隐喻着他的诗歌的开始。作为身处千年之外的读者，我们将目睹他势必燃烧他的生命直到永恒。出生，对凡人而言只是生命的起点，但对诗人而言则是一次全新的纪元。出生对于屈原来说，是如此的辉煌和与众不同。

再说死亡。

《离骚》一开头就透出了死亡的气息，尽管这种气息如游丝一般，不容易被读者发觉。但只要嗅觉灵敏，就能从诗歌的字里行间闻出一种道德的完美主义倾向，而正是这种倾向，宣告屈原势必将在一个时刻选择死亡。

死亡，是任何人都无法逃避的时间的宿命。儒家教导人们，要“未知生，焉知死”，要把死亡的终点看得越远越好；道家教导人们，要“齐万物，逍遥游”，要把死亡融化在大自然的万事万物之中。但屈原并不这样看。屈原认为，死亡是一个人可以选择的结局。如果这个世界值得留恋，那么就活下去，再痛苦也要活下去；如果这个世界绝望之至，那么就和时间的流逝融为一体吧，有再多的理由也不能阻挡死亡的甜蜜。正像两千年之后，德国大文豪歌德写下的小说《少年维特之烦恼》在欧洲引发了一场青年人的自杀浪潮，屈原的死亡也在中国历史的两千余年中，持续吸引着那些道德完美主义者，他们前赴后继地死去，不留恋这个花花世界的一草一木。

总之，屈原的出生和死亡，维系的就是他全部的世界。正因为如此，古往今来，每一个曾经试图沉思过自己生命的人，都会比其他人更认真、更负责地去生活。这，是屈原如此重视出生的哲学意义带给我们的感悟。

【原文】

余既滋兰之九畹兮，又树蕙之百亩[1]。
畦留夷与揭车兮，杂杜衡与芳芷[2]。
冀枝叶之峻茂兮，愿俟时乎吾将刈[3]。
虽萎绝其亦何伤兮，哀众芳之芜秽[4]。
众皆竞进以贪婪兮，凭不厌乎求索[5]。
羌内恕己以量人兮，各兴心而嫉妒[6]。
忽驰骛以追逐兮，非余心之所急[7]。
老冉冉其将至兮，恐修名之不立[8]。
朝饮木兰之坠露兮，夕餐秋菊之落英[9]。
苟余情其信姱以练要兮，长顑颔亦何伤[10]。
揽木根以结茝兮，贯薜荔之落蕊[11]。
矫菌桂以纫蕙兮，索胡绳之纚纚[12]。
謇吾法夫前修兮，非世俗之所服[13]。
虽不周于今之人兮，愿依彭咸之遗则[14]。
长太息以掩涕兮，哀民生之多艰[15]。
余虽好修姱以鞿羁兮，謇朝谇而夕替[16]。
既替余以蕙纕兮，又申之以揽茝[17]。
亦余心之所善兮，虽九死其犹未悔[18]。
怨灵修之浩荡兮，终不察夫民心[19]。
众女嫉余之蛾眉兮，谣诼谓余以善淫[20]。
固时俗之工巧兮，偭规矩而改错[21]。
背绳墨以追曲兮，竞周容以为度[22]。
忳郁邑余侘傺兮，吾独穷困乎此时也[23]。
宁溘死而流亡兮[24]，余不忍为此态也。

鸷鸟之不群兮，自前世而固然[25]。
何方圜之能周兮[26]，夫孰异道而相安[27]？
屈心而抑志兮，忍尤而攘诟[28]。
伏清白以死直兮，固前圣之所厚[29]。
悔相道之不察兮，延伫乎吾将反[30]。
回朕车以复路兮，及行迷之未远[31]。
步余马于兰皋兮，驰椒丘且焉止息[32]。
进不入以离尤兮，退将复修吾初服[33]。
制芰荷以为衣兮，集芙蓉以为裳[34]。
不吾知其亦已兮，苟余情其信芳[35]。
高余冠之岌岌兮，长余佩之陆离[36]。
芳与泽其杂糅兮，唯昭质其犹未亏[37]。
忽反顾以游目兮，将往观乎四荒[38]。
佩缤纷其繁饰兮，芳菲菲其弥章[39]。
民生各有所乐兮，余独好修以为常[40]。
虽体解吾犹未变兮，非余心之可惩[41]。

【注释】

①滋：栽。畹：古代地亩单位，一畹等于三十亩。九：极言其多。树：种植。

②畦：田垄，这里用作动词，指成畦的种植。留夷、揭车：皆香草名，留夷或为芍药；揭车一名乞舆，白花，味辛。杜衡：香草名，俗名马蹄香。

③冀：希望。俟：等待。刈：收割，收获。

④伤：妨碍。

⑤众：众群小。竞进：追逐功名利禄。凭：饱满。求索：贪求索取不停。

⑥羌：楚国的发语词。恕己以量人：宽恕自己而苛求他人。兴心：生出不好的心。

⑦忽：匆匆，急忙。驰骛：马乱跑之貌。

⑧冉冉：渐渐。修名：美名。立：树立。

⑨坠：滴落。英：花瓣。

⑩苟:假如。信:真诚。姱:美也。练要:精诚专一,坚定。顑颔(kǎnhàn):因饥饿而面黄肌瘦之貌。

⑪揽:采摘,采集。木根:木兰之根,或泛指香木香草的根。贯:贯穿。薜荔:一种蔓生香草,又名木莲。

⑫矫:取用。索:绳索,作动词,搓为绳。胡绳:即结缕,一种香草,蔓状,如绳索一样。纚纚:长而下垂之貌,引申为连绵不断。

⑬謇:发语词。法:效法。前修:前代的贤人。服:佩,用,指服饰和服食。

⑭周:合,相容。依:依从,按照。彭咸:殷商的先贤,传说他向君主上谏,不听,投水而死。遗则:遗传下来的法则,有典范和榜样的意思,这里指彭咸的行为为屈原作了榜样。

⑮太息:叹息。掩涕:掩面拭泪。民生:人生。

⑯虽:借作唯。鞿羁(jī):马缰绳和络头,作动词用,比喻束缚。谇(suì):诤谏。替:废弃,解职。

⑰蕙纕(xiāng):佩带蕙草。申:重,加上。揽:采集。

⑱善:爱好,崇尚。九死:夸张强调自己的操守,犹如万死之意。

⑲浩荡:志意放荡,反复无常之貌。民心:人心,指屈原之心。

⑳众女:群小,众奸佞。蛾眉:细长的眉,就像蚕蛾的眉触须,此处比喻美好的容貌。谣诼:造谣毁谤。

㉑工巧:善于取巧。偭:违背。规:画圆的工具。矩:画方的工具。错:通“措”,措施,设置。

㉒绳墨:木工画直线用的工具,这里比喻法度。周容:苟合以取容。度:法度。

㉓忳(tún):烦闷之貌。郁邑:同抑郁,心情不舒展。侘傺:失意而神情恍惚的样子。

㉔溘(kè):忽然。流亡:随水流而逝去。

㉕鸷鸟:鹰隼一类之猛禽,不屑与凡鸟为伍,比喻道德高尚的人。

㉖方:方正,这里指贤人奸人不能为伍。圜:同“圆”。

㉗异道:不同道。

㉘尤:责难,责罚。攘:有包容之意。诟:耻辱。

㉙伏:同“服”,引申为保持。死直:为正道而死。厚:嘉许,重视。

㉚悔:悔恨。相:察看。道:路。察:仔细看。延伫:久立。

㉛回:转回来。复路:回复旧路。及:趁着。行迷:迷路。

㉜步:马徐行。皋:泽畔高地。驰:纵马疾行。椒丘:生有椒树的山丘。且:姑

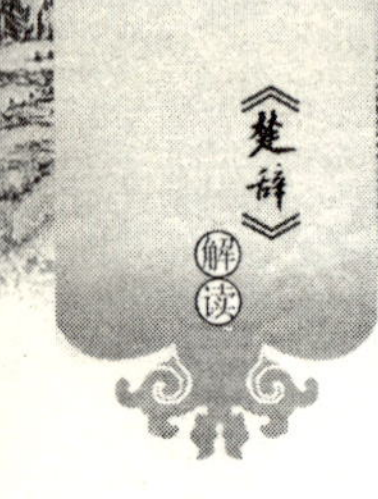

且。焉:于是。

㉝进:指进入朝廷出仕。不入:未能进去。离尤:遭受罪过。离,通罹,遭受。初服:未入仕前的服饰,也指初衷。

㉞制:裁制衣服。芰荷:菱叶和荷叶。集:缀集。

㉟不吾知:不知吾。苟:诚,果真。信:确实。

㊱岌岌(jí):高耸之貌。陆离:长之貌。

㊲芳:香草的芬芳。泽:佩玉的光泽。未亏:没有亏损。

㊳忽:悠忽,忽然。游目:极目远望。四荒:四方荒远之地。

㊴章:同"彰",明显。

㊵民生:人生。乐:爱好。常:常道。

㊶体解:肢解。惩:受惩治。

【经典原意】

我已种下了春兰九畹,又栽了百亩香蕙。

那一畦畦芬芳的留夷和揭车呵,美丽的杜衡与白芷亦杂生其间。

我企盼它们能枝叶繁茂,到成熟的时候去收获喜悦。

即使众芳长不成我亦没有哀伤,哀伤的是长成了却白白荒芜腐朽!

小人们勾心斗角贪婪成性,自己的欲望永远难以满足。

用小人之心度君子之腹,各怀鬼胎彼此妒忌。

他们四处奔走追逐财富,这难道是我要追求的东西吗?

我也渐渐衰老了,只担心百年之后美名不扬。

清晨我吮饮木兰的清露,夜晚又服食秋菊的落芳。

只要我的情操永葆美好,永远的饥饿憔悴亦奈我何?

采来香木的根株系上白芷,才把薜荔的花心联成一串。

再拿起菌桂来编上蕙草,搓成长长的胡绳花索挂在下端。

我有意效法先代的贤人,不作世俗人的寻常装扮。

这当然不合现代人的时尚了,可我情愿遵循彭咸的榜样。

深婉地叹息并擦着眼泪,哀伤我的生命如此多舛。

我热爱美德并约束自己,却遭遇早上受责晚上罢官的命运。

这当然因为我用蕙草来做装饰，又采了白芷精心编织。

只要我衷心喜爱的事，纵然为它殉身又算什么呢？

我怨恨君王的放纵恣肆，始终不能察觉我的衷心。

众多妖姬嫉妒我美丽的容貌，反而诬陷我是淫娃荡妇。

世俗之人只会投机取巧，他们怎么懂得贵族的准则？

背弃正道而追求邪曲，争相苟合而寡廉鲜耻。

郁闷、痛苦，我深深地惆怅，此时此刻只有我独自为命运伤怀。

我死之后愿意化作天地之间的尘埃，也不能作你们这样的小人！

鹰隼从不屑与凡鸟为伍，前生后世都将如此。

方枘圆凿是不能结合的，道不同的人怎相与谋？

我很委屈，也备觉精神压抑；忍气吞声默默承担这些污蔑。

保持我清白的人格而以身殉道，本来就是圣人所嘉许的行为。

我深深后悔人生道路没看清楚，踌躇徘徊我将回头。

调转车头回到旧路上吧，趁现在迷途之未远。

我的马漫步在兰草丛生的水边，又奔向长着椒树的小山休息留连。

接近主公反而遭受责难，只好退回去重修德行来寻绎当年理想。

我裁清凉的荷叶制成上衣，集美丽的莲瓣缀成下衣。

人不知而不愠，我只管自己内心高尚纯洁。

我头戴岌岌高耸的华冠，腰佩长长的宝剑。

芳香与污垢混在一起，唯有我洁白的品质还暂时幸免。

忽然回首极目远望，我将朝向遥远的四方。

我的服饰繁复美丽，香气氤氲无比芬芳。

人生各有各的喜好，我偏偏尊崇人格的高尚。

即使我粉身碎骨也不会改变，难道我的心可以被玷污么？

【当代阐释】

善与恶：《离骚》的文化隐喻

如果问一个人一生中最纠结的事情是什么，那一定是“善恶”。大千世界，林林总总，每个人都有每个人的活法。可说到底人究竟是群体动物，骨子里又是被各种文化所塑造的。所以，人无论怎样挣扎，终究也摆脱不了“善恶”的道德约束。

屈原无疑是这类崇尚道德之人的极端个例。

记得小说《红楼梦》里，贾宝玉把男人称作“须眉浊物”，似乎是不怎么清新、不怎么美丽的。但贾宝玉一定没有把屈子也算作“须眉浊物”的一员。因为屈子笔下的这个男人，实在堪称钟灵毓秀、白衣胜雪。

而在现实生活中，人们常常把女子比作花儿。有趣的是，屈原最喜欢时时用花朵和香草来装饰自己的身体，但没有人会认为他的行为是不美的。在戏曲的舞台上，常常有男子扮演的女子，人们称之为“男旦”。男旦，往往比女人更像女人，这是因为男人往往比女人更了解女人。用香花芳草装饰自己，固然是女子的行为，但屈子亦这样做的时候，只会更显美丽和芬芳。男子若是有了灵气，美丽会更加持久。

在《离骚》中，善的文化隐喻就是那些香花芳草。

让我们一一检点：屈原喜爱江蓠、白芷；申椒、菌桂；也喜爱杂采留夷、揭车；杜衡、木兰；他裁出清凉的荷叶做成上衣，又缝缀美丽的莲瓣制成下衣；也把兰花儿像胸针一样地戴在胸前。他试图告诉每一个看见他的人，自己是纯洁的、温婉的。他要像峡谷中无人欣赏的花儿一样，自开自落，绝不为求取他人的一瞥廉价的欣赏而受宠若惊。香花的芬芳，芳草的甘甜，都只是为着自己而不是别人！

用最简单的话说，善，就是道德。

而《离骚》中恶的文化隐喻，则是那些群小、腐鼠等，他们象征着邪恶。这类意象，在屈原诗歌的纯粹王国里，一看就是恶的象征。正是这些肮脏的生物玷污了原本合理有秩序的世界。明明是群小的欺侮，却反过来辱骂被欺侮的对象；明明是腐鼠的臭味，却诅咒是香花芳草的味道。可是，在世上生活的久了，的确常常见到这样的人与事。即使一个不敏感的人，也常常会被邪恶所侵犯，更不必说屈原这样的道德理想主义者了。

所以，时光匆匆，斜晖脉脉，美人终究迟暮，草木不免零落。而善与恶之间这种相争，恐怕永远难以消除。以屈子的纯洁和高尚，芳草的凋谢正是他的生命中不能承受之轻。鲁迅说，悲剧就是把美好的东西撕碎了给人看。那么屈子所见而不能自已的，正是香花芳草的沦落。也许这就是我们的现实。不过，屈原所能做的，就是不停地去反抗，直到实在无法承受，那么就用死亡来拒绝吧！善，永远都是心中的道德律和天上的星空！

所以，屈原不是只知道伤春悲秋的人，更不是一个小男人。屈子的悲伤，是香花芳草之沦落的隐喻：一个堪称当时世上最纯净的人，却不幸生在了最混乱的时代；世间最美好的道德，却被迫在邪恶的一次次逼迫下走向毁灭。《离骚》中，这一段的抒情，抒发的是香花芳草的生命隐喻，诗人不仅把他的悲喜置于诗句里，更在其中凝结了自己的沉思与隐忍。这也就是屈原道德性的巨大张力。

【原文】

女媭之婵媛兮，申申其詈予[①]。
曰："鲧婞直以亡身兮，终然殀乎羽之野[②]。
汝何博謇而好修兮，纷独有此姱节[③]？
薋菉葹以盈室兮，判独离而不服[④]。
众不可户说兮，孰云察余之中情[⑤]？
世并举而好朋兮，夫何茕独而不予听[⑥]"？
依前圣以节中兮[⑦]，喟凭心而历兹[⑧]。
济沅湘以南征兮[⑨]，就重华而陈词[⑩]。
启《九辩》与《九歌》兮[⑪]，夏康娱以自纵[⑫]。
不顾难以图后兮[⑬]，五子用失乎家巷[⑭]。
羿淫游以佚畋兮[⑮]，又好射夫封狐[⑯]。
固乱流其鲜终兮[⑰]，浞又贪夫厥家[⑱]。
浇身被服强圉兮[⑲]，纵欲而不忍[⑳]。

日康娱以自忘兮，厥首用夫颠陨[21]。
夏桀之常违兮，乃遂焉而逢殃[22]。
后辛之菹醢兮[23]，殷宗用之不长[24]。
汤、禹俨而祗敬兮[25]，周论道而莫差[26]。
举贤才而授能兮，循绳墨而不颇[27]。
皇天无私阿兮，览民德焉错辅[28]。
夫维圣哲以茂行兮[29]，苟得用此下土[30]。
瞻前而顾后兮，相观民之计极[31]。
夫孰非义而可用兮[32]？孰非善而可服[33]？
阽余身而危死节兮[34]，览余初其犹未悔[35]。
不量凿而正枘兮[36]，固前修以菹醢[37]。
曾歔欷余郁邑兮[38]，哀朕时之不当[39]。
揽茹蕙以掩涕兮[40]，沾余襟之浪浪[41]。

【注释】

①女媭：一般认为是屈原的姐姐。婵媛：情思牵萦。申申：反复、一再说。

②鲧：同“鲧”，远古传说中人物，尧之臣，禹之父。婞(xìng)直：刚直。殀：同“夭”，短命早死。羽：羽山，一说在山东蓬莱县东南，一说北方苦寒之地。野：郊野。

③博謇：广博、正直。纷：多。姱节：美好的节操。

④赍(cí)：原意是草多的样子，这里指聚积。菉葹(lùshī)：菉，王刍；葹，枲耳，皆为普通的草或曰恶草。判：判然，分别，区别。离：与众不同。服：佩带。

⑤户说：挨家挨户地说，使人们理解。孰：谁。云：还，语气助词。中情：内心。

⑥世：世俗。举：抬举标榜。朋：朋党，结党。茕：孤独。予：女媭自况。

⑦依：按照。节中：折中，评判。

⑧喟：叹息。凭心：心情愤懑。历兹：至此，至今。

⑨济：渡。沅湘：河水的名字，在湖南。南征：南行。

⑩重华：舜的号。陈词：陈述。

⑪启：禹之子，夏代君主。九辩、九歌：都是乐章名，相传为启自天上带到

人间。

⑫夏:夏朝,与上文之启互文见义。康娱:逸乐。

⑬图后:考虑后果。

⑭五子:启的五个儿子。巷:借为讧,家讧,内讧。

⑮羿:相传为有穷国君,夏太康时因夏乱而夺取夏政权。淫:过甚。佚:放纵。畋:打猎。

⑯封狐:大狐。

⑰乱流:邪乱的行为。鲜:少。终:善终。

⑱浞:寒浞,本为羿的相,怂恿羿放纵游乐畋猎,又拉拢羿周围的人,愚弄其民,杀了后羿。贪:贪图。家:妻室。

⑲浇:寒浞之子,孔武有力。强圉(yǔ):强壮有力。

⑳忍:克制,抑制。

㉑自忘:忘记自我的安危。厥:其。

㉒夏桀:夏朝的最后一个王。

㉓后辛:殷纣王之名,商朝的最后一个王。菹醢(zūhǎi):剁成肉酱,纣王曾对臣下如梅伯用此酷刑。

㉔宗:宗祀。用:因。

㉕汤:商汤,商代的开国之君。禹:夏启的父亲,为夏朝的建立奠定了基础。俨:庄重。祗敬:恭敬谨慎。

㉖周:指周初的文王、武王等;一说意为周密。莫差:无差失。

㉗举:选拔。授能:把职务交给有能力的人。绳墨:喻法度。颇:偏差。

㉘阿:偏袒。错:通"措",设置、给予。辅:帮助。

㉙维:通"唯"。哲:聪慧的人。

㉚苟:庶几、或许。用:享。下土:天下。

㉛相观:观察。计:谋虑。极:终极。计极:意谓考虑兴亡之究竟,天下之法则。

㉜义:仁义。

㉝服:同用的意思一样,施行、享有、拥有。

㉞阽(diàn):处于危险之边缘的意思。危死:几乎死。

㉟初:初衷、夙愿。

㊱量:度量。凿:器物上安插榫头的孔眼。正:削正、修改。枘:榫头。

㊲这四句是上文陈词的结束语。

㊳曾:一次次,一再地。歔欷:抽泣声。

㊴时：生时。当：值。不当：没遇上。

㊵揽：用手持。茹：柔软。

㊶沾：浸湿。浪浪：滚滚，流貌。

【经典原意】

女嬃心焦如焚，不免心情急切地对我告诫：

“鲧，秉性刚直而奋不顾身，被赐死在羽山的田野上。

你为何如此博学正直而又高洁，有着繁复的独特节操？

在房间里堆满了花草，你却不肯佩带与众有别。

不可能向众人一一说明你的操守，谁还能理解你的衷情？

世人热衷于相互抬举朋比为奸，你为何茕茕独立而不听我的劝告？

我用前代圣贤的德性来约束自己，可叹仍然心中愤懑。

跋涉过沅水与湘河踽踽南行，我来到舜帝面前慷慨陈词。

夏启从天上取来《九辩》与《九歌》，却放纵了自己。

看不到危难也不考虑后果，让五个儿子内乱纷纭。

后羿沉溺在日日夜夜的射猎中，还把射死的大兽茹毛饮血。

这样的行为怎有好的结局？何况他的家臣寒浞对他的妻子图谋不轨。

寒浞的儿子浇也不是善类，纵酒淫乐不能节制。

优哉游哉忘了危险，最终罪恶的头颅尘埃落定。

夏桀的行为违背常理，所以自作孽不可活。

商纣把人剁成肉酱，从此殷朝也就亡国了。

商汤、夏禹严肃恭敬，周代的文王、武王谨慎恰当。

尊贤使能，遵守法度没有偏向。

皇天对人是公正无私的，只有德行兼备的人才能感动上苍。

圣人的德行遍行天下，才得以治理四方。

怀想前朝而设想后代，纵览古今人们的行为。

才知道不义之事不可行，不善之事不可做。

我已经临近危险几近死亡，但对当初的追求毫不后悔。

不度量插孔而削正榫头，前代的贤人正因此而惨遭死难。

我一次次唏嘘慨叹人生苦闷，悲哀自己生不逢时。

手持柔弱的香蕙遮掩泪水，泪水却打湿了我的衣襟。

【当代阐释】

离与骚：诗性语言的哲学

《离骚》是一首诗，更是语言的神话，诗性的舞蹈。让古往今来的读者，沉浸其中，不能自拔。所以，在这个世界上，已经有了太多有关屈原的文字——数不清的诗歌、小说、戏剧以及散文；然而生活在这个号称中国最繁华的城市之一的地方，我却依然感觉不到屈原的存在。或许，屈原其实并不在任何一本书上，似乎也遁出了历史的记忆，更不必说他会在这个城市的某个角落突然出现。幻想让我们沉静，因为我们从来没有像今天这样如此渴望返回古代，仿佛打开一本书就能关闭眼前的荒凉世界。

屈原，古人称他为屈子，一个被传诵了两千余年的男人，他会在哪里？他是用怎样的语言，来书写他内心的诗性，从而创造出了中国古典诗歌史上最有韵味的一个词语：离骚。

离骚，这个词究竟有着怎样的魔力，体现着怎样的诗性？

离，有人说是离别，有人说是遭遇。而在中国现存最早的字典《说文解字》中说，“离”，是一种山神，人面兽身。所以，在屈原这里，“离”这个字就不再仅仅是他个体境况的描述，也充满着某种神秘色彩。而这一切，都透露出屈原在万千词语中选择“离”这个字的用心。而“离”也不负众望地传递出深邃的诗意来。

骚，这个字总会让我们想起“骚人”这个词。正是因为屈原的《离骚》，世界上才会有一群人把自己命名为“骚人”。而“骚”字，则意味着牢骚、忧愁、郁闷、骚动不安，这些感情的游移，不正是诗人们共同的特征吗？

所以，“离骚”合起来，就是“离别的哀伤”，是“与愁闷遭遇”，是“被惆怅撞了一下腰”，是“发一下牢骚”，是“诗人的苦闷”，是“神性的哀伤”。总之,离骚正是这样的一种哀愁,华丽而且私密。没有人能探知屈子哀愁的深度。正如即使最了解你的人,也难以通达你的心灵。正所谓《诗经·黍离》所说:“知我者谓我心忧,不知我者谓我何求。”

所以,我们可以不必拘泥于这个中国文学史上最著名的词语究竟是什么意思。去寻找屈子的存在,或者用心灵靠近屈子,远比讨论这个词的本义要重要。总之,我们在今天重拾“离骚”,并非仅仅从古书中拈出一个发黄的词语,而是由词语而诗意,由诗意而人生。努力过好每一天的生活,让所有遭遇的哀愁都化成内心的珍珠吧。在城市中生活得太久,我们似乎早已习惯了荒诞、浮躁、疲惫以及放纵。但我们从未停止拨开城市带来的云山雾罩般的繁华的欲望,试图拒绝媒体每天在我耳边空洞的叙事。

从这首诗诞生的日子起,直到昨天刚出版的一本大学教材,种种文字都在争论“离骚”这个词语的含义,这一争论就是两千年。有太多人仍然在讨论这个词语的意思。按照理论来说,解释是没有止境的。但是从诗的哲学而言,理论的解释永远都是自私的自说自话,在这里,我只想直白地告诉每个人,“离骚”的含义只在你的心中。德国哲学家海德格尔曾说:“语言是人类的囚笼。”但他又说,人类必须“劬劳功业,在大地上诗意地栖居。”

那些成为囚笼的,是我们日用而不觉的语言;唯有《离骚》的诗性,才可能打开着囚笼,解放我们匮乏的心灵。

【原文】

跪敷衽以陈辞兮[①],耿吾既得此中正[②]。
驷玉虬以乘鹥兮[③],溘埃风余上征[④]。
朝发轫于苍梧兮[⑤],夕余至乎县圃[⑥]。
欲少留此灵琐兮[⑦],日忽忽其将暮[⑧]。
吾令羲和弭节兮[⑨],望崦嵫而未迫[⑩]。
路曼曼其修远兮,吾将上下而求索[⑪]。
饮余马于咸池兮[⑫],总余辔乎扶桑[⑬]。

折若木以拂日兮[14]，聊逍遥以相羊[15]。
前望舒使先驱兮[16]，后飞廉使奔属[17]。
鸾皇为余先戒兮[18]，雷师告余以未具[19]。
吾令凤凰飞腾兮，继之以日夜[20]。
飘风屯其相离兮[21]，率云霓而来御[22]。
纷总总其离合兮，斑陆离其上下[23]。
吾令帝阍开关兮[24]，倚阊阖而望予[25]。
时暧暧其将罢兮[26]，结幽兰以延伫[27]。
世溷浊而不分兮[28]，好蔽美而嫉妒[29]。
朝吾将济于白水兮[30]，登阆风而緤马[31]。
忽反顾以流涕兮[32]，哀高丘之无女[33]。
溘吾游此春宫兮[34]，折琼枝以继佩[35]。
及荣华之未落兮，相下女之可诒[36]。
吾令丰隆乘云兮，求宓妃之所在[37]。
解佩纕以结言兮，吾令蹇修以为理[38]。
纷总总其离合兮，忽纬繣其难迁[39]。
夕归次于穷石兮，朝濯发乎洧盘[40]。
保厥美以骄傲兮，日康娱以淫游[41]。
虽信美而无礼兮，来违弃而改求[42]。
览相观于四极兮，周流乎天余乃下[43]。
望瑶台之偃蹇兮，见有娀之佚女[44]。
吾令鸩为媒兮，鸩告余以不好[45]。
雄鸠之鸣逝兮，余犹恶其佻巧[46]。
心犹豫而狐疑兮，欲自适而不可[47]
凤皇既受诒兮，恐高辛之先我[48]。
欲远集而无所止兮，聊浮游以逍遥[49]。
及少康之未家兮，留有虞之二姚[50]。

理弱而媒拙兮，恐导言之不固[51]。
世溷浊而嫉贤兮，好蔽美而称恶。
闺中既以邃远兮，哲王又不寤[52]。
怀朕情而不发兮，余焉能忍与此终古？

【注释】

①敷：铺开。衽：衣襟，或袖口。

②耿：光明，指心中明亮。中正：正确的道理。

③驷：驾车的四匹马，这里用为动词。玉：白色。虬：传说中的无角龙。鹥：一种凤鸟，身五彩。

④溘：突然。埃风：等待之意。

⑤轫：停车时抵住车轮的木头，发车时将它撤去叫发轫。苍梧：即九疑山，在今湖南宁远，舜葬于此。

⑥县圃：神话中的地名，在昆仑山中。县，同悬。

⑦琐：宫门上雕刻的花纹，这里指代宫门。

⑧忽忽：时光飞逝之貌。

⑨羲和：神话中给太阳驾车者。弭节：驻节、停车。弭：止息之谓也。节：这里指车行的节度。

⑩崦嵫（yānzī）：神话之中山名，日入之处。迫：迫近。

⑪曼曼：通“漫漫”，路很长之貌。修：长。

⑫饮：使喝水。咸池：神话中日浴之处，天池。

⑬总：绾结在一起。辔：缰绳。扶桑：神话中长在东方日出处的一种树。

⑭若木：神话中长在昆仑最西面日入处的一种树。拂：拂拭，遮蔽。

⑮聊：姑且。相羊：徜徉，随意徘徊。

⑯望舒：为月神驾车者。先驱：先行开道。

⑰飞廉：风神。奔属：奔走跟随。

⑱鸾皇：凤凰一类的鸟。戒：警戒。

⑲雷师：雷神，名字丰隆。未具：尚未备齐。

⑳继之以日夜：日夜相继。

㉑屯：聚合。离：通“丽”，附丽，靠拢。

㉒御：通“迓”，迎接。

㉓纷总总:多而纷乱之貌。离合:忽聚忽散,忽离忽和。斑:色彩驳杂之貌。陆离:参差。

㉔阍:守门人。关:门闩。

㉕阊阖(chānghé):传说中的天门。

㉖暧暧:日光昏暗之貌。罢:完了。

㉗结:结束。

㉘溷浊:混乱污浊。

㉙蔽美:遮蔽别人的美好品质。

㉚白水:神话中的水,相传出于昆仑山。

㉛阆(làng)风:神话中山名,在昆仑山上。緤(xiè):系住。

㉜反顾:回顾。

㉝女:指诗人(屈原)理想中的神女,知音。

㉞春宫:传说中东方青帝所居住的宫殿。

㉟琼:美玉。继佩:加续在玉佩上。

㊱荣华:花。下女:下界女子,比喻在下位的贤人。诒:同"贻",赠送。

㊲丰隆:雷神。宓妃:神话中的人名,伏羲氏之女,溺于洛水,遂为洛水之神。

㊳结言:口头约定。蹇脩:指以钟馨声乐为媒使也。理:媒。

㊴纬繣(wěihuà):本义为乖戾,此训执拗。难迁:难以迁就。

㊵次:住宿。穷石:山名,在今甘肃张掖,可能是羿的国土。洧(wěi)盘:神话中之水名,出崦嵫山。

㊶保:恃。

㊷信:诚然,的确。来:乃。

㊸四极:四方之尽头,极远之地。周流:遍行。

㊹瑶台:玉台。偃蹇:夭矫上伸高耸之貌。有娀(sōng):传说中古部族名。佚:美。传说有娀氏美女简狄住在高台上,为帝喾之次妃,生契,为商人之祖。

㊺鸩:鸟名,羽紫绿色,有毒,此处比喻小人。

㊻雄鸠:斑鸠。逝:飞去。佻巧:轻佻狡诈。

㊼适:往。

㊽诒:赠送,此处指礼物、聘礼。高辛:高辛氏,指帝喾。

㊾集:栖止。

㊿少康:夏后相之子,相被过、浇杀死,相妻逃至有仍生少康,少康又逃到有虞,娶了国君的两个女儿,借助有虞的力量恢复了夏朝,称为中兴之主。二姚:有

虞氏二女，有虞姚姓。

(51)理、媒：媒人。导言：传话。

(52)闺：女子居处，指上述诸女而言。以：通“已”，甚。哲王：贤明的君主。这里指楚怀王。

【经典原意】

虔诚而跪，铺展衣襟，我慷慨陈词：我的内心是耿介中正的。

驾着虬龙，乘着凤凰，我等待大风，然后就向天空迅驰飞翔。

清晨我从舜帝长眠的九嶷山启程，黄昏我抵达昆仑山的悬圃。

本想在雕花门内的仙宫稍事停留，奈何时光匆匆又将日暮了。

我命令太阳车的驭者羲和停住车轮，望见日落处的崦嵫山暂时停留。

路途漫漫是多么遥远啊，我将穷尽碧落黄泉而追求理想。

在浴日的咸池豪饮我的神驹，在日出的扶桑树下系住缰绳。

我折取日落神树的若木来擦拭太阳，暂且逍遥自适地徜徉。

我令月亮车的驭者望舒作为前驱，令风神飞廉作为后卫。

差遣鸾鸟凤凰在前方预警，雷神却告诉我行装尚未齐备。

我下令凤凰车升腾起飞，夜以继日地奔赴远方。

吉祥的旋风聚集向我的身旁，云蒸霞蔚也来迎接护航。

缤纷的云霞聚散流动，色彩斑斓上下飞扬。

我高呼天帝的守门人：“为我开启这天宫之门吧！”他却冷眼对我不理不睬。

此时暮色暗淡天光将尽，我纠结着幽兰左右彷徨。

这个世道如此混浊，专好嫉妒把好人阻挡。

清晨我渡过了白水，登上阆风系马停留。

蓦然回首不禁涕泗滂沱，高山之上，怎无美女？

于是匆匆来到东方的仙宫，摘下玉树琼枝来装饰衣裳。

趁玉树之花尚未凋落，还能重寻一位美女。

我差遣丰隆驾起五色祥云，寻找宓妃居住的地方。

解下玉佩想与她结为百年之好，于是蹇修作我的媒人去见她。

她却变幻态度若即若离，忽而对我不理不睬。
夜晚她依靠在河边的石头，清晨在洧盘边沐浴梳头。
她自恃美丽而骄傲，日日淫乐而遨游。
这样美貌却又无礼，我只能放弃求取别人。
我望向遥远的四方，穷遍了碧落与黄泉。
远望着玉台高高耸立，看到了有娀氏的美女简狄。
我令鸩鸟为我做媒，这恶鸟竟然告诉我说她不好。
雄鸠叫唤着飞去说合，我又厌恶它的轻佻。
心中犹豫满腹狐疑，担心亲自表白却引来不妙。
听说凤凰已受了聘礼为帝喾做媒，看来他已经捷足先登了。
我还想去更远的远方，且让我在天涯海角继续流浪。
听说少康还没有成家，家里还有两个姑娘。
但我没有缘由求婚，也担心媒人说合不好。
这个浑浊不堪嫉贤妒能的时代呵，总是遮蔽德行颂扬恶习。
闺阁中的女子渐行渐远，明哲的帝王却还昏睡不醒。
我怀抱深挚的情绪却隐忍不发，怎能永远忍受这种痛苦！

【当代阐释】

悲与喜：历史的吊诡

我们常说，历史是公正的；我们常常认为，正义总是能够战胜邪恶。但古往今来，如果真的细细探究历史上的种种事件，我们就能发现历史其实是很残酷的，历史并不公平。历史的逻辑，并不总是依据道德进行，而是根据当时的经济、政治以及历史人物的个人情况。

面对历史的无穷变幻，我们的悲喜交加究竟怎样来看？既然正义往往战胜不了邪恶，道德无法强大过不道德，我们是否还应该坚持？

屈原回答我们：要坚持下去，如果道德战胜不了邪恶，那么毋宁死去！

所以，纵然《离骚》是一场哀愁。但这哀愁里，没有风花雪月，没有矫揉造作，也没有为赋新词强说愁。屈子的哀愁，是眼见大自然里的

雷电风雨摧毁了花草的芳香与美丽；是眼见高贵的楚国被秦国反复蹂躏；是眼见自己如此纯洁，却在君王面前被恶人的污言秽语污蔑成恶毒的蛇蝎妇人；是眼见天下原本的礼乐秩序在“春秋无义战”和战国七雄的争战中礼崩乐坏……

从大自然到天下的秩序，没有一样能够葆有纯粹的美丽和绝对的正义。这样的悲与喜，谁能够承受？人在历史中，原本就是生命不能承受之轻。屈原是一个诗人，又是一位道德理想主义者，当他面对残暴的秦国欺凌楚国，面对中国历史上无处不在的那些奸臣佞臣，他的悲愤如果不能得到疏解，最终难免鱼死网破，玉石俱焚。

屈原的悲，是现实的不平，历史的无奈，以及理想的不能实现；

屈原的喜，是纵然如此腐朽的现实，也无法改变他的理想，他宁可用死亡来诘问历史。正如鲁迅在《野草·题辞》中所说：“野草，根本不深，花叶不美，然而吸取露，吸取水，吸取陈死人的血和肉，各各夺取它的生存。当生存时，还是将遭践踏，将遭删刈，直至于死亡而朽腐。但我坦然，欣然。我将大笑，我将歌唱。我自爱我的野草，但我憎恶这以野草作装饰的地面。地火在地下运行，奔突；熔岩一旦喷出，将烧尽一切野草，以及乔木，于是并且无可朽腐。”

屈原的喜竟然与两千年之后鲁迅先生的大笑有着某种相似，这相似正是这一古一今两位大先生在历史和现实面前的高傲的站立！

唐代的戴叔伦问：“沅湘流不尽，屈子怨何深？日暮秋风起，萧萧枫树林。”

屈子所怨，正是奸佞小人对他的污蔑。为了一己的私利不惜在君王面前败坏他人的名声。从传说中商纣王的佞臣飞廉，到明代的权相严嵩，华夏的历史上总是不乏这等人物。在屈子那个时代，从事政治是一个贵族男子唯一可从事的严肃的活动。屈子别无选择，他并非仅仅是一个诗人，他还是一个政治家、爱国者以及贵族。即使他可以选择远走高飞抑或归隐山林，无法遮掩的仍是他这种哀愁。

屈子愤怒地说：

“我怨恨君王的放纵恣肆，始终不能察觉我的衷心。

众多妖姬嫉妒我美丽的容貌，反而诬陷我是淫妇荡娃。”

你可以不相信我，这是屈原愤怒的悲伤；但是你不能污蔑我，这便是屈原高傲的喜悦。

【原文】

索藑茅以筳篿兮[1]，命灵氛为余占之[2]。
曰："两美其必合兮，孰信修而慕之[3]？
思九州之博大兮，岂惟是其有女[4]？"
曰："勉远逝而无狐疑兮，孰求美而释女[5]？
何所独无芳草兮，尔何怀乎故宇[6]？"
世幽昧以眩曜兮[7]，孰云察余之善恶[8]？
民好恶其不同兮，惟此党人其独异[9]！
户服艾以盈要兮[10]，谓幽兰其不可佩[11]。
览察草木其犹未得兮[12]，岂珵美之能当[13]？
苏粪壤以充帏兮[14]，谓申椒其不芳[15]。
欲从灵氛之吉占兮，心犹豫而狐疑。
巫咸将夕降兮[16]，怀椒糈而要之[17]。
百神翳其备降兮[18]，九疑缤其并迎[19]。
皇剡剡其扬灵兮[20]，告余以吉故[21]。
曰："勉升降以上下兮，求矩矱之所同[22]。
汤、禹俨而求合兮[23]，挚、咎繇而能调[24]。
苟中情其好修兮，又何必用夫行媒[25]？"
说操筑于傅岩兮，武丁用而不疑[26]。
吕望之鼓刀兮，遭周文而得举[27]。
宁戚之讴歌兮[28]，齐桓闻以该辅[29]。
及年岁之未晏兮[30]，时亦犹其未央[31]。
恐鹈鴂之先鸣兮[32]，使夫百草为之不芳。

何琼佩之偃蹇兮[33]，众薆然而蔽之[34]。
惟此党人之不谅兮[35]，恐嫉妒而折之。
时缤纷其变易兮，又何可以淹留？
兰芷变而不芳兮，荃蕙化而为茅。
何昔日之芳草兮，今直为此萧艾也[36]？
岂其有他故兮，莫好修之害也！
余以兰为可恃兮，羌无实而容长[37]。
委厥美以从俗兮[38]，苟得列乎众芳[39]。
椒专佞以慢慆兮[40]，椴又欲充夫佩帏[41]。
既干进而务入兮[42]，又何芳之能祗[43]？
固时俗之流从兮，又孰能无变化[44]？
览椒兰其若兹兮，又况揭车与江离？
惟兹佩其可贵兮，委厥美而历兹[45]。
芳菲菲而难亏兮，芬至今犹未沫[46]。
和调度以自娱兮，聊浮游而求女[47]
及余饰之方壮兮，周流观乎上下[48]。

【注释】

①索：讨取。藑（qióng）茅：一种可用来占卜的草。以：与。筳篿（tíngtuán）：用来占卜的小竹片。

②灵氛：古代神巫。

③曰：灵氛贞问的辞，重加曰字表强调。慕：爱慕之意。

④九州：古代中国分为九州，后以九州指全中国。是：此地，指楚国。

⑤勉：努力。释：放，行。

⑥故宇：旧居，犹言故国。

⑦幽昧：昏暗。眩曜：此处指迷惑。

⑧恶：邪恶。

⑨民：人，人们。

⑩户：家家户户，指楚国的党人。艾：艾草，恶草名。要：通“腰”。

⑪幽兰:香草名。佩:佩戴。

⑫得:得出正确的评价。

⑬珵(chéng):美玉。当:知也。上两句意谓,既然不识草木,当然更不识美玉。

⑭苏:取。帏:佩帏,佩带在身上的香囊。

⑮申椒:香料,见前注。

⑯巫咸:上古神巫。

⑰糈(xǔ):精米,祭祀神灵之用。要:同"邀",这里是迎候之意。

⑱翳:遮蔽。备:都,全。

⑲九疑:指九疑山的神。

⑳剡剡(yǎn):闪烁之貌。

㉑吉故:吉利的往事,此处指历史。

㉒矩:画方的器具。矱:量长短的尺度。榘矱喻准则与法度。

㉓严:严肃恭谨,真心诚意。求合:慕求志同道合的贤臣。

㉔挚:伊尹名,商汤的贤相。咎繇:即皋陶,夏禹的贤臣。调:谐调,指君臣同心,治理天下。

㉕行媒:做媒的使者,介绍人。

㉖说:傅说,殷高宗武丁时贤相。筑:打土墙用的捣土工具木杵,这里用作动词,操持。

㉗吕望:姜太公,本姓吕,名尚,曾被称为太公望。鼓:鸣,敲。

㉘宁戚:春秋时卫人,曾在齐东门外作小商,齐桓公夜出,值宁戚喂牛,扣角而歌其怀才不遇之志,桓公与之交谈后,任用为相。

㉙该:备,充当。该辅:备位于辅佐大臣之列。

㉚及:趁着。晏:晚。

㉛央:尽。

㉜鹈鴂(tíjué):鸟名,鸣于春末夏初,正是落花时节。

㉝琼佩:琼玉的佩饰。偃蹇:屈曲之貌。

㉞薆(ài):隐蔽之貌。

㉟谅:信实。

㊱萧艾:均为恶草。

㊲羌:乃。容:外表。长:美好。

㊳委:丢弃。

㊴苟:苟且得到。

㊵慢慆(tāo):傲慢恣肆。

㊶椴(shā):亚落叶乔木,果实为裂果,又名食茱萸。佩帏:佩戴于身上的香囊。

㊷干:干谒、营求。务:致力。

㊸祗(zhī):敬,自励奋发之意。

㊹流从:即从流,指随波逐流。

㊺兹:此,指以上所述忧患。

㊻沬:终止之谓也。

㊼和:调节使和谐。调:佩玉发出的声响。度:行进的节奏,由车上銮铃的声响显示之。

㊽壮:美盛之年。

【经典原意】

找来算卦用的茅草和竹片,先请灵氛为我占卜。

卦辞说:"美好的男人和女人必定有姻缘,真诚纯洁的人总会被钦羡。

想九州之地如此广大,难道唯独楚国才有美好的女子?

你远远地去吧,不要迟疑,谁会因为仰慕美好而将你放弃!

天涯何处没有芳草?你何必总是流连故园?"

世道昏暗令人头晕目眩,再没有人来识别我们的好与坏?

人们的好恶千奇百怪,唯独小人的爱好格外稀奇。

于是家家户户都把恶草插在身上,反而说芳香的兰草不能佩带。

人们啊,你连草木都分不清吗?又怎能识得美玉的冰清玉洁?

竟然用粪土塞满了荷包,却说芬芳的花椒没有味道。

我听了灵氛的占卜,心中总是犹豫而主意不定。

听说巫咸也将在晚间降下神灵,我又带了花椒去迎候他。

众神威严,一起降临,九疑山诸神纷纷相迎。

辉煌夺目,神光熠熠,告诉古代圣贤的故事:

"努力上天入地吧,去寻找你默契的同道。

夏禹、商汤谦恭地求取贤人，就得到伊尹和皋陶。

只要内心美好洁净，何必一定需要媒人的介绍？”

傅说手持木杵劳作于傅岩，武丁任用并且信任他。

姜太公曾经操刀屠宰，周文王却以太师之位遵奉他。

还有唱歌言志的宁戚，被齐桓公重用为辅臣。

敢趁着年华尚浓，春光未尽。

怕听见杜鹃啼出秋日的阴影，让百草开始凋落。

我的佩玉瑰奇不凡，小人却将他无情遮蔽。

这种无耻小人讲什么信义？嫉妒的诅咒终究降临到自己的头上。

时俗纷乱而变化无常，我又怎能摆脱时间的滞留？

兰花芷草也失去了味道，百菖蒲与零陵香似乎跟茅草没有两样。

从前的香花芳草，为何如今竟成了恶草的模样？

也许还有别的缘故，总之都只因为不爱惜美质而受伤。

我以为幽兰的美是永恒，谁知只是意志的表象。

抛弃美质，追随世俗吧！这难道不是一种苟且？

花椒亦变得专横谄媚而又狂傲，椴子也想冒充香料。

如果只知钻营，谁能知晓自己的德性？

世俗本来就是随波逐流的，谁能抓住永恒的不变？

看见美好的申椒、幽兰亦不免腐朽，何况揭车与江离呢？

我的佩饰精美宝贵，但却历经摧残直到今天。

所幸芳菲的香泽没有减少，至今仍旧芳香浓郁。

佩玉鸣銮，方将万舞，只为了寻求美女而流浪。

如果还认得出我佩饰的美丽，请随我上下四方。

【当代阐释】

梦与醒：宗教的无力

假如屈原生活在今天，一定会有人劝他：去相信一样东西吧！比如佛祖，比如张天师，甚至比如耶稣基督。因为，痛苦是没有尽头的，而人心都是肉长的，这样的人心怎么能承受得住极致的痛苦？假如屈原在我面前，我也或许忍不住要劝他想开些，给自己一些宗教的慰藉吧！

刘小枫先生在《沉重的肉身》里就这样劝告屈原，为什么屈原屡屡在现实受挫，屡屡追问天道的极致却不得其解，正是因为中国的传统智慧中没有提供一套超验的信仰来让屈原不安的灵魂安心。这个观点，无疑是很有说服力的。的确，无论是儒家思想，还是道家思想（不是道教），中国的知识分子都不能或者说难以从中找到那种可以称之为信仰的东西。所以，中国的知识分子往往格外痛苦，格外承受一些其他文化的知识阶级所不承受的理想和价值的沉重。

但是，是否说一句，屈原有了某一种信仰，就可以解决屈原的痛苦了呢？或者说，痛苦是否一定是不好的呢？未必。有些人睡着，有些人醒着，醒着的人并不是睡不着，而是不能睡不愿意去睡！屈原，正是这样的一类人，他知道可以远游而销魂，但他更愿意留下来承受一切的痛苦。

正所谓"哀到尽头心不死"，屈原也曾有过超脱的追求：他选择上天入地，海阔天空；心骛八极，神游万仞。作别了被蒙蔽的君王，作别了生养他的楚土，作别这个世界的喧嚣与肮脏，作别人世的不平与沉浮：屈子要降临仙境，超脱万物。

他也驾驶虬龙，乘着凤凰，在大风席卷九万里的时候飞向天空。他离开九嶷山，那里埋葬着伟大的帝王舜，抵达昆仑山的光辉山顶。他能够命令太阳车的御者羲和，也能够驾驭奔腾万里的神马。太阳沐浴的咸池算什么？他能让胯下坐骑在咸池饮水；太阳升起的扶桑算什么？他能在扶桑树系好马的缰绳。

这是真的吗？梦游乎？神往乎？

这些场景，正是屈原对超验的一种追求。所以，我们在当代不应该用宗教的彼岸来苛求他，毕竟作为一个古人，屈原已经努力过让自己超越凡间的流俗。但是，这样的场景，亦真亦幻，非假非真。这样的仙境梦境，让后代的每一个读者都不免目眩。我们尚且觉得空幻，何况身处其中的屈原本人呢？

所以，屈原思来想去，他还是要做一个醒着的人而不是梦着的人。

屈原珍视的，不是这种虚幻的超越，也不是宗教般的迷离恍惚，而是赤裸裸的现实，是他每天睁开眼睛就能看到的混乱世事。国将不国，天下大乱，人与人之间勾心斗角犹如寇仇。那么，他的梦想与远游就只能看做心灵的超越，而他终究是站立在大地上的。

屈原是世界上最美的男人，或者说，是第一个美的男人。他是谢灵运、王勃、杜少卿、贾宝玉的前驱。幻梦其实并非虚幻，不过是内心的写照罢了。这一切只缘于这个男人同时是一个诗人。孤独地面对一个黑暗的世界，难免会生出幻觉。当一切被迫归于沉寂，却能在脑海泛起无边灿烂的图景。绝望到尽头，便如回光返照般向世界投射出这些光彩夺目的文字，这却也昭示着诗人眼中最光彩、最绚烂的永恒——死亡。

不需要宗教的救赎，屈原的人生就是一种可为典则的道德人生。在屈原面前，任何宗教都注定乏力。

【原文】

灵氛既告余以吉占兮，历吉日乎吾将行。
折琼枝以为羞兮，精琼爢以为粻[②]。
为余驾飞龙兮，杂瑶象以为车[③]。
何离心之可同兮？吾将远逝以自疏。
邅吾道夫昆仑兮，路修远以周流[④]。
扬云霓之晻蔼兮[⑤]，鸣玉鸾之啾啾[⑥]。
朝发轫于天津兮，夕余至乎西极。
凤皇翼其承旂兮[⑦]，高翱翔之翼翼[⑧]。
忽吾行此流沙兮[⑨]，遵赤水而容与[⑩]。
麾蛟龙使梁津兮[⑪]，诏西皇使涉予[⑫]。
路修远以多艰兮，腾众车使径待[⑬]。
路不周以左转兮[⑭]，指西海以为期[⑮]。

屯余车其千乘兮[16]，齐玉轪而并驰[17]。

驾八龙之婉婉兮[18]，载云旗之委蛇[19]。

抑志而弭节兮，神高驰之邈邈[20]。

奏《九歌》而舞《韶》兮[21]，聊假日以媮乐[22]。

陟陞皇之赫戏兮[23]，忽临睨夫旧乡[24]。

仆夫悲余马怀兮，蜷局顾而不行[25]。

乱曰[26]：已矣哉！

国无人莫我知兮[27]，又何怀乎故都[28]！

既莫足与为美政兮，吾将从彭咸之所居！

【注释】

①历：选择、选定。

②羞：脯，肉干，美味的菜肴。精：舂，引申为精制。爢（mí）：通“糜”，细末这里指玉屑。粻（zhānɡ）：粮。

③飞龙：一说为马。杂：交杂使用。瑶：美玉。象：象牙。

④邅（zhān）：转，迂回。

⑤扬：扬起，举起。云霓：云霓作的旗，即下文的云旗。晻蔼（ǎnǎi）：因云霓之旗遮蔽而光线变暗之貌。

⑥鸾：通“銮”，安在车上或挂在马镳上的铃铛。

⑦翼：展开翅膀。

⑧翼翼：凤凰飞得协调整齐之貌。

⑨流沙：指西方沙漠之地，在昆仑以东，因沙漠随风而动，故称流沙，一说西方大泽。

⑩赤水：神话中水名，源于昆仑山东南。容与：徘徊之貌。

⑪麾：作动词用，指挥。梁：桥梁，此处用为动词，架桥。津：渡口。

⑫诏：命令。西皇：西方之神。涉：渡过，此处为使动用法。

⑬腾：传告。径：捷径，此处指抄小路。

⑭不周：神话中山名，传说在昆仑山西北。

⑮西海：传说中西方之海，在最西方。期：最终的目的地。

⑯屯：聚集。

⑰轪(dài):车毂端的冒盖。

⑱婉婉:同蜿蜿,龙马前后相连,蜿蜒而行之貌。

⑲委蛇(wēiyí):同"逶迤"。曲折而行之貌。

⑳邈邈:遥远之貌。

㉑韶:即《九韶》,传说为虞舜时的乐舞。

㉒假:借。媮:同"愉",快乐。

㉓陟陞(zhìshēng):升。皇:皇天。赫戏:光明灿烂。

㉔临:居高临下。睨:斜视。旧乡:指故国、故乡。

㉕蜷局(quánjú):屈曲,弯曲不伸之貌。顾:回头。

㉖乱:尾声之意,既是全篇的总结,亦是歌曲的结束曲。

㉗莫我知:莫知我的倒装。

㉘故都:故乡,指楚国。

【经典原意】

灵氛告诉了我吉祥的占卜,于是我选择良辰而再次远行。

折下玉树的嫩枝做美味佳肴,捡出玉屑作为干粮。

我乘上飞龙,坐上象牙车。

那些离心离德的人怎能合到一起? 而我誓将远走高飞。

我在昆仑山转了方向,路途虽然遥远我将继续前行。

云旗飞扬遮天蔽日,龙车的玉铃叮当作响。

清晨我从天河的渡口启程,黄昏就到了西方的边界。

凤凰展开翅膀为我高举龙旗,齐整地翱翔在天空。

我忽而走到西方的流沙之地,沿着赤水徐徐而行。

指挥蛟龙达成渡过河水的桥梁,诏令西皇将我渡过河去。

聚集在我周围的车子有千辆之多,装饰玉器的车子排列整齐行进。

驭驶着八条龙蜿蜒而行的车子,云霓之旗亦随之逶迤摇动。

放倒大旗停住车子,精神高高奔驰在缥缈的宇宙。

奏响《九歌》吧,舞起《九韶》吧,趁此良辰美景尽情欢乐!

我正向煌煌明亮的天宇飞升,忽然从高空望见我的故乡。

我的仆从悲怆，我的马儿也怀伤，它蜷曲着身体，频频回顾停下了脚步。

尾声：

罢了罢了。

举国之人都不了解我，我何苦如此怀恋故都？

已经注定不能与当朝君王共行美政，我将追随赴水的彭咸，达成我的命运。

【当代阐释】

死亡的哲学：是终点也是起点

诗歌里的死亡不是死亡，而是带着芳香的咏叹，是永不熄灭的献祭。

诗人的死亡亦不是死亡，而是灵肉合一的永恒，是时光无奈的陷落。

所以，我们不能用看待一般人生命的结束来看待屈原。首先，屈原的死是自杀。法国著名的存在主义哲学家加缪在他的名作《西西弗的神话》中第一句话就说到："真正严肃的哲学问题只有一个，那就是自杀。"屈原也是自杀，而且屈原是中国历史上第一个有名有姓可考的自杀的诗人。如果说，一般的自杀往往源于对现实的绝望，那么诗人的自杀更昭示着对自我的珍视和对理想的追求。屈原的自杀，是中国古代诗人第一次用生命对一个混乱时代做出的拒绝，这个拒绝犹如手势，提示身后那些也将不满于世事和人生的诗人们：即使整个世界都在迫害你，你仍然可以选择死亡来做最后无声的抗议。

第二，如何来看待屈原之死呢？屈原的死，从此昭告万古，华夏的土地上绝对不能出现背叛自己故乡的人。一个人可以不爱惜自己，但不能不爱惜自己出生的土地。屈原是死在楚国的，楚国虽然灭亡，但楚地的山川河流、一草一木都将记得他，楚国的人民和后裔也将记得他。屈原的死，赋予了中华民族以骨气，不论对面站着的是神灵还是皇帝，是侵略者还是刽子手，屈原从不会有任何的屈服。一个诗人只能在思考的时候低头，他绝不会习惯向任何恶势力低头。屈原的死，也让中国的知识分子更加有了良知，而统治这良心的只能是德国哲学家康德的那句名言：“我所敬畏者，唯有天上之星空，与心中之道德律。”康德如此，屈原若地下有知，也将引以为知己的。

屈子说：当秋天来临后，第一片落叶悄然落到我脚下的时候，我便知道，我的死期近了；当黄昏落下帷幕，最后一缕夕光穿过我耸立的高冠，我便知道，我该作别此生了；当我不能与我的君主实行美好的政治，我便知道，我该追随的人不再是楚王，而是彭咸。

这将是一个凝固的时间，从此之后，我的爱死了，恨也死了；我的君王将会失去王位，我的王国将会并入敌国的领土；我再也不必担心有谁还会诬蔑我的纯洁，也再也不必挂牵我亲手栽下的香花芳草。

这不是屈子的诅咒，亦不是遗言，只是哀愁走到了尽头，如飞蛾扑火，覆水难收。然而他将歆享世代的永恒，人们将会讲出他的名字如同神灵。人终有一死，或者像一个诗人那样子死去，或者不像一个诗人那样死去。

屈原之死，对于他而言是生命的终点，肉体的消散；

屈原之死，对我们来说是道德的起点，灵魂的凝聚。

【国学故事】

屈原与宓妃的故事

在《离骚》中，屈原曾讲述了一段他与宓妃的故事：

吾令丰隆乘云兮，求宓妃之所在。

解佩纕以结言兮，吾令蹇修以为理。

纷总总其离合兮，忽纬繣其难迁。

夕归次于穷石兮，朝濯发乎洧盘。

保厥美以骄傲兮，日康娱以淫。

虽信美而无礼兮，来违弃而改求。

这段描写虽然不长，却在历史上很有名。宓妃是谁？屈原为何要去追求她？而宓妃又是怎样对待屈原的追求？让我们来听一听宓妃

身后的故事……

如果说屈原是历史上一个亦真亦幻的美男子，那么宓妃亦堪称中国神话中的美女。为了她的美丽，不论是神还是人都无法抗拒般地去追求。宓妃，是上古之世人面蛇身之神伏羲的小女儿，传说她美丽异常，在洛水边玩耍嬉戏之时，被河伯所爱慕。于是河伯故意在洛河里掀起轩然大波，吞没了宓妃，占有了她。

于是肉身死去的宓妃化作洛水之神，成为了河伯的女人。

但河伯只是垂涎宓妃的美貌，并不真的爱惜她。宓妃日夜在水府深宫里以泪洗面，终日郁郁寡欢，只好用七弦琴排遣愁苦。这时，另一个半人半身的英雄——后羿来到了宓妃身边。后羿的妻子是嫦娥，却因为偷吃仙药而凌驾广寒宫，把后羿孤零零地撇在了人间。

后羿是孤独的，宓妃是痛苦的。

孤独的后羿听说宓妃的遭遇后，便仗义行事，将宓妃解救出深宫，并且与宓妃相爱。河伯听说之后，恼羞成怒，再次化作一条白龙潜入洛河，兴风作浪，吞噬了许多田地、村庄和牲畜。更扬言要把宓妃抢回去。而后羿挺身而出，拿出他当年射日的本领，一箭射中了河伯的左眼。把河伯赶走了。屈原曾在《天问》中讲述了这个故事："帝降夷羿，革孽夏民，胡射河伯而妻彼洛滨？"

能让两个男人为此大打出手的女子，其美貌何如，可想而知。

从此，宓妃的传说越传越远，宓妃的美貌也愈传愈佳，所谓"北方有佳人，绝世难独立，一顾倾人城，再顾倾人国。纵倾城与倾国，佳人再难得。"后代的人们，无法面对宓妃的真身，却每每在来到洛水之时与她在梦中相会。宓妃身后留下了一串风流韵事……

那么，当屈原在现实中碰壁，被流放的时候，难免会觉得孤独。这是一种不被别人理解的孤独。屈原走到了洛水，也在梦中或曰想象中遇到了宓妃。

他差遣丰隆驾起五色祥云，寻找宓妃居住的地方。解下玉佩，想与她结为百年之好，于是拜托蹇修作媒人去见她，向她诉说倾慕。这位美女起初半推半就，但继而态度变幻、若即若离，最终对他不理不睬。

宓妃不知道什么原因拒绝了屈原的求爱。而屈原只得在夜晚默默地在洛水边看见她依靠着河边的石头休息，等黎明到来时又在洧盘边沐浴梳头。

爱而不得，屈原的男子之美没有被宓妃所欣赏。

于是屈原说："她自恃美丽而骄傲，日日淫乐而遨游。这样美貌却又无礼，我只能放弃她求取别人。"

屈原与宓妃的故事，神秘却又引人入胜。一个是世间最纯洁的美男子，一个是传说中最美好的女子，为什么却产生了龃龉？是宓妃不理解屈子的高洁，还是屈子不理解宓妃的情欲？屈子愤怒地批评宓妃是"淫乐而遨游"，这种指责正确吗？

我想，这个故事只是说明了灵与肉的冲突。无疑，屈原是性灵的，而宓妃是情欲的。二者本应是阴阳相谐，灵肉统一的。然而这种统一只是一种奢望，在更多的时候，灵与肉是冲突的。正是这种冲突才造成了性灵的孤独和情欲的寂寞。

所以，宓妃在后来的故事，说明了她对性灵的若即若离的态度。

故事发生在历史上另一位诗人曹植身上。

据唐代的李善在《文选注》中的记载：曹植年少时，爱上甄家的小女儿。可是他父亲后来却把甄氏娶给了哥哥曹丕做夫人。曹植非常哀伤。又加上曹植与曹丕在争夺王位的斗争中失败，曹植更是被曹丕所不信任。曹丕后来逼迫汉献帝退位，自己当了皇帝，还要求曹植必须呆在自己的封地里，除了每隔几年的觐见，平时不许到首都洛阳来。

又一年，恰好是曹植到洛阳觐见的日子。一到洛阳，曹植听说甄妃死了。原来，曹丕听信了郭贵妃的谗言，逼甄妃自尽。曹植听说后，更是无比悲伤。而曹丕亦晓得甄妃与曹植之间的感情，不免动了恻隐之心，便把她的遗物如玉钱、金带、玉枕等都赐给了曹植。

物在人亡，睹物思人，曹植不胜愁苦。离京后，曹植需经过洛水回到东阿。在洛水河边曹植忽然觉得天地氤氲，恍惚其神，看见甄妃与洛神宓妃合二为一，从水中冉冉而来，是那样的美丽："翩若惊鸿，婉若游龙。荣曜秋菊，华茂春松。仿佛兮若轻云之蔽月，飘飘兮若流风之回雪。远而望之，皎若太阳升朝霞；迫而察之，灼若芙蕖出渌波。秾纤得衷，修短合度。肩若削成，腰如约素。延颈秀项，皓质呈露。芳泽无加，铅华弗御。云髻峨峨，修眉联娟。丹唇外朗，皓齿内鲜，明眸善睐，靥辅承权。”

她并不言语，只是与曹植恍惚相见，自荐枕席，洛水苍茫。二人依依难舍，不知过了多久，天地云开，日出洛水，宓妃消失于水波之中。曹植悲喜交加，写出了千古名篇《洛神赋》。

这个故事虽然与屈原不同，但宓妃的形象却是一致的。美丽却也不乏情欲，灵与肉的对立与统一，在这两个故事中被体现得淋漓尽致……

【文化常识】

“楚辞体”与中国文学史的“诗骚传统”

如果从文学史的角度来看，《离骚》一诗，最大的影响无疑就是标志着“楚辞体”的诞生。于是，楚辞与中国文学史上另一部伟大杰作《诗经》一起，共同构成了传统文化中的“诗骚传统”。可以毫不夸张地说，这两个传统共同提供了中国古典诗歌一切创作的基本范式，是古典文学的两个鼻祖。甚至，这种“诗骚传统”的影响一直延续到当代。

那么，究竟什么是“楚辞体”？又该如何理解“诗骚传统”？

首先，这要从楚国的背景说起。楚国在中国南方的长江流域，很早就孕育出古老的文化。楚民族兴起以后，成为这一地域文化的代表。至春秋时代，楚国迅速发展壮大。到了战国时期，楚国一跃成为“战国七雄”中最强大的国家之一。但是，楚国自认为不属于中原，始终保持着自身强烈的特征，楚人自己也常常自称：“我蛮夷也。”

此外，再来审视楚地的原始神话和巫觋传统。巫祝从事的宗教活动，最典型的就是招魂，因此，可以知道在“楚辞体”正式诞生之前，巫师们早已经有了一套属于自己的歌辞演唱方式。所以，楚国又有着特殊的信仰模式。

最后，屈原所处的年代，已经是战国时代，此时的中原儒家文化，早已经慢慢地渗透进了楚国文化中。这种融合，既是南北文化的融合，也是中原与边境文化的融合。对“楚辞体”的创作背景而言，更是楚文化和儒家文化的融合。

所以，楚国文化实际上融合了南北文化，这种文化的水乳交融也渗入了楚文学，才有了今天所谓的“楚辞体”。所谓“楚辞体”，是战国中晚期产生于我国长江流域的楚地，由延续楚地传统的文人们吸收南方民歌的精华，融合楚地的神话传说创造出的一种新的诗歌体。这种文体，打破了《诗经》四字一句的格式，采取三言至八言参差不齐的句式，因此极大地扩充了作品的篇幅和容量，也逐渐发展出楚辞结构宏伟、想象丰富、句式灵活的风格。还因其运用楚地的文学样式、方言声韵，叙写楚地风土物产等，具有浓厚的地方色彩。其代表作当然仍属屈原的《离骚》了。

所谓“诗骚传统”，也正是在“楚辞体”诞生后逐渐形成的。

《诗经》是我国古代第一部诗歌总集。它收录了我国自西周初年至春秋中叶(公元前11世纪至公元前6世纪)约500年间的305首诗歌。其产生地主要在黄河流域、长江流域以及汉水流域，包括今天的山东、河南、安徽、河北、山西、陕西、甘肃及湖北北部。所以，《诗经》反映的是中原文化。《诗经》分为风、雅、颂三大部分。风，又称“国风”，内容多反映社会下层劳动群众的生活，直接表达他们喜怒哀乐的思想感情；雅，指周王朝王城所在地的诗歌，分为小雅和大雅两部分，多反映贵族阶级的生活和思想感情；颂，即国王和诸侯用于祭祀和重大典礼的乐歌。

《诗经》的诞生，为中国古典诗歌提供了一系列的标准：首先，讲究比兴，直抒胸臆；其次，内容强调要描写社会现实，为统治者提供民意的反映；第三，作品虽然很多是贵族所作，但大多数诗歌作者都是不可考的，所以不能把《诗经》看成纯粹的诗人作品，而且在古代，《诗经》就是儒家的经典。

而"楚辞体"则完全体现了不同的传统。首先,诗人屈原的出现,具有划时代的意义,他是一个纯粹的诗人,所以大多数楚辞作品都是个人化、私人化的作品,而且这些作品都有着明确的抒情主人公形象;其次,"楚辞体"往往都是直抒胸臆,蓬勃着浪漫激情。这种情怀对后世影响极大,不仅六朝风流人物常常拿楚辞下酒,连唐诗的翘楚李白也常常以屈原自比,写下大量与楚辞神似的诗歌,如《庐山谣寄庐侍御虚舟》等;最后,屈原开创了比兴寄托、香草美人的艺术手法。这种手法的使用,让诗歌的表现手法更加丰富多彩,从而更加深入地表现了人的心灵世界。

总之,古代文体意识是变动的、发展的,所以现在所能看到的"楚辞体"也是当时时间先后所产生的不同文体逐渐融合形成的。屈原所创造的"楚辞体"与《诗经》代表的两大文学传统,已经伫立在文学史上几千年,而且,还将永远伫立下去。

《九歌》

【导读】

九歌，原本是楚国南部自上古流传下来的乐歌。宇宙、四方、山川、河海，古老的楚国土地上，到处都有奇妙的神灵。他们如同人类一样，有性别之分，有喜怒哀乐，有爱情也有仇恨。在那个古老的年代，人与神是可以交流的，而屈原也许亦拥有这种人神交流的能力，所以他在原有的乐歌基础上，经过自己的加工创作，写成了属于他自己的《九歌》。

九歌，据《山海经》的记载，是夏启从天上偷到人间的神秘歌曲。而到了屈原手中，则是为楚国的神灵演唱的歌曲。实际上，《九歌》充盈着对爱情的描写。这里的爱情描写，往往是人神恋爱或者神与神的恋爱。虽然《九歌》并没有像《离骚》那样极尽抒情，而是把自己的情绪控制在一定范围内，但却传达出更为富有张力的抒情色彩。而这些或悲怆或伤感的情歌，往往都是"爱而不见，搔首踟蹰"，这种复杂的情感和诗人对生命与时间的感悟纠结起来，构成了全部《九歌》的底色。

九歌，其实有十一首。那么为什么称"九"？东汉的王逸认为，九在当时是一个具有特殊含义的数字，所以叫做"九歌"。

东皇太一

【原文】

吉日兮辰良，穆将愉兮上皇①。

抚长剑兮玉珥，璆锵鸣兮琳琅②。

瑶席兮玉瑱，盍将把兮琼芳③。

蕙肴蒸兮兰藉，奠桂酒兮椒浆④。

扬枹兮拊鼓，疏缓节兮安歌，陈竽瑟兮浩倡⑤。

灵偃蹇兮姣服，芳菲菲兮满堂⑥。

五音纷兮繁会，君欣欣兮乐康⑦。

【注释】

①辰良：良辰，此处倒装。穆：敬穆庄重。愉：通娱。上皇：即东皇太一。

②珥（ěr）：剑鼻。璆锵（qiúqiāng）：佩玉碰撞的声音。琳琅：青碧色的美玉。

③瑶席：茵草编制成的坐席。瑱：镇的借字，这里指玉镇，镇坐席的器皿。盍：通“合”。将把：捧持满把。琼芳：色泽如玉的香草。

④蕙、兰：香草名。肴蒸：祭祀的肉。藉：衬垫的物品。奠：置祭品、祭祀神祇或亡灵。桂酒：桂花酒。椒浆：用椒浸制的酒浆。

⑤扬：扬起，此处是挥动之意。枹（fú）：鼓槌。拊：击打。缓节：缓慢的节拍。安歌：徐徐开始歌唱。陈：列。竽：一种管乐器。瑟：一种弦乐器，形状就像古琴。浩倡：引吭高歌。

⑥灵：装扮天神的灵巫。偃蹇：摇摆舞蹈、婀娜多姿的样子。娇服：美丽的服装。芳菲菲：芳香盛大。

⑦五音：宫商角徵羽。繁会：形容音调繁多。君：男性神祇，指东皇太一。乐康：快乐安康。

【经典原意】

良辰吉日，我们祭奠肃穆的东皇太一。

手握镶玉的宝剑，身上的佩玉铿锵作响。

玉镇放在瑶席上，鲜花供在神座旁。

用香气氤氲的蕙草包裹着祭肉,再奉上桂酒与椒汤。

再把鼓槌举得高高,敲鼓!音节格律如此安详,乐器齐鸣好不浩荡!

巫女们啊,身着美服翩翩起舞,芳香馥郁充盈着殿堂。

五音交汇,我的神灵您可感到快乐安康?

【当代阐释】

最尊贵的神灵——东皇太一

《九歌》的大幕徐徐开启,走出的第一位神灵是东皇太一。

他是整个《九歌》世界里最大的神,是万神之神,是神灵的主宰,是天空的统领者。他的降临将永远是人间万民所能想象到的最辉煌的一幕。

为什么这个最大的神,偏偏是东皇太一?

《史记·天官书》回答:当北极星出现在天空的皇宫——紫宫里的时候,太一星则躲在紫宫的南面。他色泽暗淡,隐隐约约,告诉万民太一星才是紫宫真正的所有者,是天空世界的真正掌权者。

东皇太一于是成为了天空中最尊贵的神灵,他把他的威严降临到人间,命名为“泰皇”。《史记·秦始皇本纪》说:“古有天皇,有地皇,有泰皇,泰皇最贵。”泰皇,就是东皇太一在人间的代表。

在屈原的时代,东皇太一就是他们的“玉皇大帝”,是最为尊贵的天帝。在当时,每一个楚国人都敬畏他,但也能够面对他、祭祀他、向他祈祷。后来,随着王权的强大,楚王就不再允许老百姓对东皇太一进行祭祀了,而老百姓也就逐渐忘却了这个伟大的神灵。

这首辞的内容,是对东皇太一的礼赞和祭祀,是一首雍容华贵的歌曲,也是《九歌》这个祭祀歌曲“专辑”的“主打歌”。

歌曲描写的,正是祭祀的仪式。在良辰吉日,祭祀者手握宝剑,翩翩起舞,然后把酒肉香花一一陈列在祭祀的案上。最后则是宏大欢快的歌舞晚会,美女为他们最尊贵的神灵献上了舞蹈。

而这一切,都围绕着一个中心问题:祭神以祈福。

东皇太一啊，为我们降下幸福吧，保佑每个人的幸福和每个年头的收成！

【国学故事】

第一位人间的皇——始皇帝称皇帝始末

东皇太一在人间的代表是泰皇，但这位泰皇人们谁也没有真正见过。有人说，泰皇就是祝融，但这个传说只有楚国人才相信。其他国家的人并不相信。其实，众所周知，第一位在人间称皇帝的人，就是著名的秦始皇嬴政。

秦王政第二十六年，六国被秦国统一。此时的秦王政39岁，正是最得意的年龄。他要做的第一件要紧的事情，就是要重新给自己确定一个称号。

在这之前，周天子的最高称呼就是"天子"和"王"，其他诸侯国只能称公侯甚至更低的伯子男。直到战国末年，周王衰落，各个诸侯国也开始自称"王"。秦国与齐国甚至一度称"帝"。在天下人眼里，这已经是最高的人间地位了。

但是，秦王政并不满意。他就问自己的大臣们，应该给自己确定一个前无古人后无来者的称号。

丞相王绾、御史大夫冯劫、廷尉李斯都认为，秦王政"兴义兵，诛残贼，平定天下"，功绩"自上古以来未尝有，五帝所不及"，而"古有天皇，有地皇，有泰皇，泰皇最贵"，那么秦王政不妨就采用"泰皇"吧。

但秦王政并不十分满意，他想了想，认为自己功过三皇，德盖五帝，他才是古往今来真正的NO.1，所以，就从三皇五帝里分别拿出了"皇"和"帝"二字，合成了"皇帝"。这说明，首先，秦王政认为自己有着至高无上的地位和权威，是上天给予的，是一种"君权神授"；其次，皇帝意味着自己不仅是天的代表，甚至本身就是神灵。

以后，"皇帝"就成为中国国家最高统治者的称谓。

这一刻，东皇太一、泰皇、三皇五帝都与秦王政合体了，秦王政变成了秦始皇。他又规定，自己死后，后继者就从他开始分别称二世皇帝、三世皇帝，以至万世。

从此，皇帝正式成为了汉字里面最富于特色的词语之一。

云中君

【原文】

浴兰汤兮沐芳，华采衣兮若英①。
灵连蜷兮既留，烂昭昭兮未央②。
蹇将憺兮寿宫，与日月兮齐光③。
龙驾兮帝服，聊翱游兮周章④。
灵皇皇兮既降，猋远举兮云中⑤。
览冀州兮有馀，横四海兮焉穷⑥。
思夫君兮太息，极劳心兮忡忡⑦。

【注释】

①浴：洗身体。沐：洗头发。兰汤：芳香的热水。华采：色彩鲜艳。若英：像花一样。

②灵：指云中君，即云神。连蜷：回环弯曲之貌，指云的仪态。既留：留指降神，神留在巫的身上。烂昭昭：云神的光彩华丽之貌。未央：无极。

③蹇：通“謇”，发语词，楚地的方言。憺（dàn）：安，安乐。寿宫：供神之宫。

④龙驾：龙车。帝服：天帝穿的衣服。周章：周旋盘桓的意思。

⑤猋（biāo）：迅捷貌。

⑥冀州：中国的代称。

⑦夫：音节助词。君：云中君。忡忡：忧思之貌。

【经典原意】

沐浴兰汤满身香气，再穿上华丽的衣裳。

云中君啊，您回环停留，神光灿烂华彩未央。

在云间宫殿祭祀，您的绚丽可与日月争光。

驾龙车、着彩服，在宇宙天空遨游四方。

神光灿灿，从天而降，刹那飞到九天渺茫的云中。

纵览九州，您的恩泽四海无量。

思念您啊一声叹息，忧心忡忡黯然神伤。

【当代阐释】

恬静的云神——云中君

质朴的古人们，该是以怎样的姿态在仰望高天？

这该是一个晴朗的日子，楚地难得有这样的平静：云梦泽的湖水水波不兴；巫山的风雨亦没有发作。先民们聚集在云中君的庙宇前面，仰望天空，只见到流云漫漫、阳光与蓝天忽隐忽现。

一切，显得平静、安详。

忽然，从云层之中投下一束刺目的光芒。这是阳光？还是云中君裙裾的流光溢彩？

风轻轻吹动了，先民们噤若寒蝉，纷纷跪在大地之上，仿佛云中君自天而降。她的名字叫做丰隆，又叫做屏翳。身着五彩衣，驾驶着龙车，在这样的晴朗的日子来到人间。她安详而又和蔼，就像天上那些美丽而又绵软的云朵。她不崇尚杀伐，也不吝啬赐福，她把她的爱心与沉静一一赐予楚地的先民。她许诺，要用云的力量为楚地降下及时雨，吹起东南风，让楚地的先民能够世世代代获得丰收，从此不再饥寒交迫。

先民诚惶诚恐、又惊又喜，于是沐浴更衣，穿得花枝招展，开始了一次无比精彩的狂欢，以庆祝和感谢云神的大方和善良。巫山之上，云泽之边，祭祀的香火越燃越旺，楚地的上空弥漫着馨香的香烟缭绕。

香火渐渐上升，要送别云神的返回。

她驾起坐骑，缓缓地升到天空，从天空注视着楚地乃至九州。横绝四海，一朝归去，犹如风吹云散……

云中君的庙宇前面又恢复了平静。这的确是一个晴朗的好日子。

湘君

【原文】

君不行兮夷犹，蹇谁留兮中洲？[①]
美要眇兮宜修，沛吾乘兮桂舟[②]。
令沅湘兮无波，使江水兮安流[③]。
望夫君兮未来，吹参差兮谁思[④]。
驾飞龙兮北征，邅吾道兮洞庭[⑤]。
薜荔柏兮蕙绸，荪桡兮兰旌[⑥]。
望涔阳兮极浦，横大江兮扬灵[⑦]。
扬灵兮未极，女婵媛兮为余太息[⑧]。
横流涕兮潺湲，隐思君兮陫侧[⑨]。
桂櫂兮兰枻，斫冰兮积雪[⑩]。
采薜荔兮水中，搴芙蓉兮木末。
心不同兮媒劳，恩不甚兮轻绝[⑪]。
石濑兮浅浅，飞龙兮翩翩[⑫]。
交不忠兮怨长，期不信兮告余以不闲。
鼂骋骛兮江皋，夕弭节兮北渚[⑬]。
鸟次兮屋上，水周兮堂下[⑭]。
捐余玦兮江中，遗余佩兮醴浦[⑮]。
采芳洲兮杜若，将以遗兮下女[⑯]。
时不可兮再得，聊逍遥兮容与。

【注释】

①君：即湘君。夷犹：犹豫。中洲：指洲中。

②要眇（yāomiǎo）：同“要妙”，文雅美好的样子。宜修：修饰的合适得体。沛：行疾貌。桂舟：桂木制成的舟。

③令：使。沅湘：都是楚国境内的河流，也都流入洞庭湖。江：长江。安：

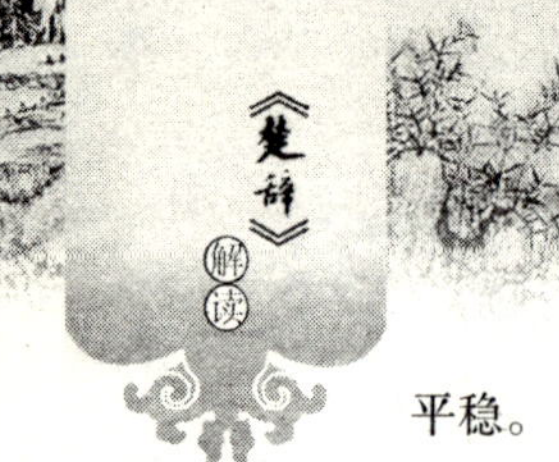

平稳。

④望:慕思。参差:排箫,古代乐器名。谁思:思谁。

⑤飞龙:指上文的桂舟,比喻行船之快。邅:迂回。

⑥薜荔:一种藤本植物,附着树木生长。柏:壁衣。绸:帷帐。荪:香草名。桡:旗杆上的曲柄,用来悬挂作为装饰旗帜的布条。旌:旌旗。

⑦望:遥望。涔阳:涔水北岸的地名。扬灵:张扬它的灵光。

⑧女:女须,屈原的姐姐。婵媛:情思牵萦的样子。

⑨横:纵横。潺湲:水徐徐流动之貌,此处指涕泪缓缓流动貌。隐:痛苦感伤。陫:缠绵悱恻,痛苦凄凉。

⑩桂櫂(zhào):桂木的船桨。兰枻:木兰的船舷。斫:砍、削,此处形容船行迅速破开的浪头好像雪。

⑪媒劳:引荐者徒劳无益。恩:恩爱。不甚:不深厚。

⑫濑:沙石上的湍急清浅的水流。翩翩:形容船行之快。

⑬鼂(zhāo):通“朝”,早晨。骋:驰骋。骛:交驰,此处指行舟。江皋:江边,江湾。弭:停止。节:节度。渚:水中的小洲。

⑭次:停留,留宿。周:环流。

⑮玦(jué):环形而有缺口的玉佩。醴:楚国的河流名。

⑯下女:侍女。

【经典原意】

湘水的神灵犹豫踌躇,因谁而留在水中的沙洲?
容颜美丽身材修好,我为您驾起激流的桂舟。
沅湘此时水波不兴,江水此时风平浪静。
翘首企盼你却再次失约,我的排箫幽怨动听。
驾起龙船向北远行,又转道访问杳渺的洞庭。
用薜荔作帘用蕙草作帐,用香荪为桨木兰为旗。
眺望涔阳那遥远的水边,江水纵横难挡我的心灵。
无处安放的青春心灵,只有女须为我排解彷徨。
眼泪止不住的流下脸颊,只是内心念着你的悱恻忧伤。
玉桂作桨吧木兰作楫,在水光中打浆前进似新雪堆积。
想在水中把薜荔摘取,想在树梢把荷花采撷。

若你我心心不印恩义两绝，纵然媒人如之奈何？
石滩上清溪湍流不息，水面上龙舟轻盈翩然。
是你的不忠给我怨恨，你说的没空只是一种敷衍。
早晨在江边匆匆赶路，傍晚把车停靠在北岸。
鸟儿栖息在屋檐上，水儿回旋在华堂前。
把当初你给我的玉环丢弃在江里，把送我的玉佩遗弃在醴岸。
而我再次从沙洲采来杜若，只想送给我忠诚的侍女。
时光匆匆不停脚步，我且放慢脚步逍遥而游。

湘夫人

【原文】

帝子降兮北渚，目眇眇兮愁予[1]。
嫋嫋兮秋风，洞庭波兮木叶下[2]。
登白薠兮骋望，与佳期兮夕张[3]。
鸟何萃兮蘋中，罾何为兮木上[4]？
沅有茝兮醴有兰，思公子兮未敢言[5]。
荒忽兮远望，观流水兮潺湲[6]。
麋何食兮庭中，蛟何为兮水裔[7]。
朝驰余马兮江皋，夕济兮西澨[8]。
闻佳人兮召予，将腾驾兮偕逝[9]。
筑室兮水中，葺之兮荷盖。
荪壁兮紫坛，播芳椒兮成堂[10]。
桂栋兮兰橑，辛夷楣兮药房[11]。
罔薜荔兮为帷，擗蕙櫋兮既张[12]。
白玉兮为镇，疏石兰兮为芳。
芷葺兮荷屋，缭之兮杜衡[13]。
合百草兮实庭，建芳馨兮庑门[14]。

九疑缤兮并迎，灵之来兮如云⑮。
捐余袂兮江中，遗余褋兮醴浦⑯。
搴汀洲兮杜若，将以遗兮远者⑰。
时不可兮骤得，聊逍遥兮容与！

【注释】

①帝子：此处指湘夫人。眇眇：眯着眼睛远望的样子。

②嫋嫋（niǎo）：吹拂貌。波：扬波。木叶：树叶。下：落下。

③白薠（fán）：叶子像莎草，生在江潮。骋望：纵目远望。夕：黄昏。张：陈设。

④萃：聚集。苹：水草名，生于浅水，似莎草但是有点大。罾（zēng）：渔网。木上：树梢上。

⑤茝：白芷，香草名。

⑥荒忽：恍惚之意。

⑦麋：驼鹿。食：吃草。蛟：无角的龙。水裔：水边。

⑧江皋：江边的高地。济：渡。西澨：西边的水涯。

⑨腾驾：使车驾奔驰。偕逝：一同前往。

⑩荪壁兮紫坛：用紫贝砌成室内的祭坛。

⑪桂栋：用桂木作房屋的正梁。橑：屋椽。楣：门框上面的横木。药：白芷。房：卧室。

⑫罔：编结。帷：幔帐。擗：分开，裂开。櫋：房顶伸出墙外的板。张：陈设。

⑬缭：绕。杜衡：香草。

⑭合：汇集。实：充实。建：设置，陈设。庑：堂屋四周的廊屋。

⑮九疑：山名，传说舜葬于此。灵：众神灵。如云：形容极多。

⑯袂：上衣，有絮的短袄。褋（dié）：女子的单衣，是湘夫人送给湘君的信物，这可能是古时女子爱情生活的习惯。

⑰汀：水中的平地。远者：远去之湘夫人。

【经典原意】

湘夫人啊您降落在北洲上，极目远眺却使我怅惘。

秋风摇落，洞庭波起，树叶落在水面上。

踩着白薠，纵目骋望，已经黄昏时候佳人怎还不来？

鸟儿聚集在水草中，渔网挂结在树梢上。
沅水的芷草、澧水的兰花，我的思念只敢对它们讲。
神思凝注，眺望远方，江水不停留为谁流淌？
麋鹿因何在庭中觅食，蛟龙因何在水边游荡？
清晨我打马从江边跑过，黄昏我又渡到江水西。
听说神灵在召唤我，我将驾车与她一同前往。
我把房屋建筑在水中央，还要把荷叶盖在屋檐上。
用荪草装点墙壁，用紫贝铺砌庭坛，在厅堂四壁撒满香椒。
桂木作栋梁吧木兰为桁椽，辛夷装门楣吧白芷饰卧房。
编织薜荔来做帷幕，析开蕙草之幔帐。
缝缀白玉来做镇席，陈设石兰之芳香。
覆盖芷草于荷叶房屋，缠绕杜衡于四方。
汇集各种花草布，建造芬芳馥郁门廊。
九疑山之众神都来欢迎您，纷纷之来如同山云。
把你当初送我的短袄丢弃到江中，把送我的单衣遗弃到澧水旁。
从此我在小洲上采摘杜若，却之馈赠给姑娘在远方。
美好的时光倏忽而过，我姑且从此逍遥游荡。

【当代阐释】

情歌——湘君与湘夫人

湘君与湘夫人是不能分别的恋人，正如《湘君》与《湘夫人》其实是两个人演唱的一首情歌。

谁也说不清究竟从何年何月开始，湘水两边有了一对不离不弃，却又难以相见的恋人。湘水，人间的天河，隔断了爱情，让苦苦的守候化作情歌。许多年过去了，传说中的神灵越来越不被人所知，人们就把他俩叫做湘君与湘夫人。在中国人善良的心里，如果今生今世没有成全的感情与渴望，就是留到下辈子、或者变成神话也要被成全。不然就可惜了他们的此恨绵绵无绝期。

情歌，主调是爱，复调是恨。

湘君的爱情是水。

他每天每夜都在湘水的河滩上游走，从不停留。湘水的波涛千万年间不知道阻拦了多少痴情的男女。湘君沉默不语，只是驾着桂木的小船，吹起排箫，思念的旋律能将波涛平息么？小舟在水中奋勇前行，船头在水面激起如雪的浪花。可情感不息，波涛不止，小舟总是被波浪打翻，湘君永远都过不去这条河流。

湘夫人的爱情是风。

她乘着秋风降到水上，像暗夜精灵一般召唤水岸的飞鸟与鱼。用荷叶缝制过河的船帆，用白薠装点小舟的船舷。她爱的人就在对面，他们已经相约千年，等待了千年。用飞鸟为渡过湘水的前驱，让鱼儿牵引这爱的小船，船帆鼓起来了，船行飞快。只是，风大浪急，总是过不去这条浅浅的河流。

有些河流是永远都过去不的，有些感情是永远都无法厮守的。

当等待变成一种习惯，等失败成为一种必然，他们似乎忘记了当初的约定。而爱情也终于在等待与失败中变得越来越模糊。她与他都开始失望、怀疑乃至想放弃。终于有一天，湘君把他们定情的信物丢弃在了这边的水中，而湘夫人也把她保存的信物遗弃在那边的水岸。

这也是今天许多爱情的模样：明明是相爱相守，只是彼此都爱得太深，守得太久，爱就会压得彼此都无法呼吸，直到有一天两人都无法承受。

神犹如此，人何以堪？

庄子说："相濡以沫，不如相忘于江湖。"可世间的人们仍然飞蛾扑火般向着爱的苦痛与极乐飞翔。也许，这世上本没有爱恨吧，只是等待的人与守候的人多了，也就有了爱恨。

【国学故事】

湘水之神的故事

晚唐诗人唐温如在其诗《题龙阳县青草湖》中这样写道：

西风吹老洞庭波，
一夜湘君白发多。
醉后不知天在水，
满船清梦压星河。

好优美的诗句，却也透着淡淡哀伤。湘君与湘夫人的故事打动了《楚辞》无数的读者，但是，他们二人是怎样成为湘水的两个神灵的？

学者如明代的汪瑗说："湘君者，盖泛谓湘水之神。湘夫人者，湘君之夫人，俱无所指其人也。"

诗人们却传说，湘君与湘夫人其实就是舜帝与他的两个爱妃——娥皇与女英。

上古的圣王尧帝，据说有两个女儿，大女儿叫女英，二女儿叫娥皇，姐姐长妹妹两岁。姊妹二人，都是倾国倾城，且又皆具后妃之德。尧帝很喜欢她们，也希望她们都能嫁给真正的王者，也只有王者才能配得上娶她们。

于是，尧帝在天下选贤，发现了天下最有德行的人是虞舜。他就先让虞舜辅佐自己治理天下，并打算以后把天下禅让给虞舜。为此，尧帝先把两个女儿嫁给了虞舜。虞舜非常疼爱自己的这两位妃子，而娥皇、女英也无比爱慕自己的丈夫。

尧帝死后，虞舜即位，垂拱而天下大治，人民安居乐业。

虞舜晚年，他也亲手挑选了最有德性的夏禹帮自己治理天下。后来，南方的"三苗"部族发动叛乱，虞舜亲自率领大军南征。娥皇、女英也跟随同行。大军征战，势如破竹，南进到湘水之滨的苍梧，虞舜不幸生病并驾崩。随后就葬在九疑山下。娥皇、女英听到这个消息，心碎不已，止不住地失声痛哭，一直哭得两眼流出鲜红的血泪来。泪珠洒在竹子上面，染得竹子满身斑斑点点。即便如此，姐妹二人仍然无法承受失去君王的痛苦，在湘水投水而死。

二妃死后，湘水附近的洞庭湖君山的竹子都变成了身上有紫色的斑斑点点的样子，被称作斑竹。人们为了纪念她们，还在湘水旁建立庙宇，叫做黄陵庙。后来，死去的虞舜也变成了湘水的神，也就是湘

君。而娥皇和女英则变成了湘夫人。

其实，这个传说并不可靠。清代的另一位学者赵翼考证说，湘君和湘夫人只是当地湘山的神，这样的神在中国的各个山上都有。赵翼的考证也许更有道理，可我们必须承认的是，千百年来人们更相信娥皇、女英的传说，娥皇、女英与湘夫人的合并，才符合人们对爱的想象与向往。

大司命

【原文】

广开兮天门，纷吾乘兮玄云。
令飘风兮先驱，使涷雨兮洒尘[①]。
君回翔兮以下，踰空桑兮从女[②]。
纷总总兮九州，何寿夭兮在予[③]。
高飞兮安翔，乘清气兮御阴阳[④]。
吾与君兮斋速，道帝之兮九阬[⑤]。
灵衣兮被被，玉佩兮陆离[⑥]。
一阴兮一阳，众莫知兮余所为[⑦]。
折疏麻兮瑶华，将以遗兮离居[⑧]。
老冉冉兮既极，不寖近兮愈疏[⑨]。
乘龙兮辚辚，高驰兮冲天[⑩]。
结桂枝兮延伫，羌愈思兮愁人[⑪]。
愁人兮奈何，愿若今兮无亏[⑫]。
固人命兮有当，孰离合兮何为[⑬]？

【注释】

①令：命令。飘风：骤起之风。涷（dōng）雨：暴雨。洒尘：洒水使尘埃湿润。

②君：大司命。回翔：回旋飞翔。空桑：神话中的山名，在东方，出琴瑟的..

材料。

③总总:众多貌。何:何人。

④安:稳。乘:掌握控制。清气:天空的清纯气。

⑤斋速:又作“斋肃”,虔诚、恭敬的意思。道:同“导”,引导。帝:天帝。九阬:九座大山,也可能是今天湖北的九冈山。

⑥灵:云。被被:翩翩。陆离:分散貌。

⑦一阴:一面是阴。一阳:一面是阳。余:大司命自况。

⑧疏麻:神麻。遗:赠与。离居:隐居者,隐士。

⑨冉冉:渐进之貌。寖(jìn):逐渐。近:亲近。疏:疏远。

⑩龙:龙车。

⑪结:系,编结。羌:发语词。

⑫若今:如今。无亏:无亏减。

⑬固:本来。当:常。

【经典原意】

敞开天宫之门,我乘着纷乱的黑云。

让旋风在前开路吧,让暴雨为我清扫尘土。

你盘旋飞翔徐徐降临,我追寻你的脚步越过空桑。

熙熙攘攘的九州之民,寿命短长都操之在我。

翔于高空,我乘清明之气又驾驭阴阳。

我与你恭敬迎接这位威严的神灵,为你作来到世上的引导。

身着五彩衣裳,腰缀佩玉琳琅。

天地一阴一阳,众人畏惧惊惶。

折下白如纯玉的疏麻,送给将要别离的人儿。

而我却渐渐老朽,与你们渐行渐远。

你乘着雕花辚辚的龙车,向着高空从此一去不返。

而我编结着芳香的桂枝,这思念怎不令我感到哀愁?

可这忧愁又能奈何?但愿今夕的感情能永恒如时间。

人的寿命本来固有定数,离合悲欢纵然神灵也难以主宰。

【当代阐释】

生与死——大司命

大司命，神界的催命判官。

在楚国先民的神话记忆中，既有着如云中君这般和蔼平静的神灵，亦有如大司命这般威严恐怖的神灵。他们以为，人的寿夭必定有神灵主宰，而大司命就是掌管人之寿命的神灵。

所以，尽管东皇太一是楚地文化中最高最大的神，但"县官不如现管"，楚民对东皇太一的祭祀只是虚晃而过，对掌管着人间生死的大司命却是毕恭毕敬，唯恐得罪了他。所以，当大司命离开天宫来人间的祭坛歆享之时，他是那样的威严庄重。他乘着让人一见就感到压抑的黑云，有暴虐的旋风在前面为他开路，让肆无忌惮的暴雨为他清扫路上的尘土。如此讲究排场，俨然一位帝王的做派。他不禁得意地说："熙熙攘攘的九州之民，寿命短长都操之在我。我翔于高空，乘着清明之气还能驾驭阴阳。"

其实，大司命在神界的地位可能并不高，但是由于他掌管着人间的生死，所以对凡人而言则是有最大的权柄了。正如古希腊神话中著名的三位命运女神——克罗托(Clotho)、拉切西斯(Lachésis)和阿特洛波斯(Atropos)。三女神中，最小的克罗托掌管未来，并纺织生命之线；二姐拉切西斯负责维护生命之线；最年长的阿特洛波斯掌管死亡，负责切断生命之线。她们是古希腊天神宙斯的女儿，然而当她们决定一个凡人的生死时，即使是宙斯也不能违抗她们的安排。

生与死，古代先民内心的恐惧之处。

正是因为人总有一天会死去，先民才会这般敬畏大司命，甚至比东皇太一还要敬畏。他们在大司命的神像之前，拿着一束束桂子枝，想要上前祭祀又因为对神灵的恐惧而犹豫凝望。他们唯唯诺诺，欲前又止，但最终还是诚惶诚恐地把祭品摆放在大司命面前，在香火的缭绕中感到一丝求神赐予长寿甚至永生的快慰。

不过，在一旁观察的屈原却认为，生与死的权柄虽然操在大司命的手中,但人却不能执著于生死。这是因为,人的寿命本来固有定数,离合悲欢纵然神灵也难以主宰。大司命虽然可以随时结束我的生命,但却不能在我生的时候了解我的悲欢。

生命,其意义究竟是在“生”还是在“死”?

大司命不言,屈原只是感叹。

少司命

【原文】

秋兰兮麋芜,罗生兮堂下①。
绿叶兮素花,芳菲菲兮袭予②。
夫人兮自有美子,荪何以兮愁苦③。
秋兰兮青青,绿叶兮紫茎。
满堂兮美人,忽独与余兮目成④。
入不言兮出不辞,乘回风兮载云旗⑤。
悲莫悲兮生别离,乐莫乐兮新相知。
荷衣兮蕙带,儵而来兮忽而逝⑥。
夕宿兮帝郊,君谁须兮云之际⑦。
与女游兮九河,冲风至兮水扬波⑧。
与女沐兮咸池,晞女发兮阳之阿⑨。
望美人兮未来,临风怳兮浩歌⑩。
孔盖兮翠旌,登九天兮抚慧星⑪。
竦长剑兮拥幼艾,荃独宜兮为民正⑫。

【注释】

①秋兰:兰草,有香气,开淡紫色的花。麋芜:即“蘼芜”,叶子很细,像芹,七、八月间开白花,根茎可入药,据说能够治妇人不育。

②袭:指香气扑人。予:我,男巫以大司命口吻的自称。

③夫:发语词。荪:石菖蒲,一种香草,屈原用来指君王等尊贵者,这里指少司命。

④美人:指求神生子的妇女。忽:很快地。余:我。目成:目光传情,达成默契。

⑤辞:言辞,告别的话。乘:驾乘。回风:旋风。云旗:以云为旗。

⑥儵(shū):同"倏"。逝:离去

⑦须:等待。

⑧九河:这里指天河。

⑨女:汝。晞:晒干。阳之阿:即阳谷,也作旸谷,神话中日出的地方。

⑩美人:可能指少司命。怳:神思恍惚惆怅的样子。浩歌:放歌,高歌。

⑪孔盖:用孔雀羽毛装饰的车盖。翠旌:翠鸟羽毛装饰的旌旗。

⑫竦(sǒng):直立。荃:指少司命。民正:民众之首领。

【经典原意】

秋天的芳草细叶葳蕤,丛生在堂下的庭院。

那是有绿的叶子与白的小花,芳菲绮丽扑面而来。

人人都有自己美好的后代,为何你却如此忧心忡忡?

秋兰的颜色青青如春,美好的绿叶与紫茎。

你看满堂的美人陈列肃穆,一刹那都与我眉目传情。

我来时沉默离开也不说告辞,默默驾起旋风载起云霞的旗帜。

这是因为我悲伤与你的离别,而你却快乐于新结的新欢。

穿起荷衣系上蕙带,我忽然前来又忽然远离。

日暮时在住宿在天帝的郊野,你这次在云边的等待究竟为谁?

与美女在九河里狂欢沐浴,大风吹起河水的波浪。

与美女在咸池里洗发依偎,又到日出的地方晾干乌黑的头发。

只是这样的美人总是不来,我值得临风高歌恍惚迷离。

你看孔雀翎制成的车盖,你看翠鸟羽装饰的旌旗,我愿为你到九天摘取彗星。

一手把握宝剑一手揽抱孩童,只有你最是人间的正义之神。

【当代阐释】

守护神:少司命

少司命是谁?自古以来就聚讼纷纭。

有人说,少司命是保佑儿童和妇女的守护神;有人说,少司命是主宰人间万民命运的命运之神;有人说,少司命是大司命的配偶之神……弱水三千,我只取一瓢饮。少司命其实就是一位楚国先民的守护神。

秋兰、蘼芜,这是古代的医书上记载的,能够治疗女人不孕不育的草药。现在,秋兰和蘼芜就陈列在神庙里,供奉给少司命。人们希望少司命能够赐福给自己,让自己早点拥有子嗣。

少司命,不像他的同僚大司命那样的威严,而是温润如玉、俊美纯洁、大慈大悲。他体察人间的哀苦,询问百姓的苦难,并愿意赐福保佑他们。每当人们前来祈祷,少司命一定会努力祝愿。他手持宝剑,胸怀众生,为楚地的先民许下宏伟的愿景,愿人间万民子嗣兴旺,绵延不绝。

但是,世人只能看到少司命的英武,却无一人能懂得他的柔肠。

他在人间结下了爱恋,爱慕着不知道哪位前来求他赐福生子的女子,只是他们之间人神相隔,不能在一起,所以少司命一面略显悲伤地吟唱着“悲莫悲兮生别离,乐莫乐兮新相知”的多情歌曲;一面想象着与那位人间的女子在河水中沐浴嬉戏、在咸池里洗头玩耍的美好情景。

这位女子不懂神灵的心,懵懂又朦胧,少司命白白地“望美人兮未来”,无奈的临风歌唱,悲伤叹息。于是他就如同一个凡间的暗恋者,有浓浓的爱意却无法抒怀,只好把对一个女子的爱洒遍整个人间。凡人的生命疏忽即逝,少司命的岁月却是永恒的漫长。人与神之间这冰冷的爱,在书籍上流传了三千多年,并将一直流传下去。

东君

【原文】

暾将出兮东方，照吾槛兮扶桑①。
抚余马兮安驱，夜皎皎兮既明②。
驾龙辀兮乘雷，载云旗兮委蛇③。
长太息兮将上，心低徊兮顾怀④。
羌声色兮娱人，观者憺兮忘归。
緪瑟兮交鼓，箫钟兮瑶簴⑤。
鸣篪兮吹竽，思灵保兮贤姱⑥。
翾飞兮翠曾，展诗兮会舞⑦。
应律兮合节，灵之来兮敝日。
青云衣兮白霓裳，举长矢兮射天狼⑧。
操余弧兮反沦降，援北斗兮酌桂浆⑨。
撰余辔兮高驰翔，杳冥冥兮以东行⑩。

【注释】

①暾(tūn)：太阳初升时光明、温暖的样子。吾：东君的自称。

②安驱：安然驶进。皎皎：明亮貌。

③龙辀(zhōu)：神话传说中的龙车，辀，古代的车。雷：车行的响声。委蛇：曲折盘旋，此处指旌旗飘动的样子。

④低(dī)徊：同“低徊”，迟疑不进的样子。

⑤緪(gēng)：同“絙”，绷紧。交鼓：对着击鼓。箫钟：箫声、钟声合鸣。瑶簴(jù)：用美玉为装饰的钟簴，即用来悬挂钟磬等乐器的木架。

⑥篪(chí)：古代竹制的乐器，单管横吹。灵保：指扮日神的灵巫。贤姱：贤淑美好

⑦翾(xuān)：鸟轻轻飞翔的样子，此处形容舞姿。翠曾：翠鸟举翅，也是形容舞姿。展诗：陈诗、唱诗。会舞：合舞。

⑧长矢：指弧矢星，又称天弓，由九颗星组成弓箭形，箭头常指向天狼星。天

狼:星宿名,据说天狼星主侵掠,是恶星。弧矢星主备盗贼,是吉星。

⑨弧:木弓。反:回身。沦降:太阳西沉。援:引,拿起。北斗:星宿七星这里指酒器。酌:斟酒。桂浆:桂花酿制的酒。

⑩驰翔:飞驰。撰(zhuàn):持、握。辔:马缰绳。杳:幽暗,深远。冥冥:昏黑。

【经典原意】

黎明的太阳即将从东方升起,照在我车驾的扶桑木栏上。

爱抚我的龙马让它向前飞驰,皎皎明月夜色阑珊。

驾驶龙车雷行苍天,载着云霓之旗逶迤万千。

一声咏叹我将奔向长空,心里眷顾着的是身下的苍茫大地。

美丽的景色让人神往,芸芸众生对神灵膜拜仰望。

琴瑟和谐、锣鼓喧嚣;钟磬齐鸣犹如交响。

竽篪也被奏响,保佑着贤男信女对我的祈求。

翠鸟低飞轻盈,诗人咏舞翩翩。

他们和着旋律的节奏,仰望着神灵将阳光遮蔽。

身着青云衣呀白霓裳,手引长箭射天狼。

操起九弧弓返回车上,手持酒器痛饮桂浆

牵起我的缰绳高高飞翔,在幽冥的夜色中朝向东方。

【当代阐释】

二年三度负东君

宋代的女词人李清照填过一首著名的词,《小重山》:

春到长门春草青,江梅些子破,未开匀。碧云笼碾玉成尘,留晓梦,惊破一瓯春。　　花影压重门,疏帘铺淡月,好黄昏。二年三度负东君,归来也,著意过今春。

这首词里面,流传最广的句子,恐怕就是下阕的那句“两年三度负东君”了,写出了李易安婚后思念丈夫赵明诚的心情。看来,在宋代的时候,东君就已经被广泛认为代表春天了。

为什么东君是春天?

这就要从屈原这首《东君》说起了。东君，着这里被认为是日神，太阳神带来的当然是光明、温暖和美丽。又因为按照古代“东南西北”分别对应“春夏秋冬”的讲究，在传说逐渐的流传中，太阳神“东君”也渐渐变成了春日之神。

屈原的这首诗就是为着太阳神而写的一首祭祀的歌曲。

当红日从扶桑树出发，温煦明亮，和谐万邦，开始了太阳神的光明之旅。他驾驭太阳车，龙车滚滚驶过犹如雷声，而天上绚丽云彩的张扬就是车上的旌旗。他把光和热布到人间，慷慨无私，从容不迫，且不计人类贡献的点点祭品。

而楚地万民，并不能理解太阳神的这种无私，他们只是极其隆重热烈的迎祭他的到来：弹起琴瑟，敲起钟鼓，吹起篪竽，翩翩起舞。这种宏大的祭祀场面，似乎仅次于东皇太一的祭祀了。于是，太阳神也非常感动，他决定不仅散布光明，还要为楚民继续忙碌。他要举起长箭去射那贪婪成性的天狼星，操起天弓以防止灾祸降到人间。他以北斗为壶觞，斟满美酒，洒向大地，为楚民赐福，然后驾着龙车继续行进。

太阳神离开，黑夜到来，但不管怎样，明天他将以同样的姿态回来……

河伯

【原文】

与女游兮九河，冲风起兮水横波[①]。
乘水车兮荷盖，驾两龙兮骖螭[②]。
登昆仑兮四望，心飞扬兮浩荡。
日将暮兮怅忘归，惟极浦兮寤怀[③]。
鱼鳞屋兮龙堂，紫贝阙兮珠宫[④]，
灵何为兮水中[⑤]。
乘白鼋兮逐文鱼，与女游兮河之渚[⑥]。

流澌纷兮将来下[⑦]。
子交手兮东行，送美人兮南浦[⑧]。
波滔滔兮来迎，鱼鳞鳞兮媵予[⑨]。

【注释】

①女:通“汝”。九河:古代黄河中下游众多支流的总称，相传大禹治黄河时，为黄河疏通了九条支流。冲风:暴风。

②水车:河伯乘的车。荷盖:荷叶作的车盖。骖:古代车辕外侧的马。

③极浦:遥远的水滨。寤怀:眷顾的意思。

④鱼鳞屋:以鱼鳞为屋。龙堂:以龙鳞为堂。紫贝阙:以紫贝为饰的宫阙。

⑤灵:指河伯。

⑥白鼋:白色的大鳖。文鱼:鲤鱼。

⑦流澌:流水。

⑧子:指河伯。美人:屈原自称。南浦:南方的水边。

⑨鳞鳞:鳞次栉比之貌。媵(yìng):原指陪嫁的女子，这里指伴随。

【经典原意】

女人，我与你一起畅游九河，乘风又破浪。
船上荷花盖，两龙在前游。
先去昆仑吧，登高瞭望天下四方。
太阳下山人惆怅，那就再访龙宫吧。
龙鳞的屋子紫贝的门，珍珠的房栊龙王的床。
告诉我这样的日子你渴慕什么?
我与你依偎在白色的大龟上，彩色的锦鲤跟随着我们。
我们一起在河水的小岛旁嬉戏玩耍，漫漫的河水缓缓流下。
手拉着手向东，我将送别我的女人到南浦。
大水滔滔来迎你了！等你回来，鱼儿对对来做你的陪嫁。

【当代阐释】

残酷的情歌——河伯

如果这首诗的题目不是河伯，那么这将是一首非常优美动人的情歌。因为诗歌中没有一句提及河伯，也没有祭祀河伯的词语。让我们姑且把这首诗当做情歌来欣赏吧。

这是男子唱给女子的歌曲：亲爱的女人，我要和你在一起，畅游大河，乘风破浪。我想和你偎依在白色大龟上，锦鲤五彩跟随着我们，就像你前来嫁给我的陪嫁。

这样的款款深情，足以让最矜持的女子也能感动。爱的极致，往往归于最为平淡的二人世界。他与她只是手挽手、行复行，一会儿在河边，一会儿在水上……这是最平淡却也是最值得人留恋向往的爱情。

可是，为什么还要说这是一首残酷的情歌？

这就要回到本篇的题目“河伯”上。原来，在古代一直流传着“河伯娶妻”的故事。而这首诗美丽诱人的情歌，竟然是河伯唱给那些要作为祭品献祭给他的女子的诗歌！

原来，在战国的时候流传着“河伯娶亲”的风俗。其中一个叫邺县的地方，这个风俗最盛。邺县靠近黄河，每年都会遭受黄河泛滥的危害。于是，不知道哪年哪月起就开始流传，只有给河伯每年娶一个漂亮媳妇，黄河才不会泛滥。于是，每年到了为河伯娶亲之时，就有女巫专门去偷窥小户人家的漂亮女子，说这女子可以给河伯做妻子。于是就给这户人家下聘礼，为女孩子洗澡洗头、穿新衣服、沐浴斋戒。等到了娶亲的时候，就把女子放在一张很大很漂亮的床上，然后把床浮到河中，全然不顾女子恐惧的哭泣。而这张床就在水面上漂不了多少里便沉没了。而女子也就丧身河底了。

对河伯而言，他又得到了一个新的妻子，他自然要唱起情歌，等待恋人的到来。而楚民也全然相信，这女子果真做了河伯的妻子，所以也就用河伯的语气写下这首动人却又残酷的恋歌。

女子的死去，成全了河伯的爱情。这样的爱情，亦生亦死，亦美艳亦残酷，似乎告诉近今天的人，爱情原本就是这般生生死死，极难参透。而只有神仙才可能战胜爱情的恐惧。

【国学故事】

河伯治水的故事

黄河,是中华民族的母亲河,所以掌管黄河的河伯也就顺理成章地成为了能与水神共工齐名的另一个水神。尽管关于河伯流传着诸如“河伯娶亲”这样残酷的故事,但作为黄河之神,河伯毕竟也在神话中占有着一席之地。

传说,上古之世,天下大乱,各条河流都泛滥成灾。舜帝命令鲧去治水,结果鲧花了许多年也没有治理好,于是舜帝一怒之下在羽山杀死了鲧以作惩罚。而鲧的儿子大禹则接起了他父亲的重任,开始用新的办法治水。

而在鲧治水之前,黄河边上发生了一个故事。一个叫做冯夷的人在过黄河的时候,不小心被泛滥的黄河水淹死了。这位冯夷是个公子,风度翩翩,他一死,人间所有的希望都化为泡影。于是他特别有怨气,这种怨气越积越多,冯夷的怨灵也就变成了神仙,也就是黄河的神仙。

成了仙的河伯,依旧是翩翩公子,但却变成了鱼尾人身,长着一头银白色的头发,他的眼睛和鳞片是流光溢彩的琉璃色,而且,这位美男鱼貌美异常,身上还有淡淡水香,看上去永远都是十八岁的样子。

冯夷当了黄河水神,人称河伯。从此河边常常有当地的百姓来祭祀他,希望他能把黄河的水治理好,别再淹死人了,应该让黄河水灌溉才算是好事。河伯每年都歆享着百姓的供品,他也很想把黄河治理好让百姓满意,也让自己的悲剧不再重演,可是,治水这件事情,何其难也!他只能到处求助,终于,有位老人告诉河伯,要治理好黄河,先要摸清黄河的水情,画幅河图,有黄河的水情河图为依据,就能够治理黄河了。

这下,河伯忙了起来,一心要画幅河图。他向西到过昆仑山——黄河的源头,向东又到过东海——黄河的入海口。他走遍了黄河的上游和下游,踏遍了黄河附近的每一座高山和村落,他到处拜访百姓,向老人们讨教黄河的水道变化。风里来雨里去,跋山涉水的生活一过就是一百多年。

河伯凭着当初自己被水淹死的一腔怨愤，凭着一百多年风雨无阻的劳动，终于把黄河的水道摸清楚了，划出了河图。此时，他虽然仍然样子还是那个十八岁的少年，却已经老了，内心已经老了，能量也快用尽了。看着河图上标志的黄河哪里深、哪里浅，哪里好冲堤、哪里易决口，哪里该挖、哪里该堵，哪里能断水、哪里可排洪，已经一清二楚了。他却再也没有多余的力气去治理了。他决心，等待一个有缘的人来帮助他治水，到时候，他就把河图交给他。

这一等，又是一两百年。

终于，有一天，有个头戴斗笠，腿上因为过度劳作连汗毛都没有，穿着像一个农夫一样的人来河边呼唤河伯。河伯一看，知道他要等的有缘人到了，就从河底浮上水面，问他是谁。那人说，他是大禹。

已经等了太久的河伯，郑重地把河图交给了大禹。大禹一看，图上密密麻麻，圈圈点点，把黄河上上下下、左左右右的水情画得一清二楚。这些都是河伯的心血啊。而河伯平静地笑着，退回到了水底。

拿到了河图的大禹，用十三年的时间终于治理好了水道，并成为了舜帝的接班人。

山鬼

【原文】

若有人兮山之阿，被薜荔兮带女萝[1]。
既含睇兮又宜笑，子慕予兮善窈窕[2]。
乘赤豹兮从文狸，辛夷车兮结桂旗[3]。
被石兰兮带杜衡，折芬馨兮遗所思[4]。
余处幽篁兮终不见天，路险难兮独后来[5]。
表独立兮山之上，云容容兮而在下[6]。
杳冥冥兮羌昼晦，东风飘飘兮神灵雨[7]。

留灵修兮憺忘归，岁既晏兮孰华予[8]。
采三秀兮於山间，石磊磊兮葛蔓蔓[9]。
怨公子兮怅忘归，君思我兮不得闲。
山中人兮芳杜若，饮石泉兮荫松柏[10]，
君思我兮然疑作[11]。
雷填填兮雨冥冥，猨啾啾兮狖夜鸣[12]。
风飒飒兮木萧萧，思公子兮徒离忧。

【注释】

①若有人：指山鬼活跃在山间。被：通“披”。女萝：松萝。

②睇：微微斜视，流盼。子慕予：子指山鬼。

③赤豹：赤色有斑纹的豹子。文狸：皮毛有花纹的野狸。结：编织。

④石兰：山兰。遗：赠予。

⑤篁：竹丛。后来：迟来。

⑥表：特出的。容容：溶溶，指云海的苍茫景象。

⑦雨：下雨。

⑧留：挽留。华予：使我美丽。

⑨三秀：灵芝的别称。於山：巫山，“於”通“巫”。

⑩山中人：山鬼自称。

⑪然疑：肯定和怀疑，偏义复词，此处解为怀疑、疑问。作：生。

⑫填填：雷声。狖(yòu)：猿猴。

【经典原意】

深山空寂，仿佛有人来过，她身披薜荔、腰束女萝。

她含情流盼又巧笑倩兮，惹我心焦。

她骑着美丽的花豹，跟从她的是文狸；

乘着辛夷木的车子，折一丛桂花作旗。

身披石兰腰饰杜衡，我折朵香花寄托我的爱慕。

我住在这竹林幽眇的深处，道路险峻迟迟才来。

你独自伫立在山巅等我，看云海茫茫看山下人间。

山色幽暗让白昼如夜，还有东风吹来神灵的甘霖。

我痴痴地等你不知多少年，怕你红颜老去空留遗憾。

我于是为你采撷灵芝，在磊磊的岩石之间。

你抱怨我不来于是怅然归去，其实我思念你只是为你寻找灵芝。

你这山中的美女，如杜若般洁白，爱慕你只饮石泉水，只与松柏做伴。

其实我一直在思念你，难道有什么怀疑么？

雷声隆隆细雨濛濛，猿鸣啾啾夜色沉沉。

风声飒飒落木萧萧，你我如此相爱却徒然别离。

【当代阐释】

山鬼的野性之美

山鬼，让人恐惧的名字，其实是一位具备野性之美的山中女子。

而屈原的《山鬼》一诗，则是这位女子纯粹的情感独白。她住在原始自然的山中而不是喧嚣虚伪的城市；她还没有成仙却已经具备了仙人的灵气；她如同孙悟空一样是自然的灵气所生，却不知为何感染了凡人的情感而变得忧郁伤感；她在山中采灵芝并思念她从未谋面的恋人；她是真正的美，自然之美、野性之美！

如果用现代的语言来描述，这首诗是这位山中女子的诗体日记。

如同所有女子私密的言说，这首诗同样铺陈了她的重重心事。或者说，铺陈的是她百转千回的爱恋。所以她会说："身披石兰腰饰杜衡，我折朵香花寄托我的爱慕"；她也会说："你抱怨我不来于是怅然归去，其实我思念你只是为你寻找灵芝"。可她的爱情永远都是停留在独自的想象，谁也不知道她苦苦思念的爱人是谁在哪里。

这是因为，她是一位山中的女子，不是城市的女子，不是贵族的少妇，也不是天上的神仙。她或许从来没有离开过她的丛林，所以她才穿着山野之人的装束："深山空寂，仿佛有人来过，她身披薜荔、腰束女萝。她含情流盼又巧笑倩兮，惹我心焦。她骑着美丽的花豹，跟从她的是文狸；

乘着辛夷木的车子，折一丛桂花作旗。身披石兰腰饰杜衡，我折朵香花寄托我的爱慕。”

她其实终日与野兽在一起，而野兽也并不伤害她。她就像好莱坞电影《金刚》里与金刚生活得太久而变得野性无比的女主角，豪放、豪情，充满深情。她爱上的是一个男人的意象，所以她对爱情的感叹纵然伤感，却也天真烂漫。这就像今天众多初恋者的那种心理，真挚、单纯，在矜持的外表下充盈的是不羁的狂放。

这首诗最动人的一句，当属结尾：“思公子兮徒离忧！”。她起初只是少女初萌那般产生的自我爱恋，无忧无虑，一片天机，与花豹玩耍、嬉戏。而此时，她为着莫名的恋情而悲伤万分，哀怨之声，在风雨萧瑟中越显悲怆。也带给后人阅读之时的种种凄凉之感。

但这样的女子，无疑是值得爱慕的。

国殇

【原文】

操吴戈兮被犀甲，车错毂兮短兵接。
旌蔽日兮敌若云，矢交坠兮士争先。
凌余阵兮躐余行，左骖殪兮右刃伤[①]。
霾两轮兮絷四马，援玉枹兮击鸣鼓[②]。
天时坠兮威灵怒，严杀尽兮弃原野[③]。
出不入兮往不反，平原忽兮路超远[④]。
带长剑兮挟秦弓，首身离兮心不惩[⑤]。
诚既勇兮又以武，终刚强兮不可凌[⑥]。
身既死兮神以灵，魂魄毅兮为鬼雄。

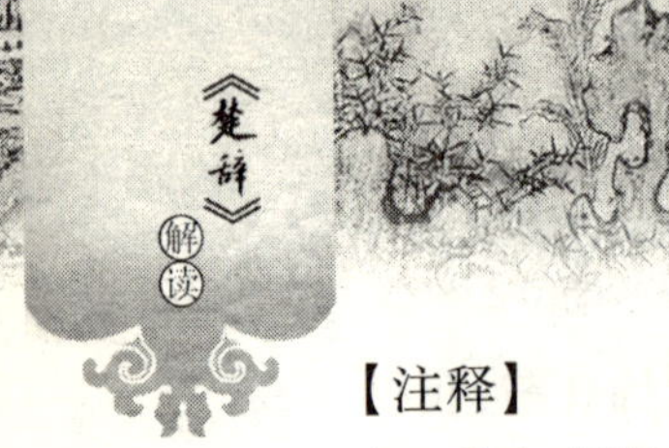

【注释】

①凌:侵犯。躐(liè):践踏。骖:拉车时左侧的马。

②霾(mái):陷没。絷(zhí):系缰绳。玉枹(bāo):玉做的鼓槌。

③坠:坠落。

④忽:形容路途遥远。

⑤惩:畏惧。

⑥诚:诚然,确实的。

【经典原意】

操起武器、身披犀甲,车轮交错,短兵相接。

旌旗蔽日、敌人如麻,流矢如雨,勇往直前。

来犯的敌军侵凌阵地,我的左骖阵亡右骖受伤。

战车的两轮陷入污泥,四马也被绊住铁蹄;

只好奋力抡起玉制的鼓槌,奋袖鸣鼓擂击震天。

天气愁惨鬼神怒,战士死伤殆尽忠骸遍地。

出征之时就誓言不再入国门,战场辽阔我们将急行军。

无论生死都要佩长剑带秦弓,即使身首分离我的忠贞也不变!

将士们无比英武,沙场的刚毅顽强彪炳日月。

我的身躯虽死,我的灵魂永生。

我的魂魄如生,我在鬼界称雄。

【当代阐释】

山之上,国之殇

据说,即使在今天的湖南湖北,还流传着“秦楚世仇”的说法。当然,时过境迁,今天海内一统,再也不会有这种世仇。然而,我们也不能否认在战国时期,楚国与秦国之间的生死较量。战国时候的人说,“横则秦帝,纵则楚王”,又说“楚虽三户,亡秦必楚”,而战国这几百年间,秦楚之间的战争不知道有多少回。

有战争,就会有死亡。

有死亡,就会有哀歌。

这首《国殇》，写的就是给保卫楚国疆土而战死的将士的祭歌。什么叫做殇？古人曾说，男二十岁或女十五岁而死叫做殇；在外而死也叫做殇。从军打仗，战死的往往都是这个国家的青壮年，很多男子都是二十岁不到，而为了保家卫国战死，也属于死在外面。无论怎么看，这首诗写的都是殇。

殇，就是伤，就是伤悲与痛苦。

屈原在这里，为这种伤悲做了他所有诗歌中最平铺直叙的描写："出征之时就誓言不再入国门，战场辽阔我们将急行军。无论生死都要佩长剑带秦弓，即使身首分离我的忠贞也不变。"

勇士们不畏强敌，前仆后继。这样的精神，还不足以动人么？然而，尽管屈原如此热烈地赞颂楚国战士的牺牲，但不能否定的是，楚国在随后的日子里，一年比一年更虚弱，直到有一天被秦国彻底灭亡。国殇，果然成为了国家巨大的伤痛。

当然，值得庆幸的是秦国统一六国十五年之后，天下大乱，而此时的英雄就是楚国的贵族——项氏家族的后代项羽。这位西楚霸王虽然最终没能统一天下，却成为中国古往今来的一位大英雄。他用他的八千江东子弟的生命之殇继续续写着国殇的悲痛与伟大。

最后要说明的是，按照《九歌》的顺序，本篇应该是全篇的终章。《礼魂》只是送神曲，是尾声。所以，这首《国殇》的意义也就更加的非凡了。

【国学故事】

于右任的"国殇"

于右任先生，是海峡两岸都非常熟悉的一位老人。他是伟大的爱国者、民主革命先驱。辛亥革命时期，著名的报刊活动家、教育家、诗人，复旦大学校友，尊称"元老记者"。他早年追随孙中山先生，后来又成为呼吁国家统一的爱国者，这些经历早已经被镌刻在他人生的履历上。而尤为我们熟悉的是他的那首著名的仿楚辞体诗歌——《国殇》：

葬我于高山之上兮，望我大陆；

大陆不见兮，只有痛哭。

葬我于高山之上兮，望我故乡；

故乡不见兮，永不能忘。

天苍苍，海茫茫，山之上，国有殇。

这首著名的《国殇》，又名《望大陆》，发表于1964年11月10日。此时，于右任先生已经在台北谢世了。晚年的于右任先生身在台湾岛，却非常渴望叶落归根，但是始终未能如愿。早在1962年1月12日，他就在日记中写道："我百年之后，愿葬玉山或阿里山树木多的高处，山要高者，树要大者，可以时时望大陆。我之故乡是中国大陆"。

这首怀乡的曲子被称作《国殇》格外具有深意。尽管这首诗歌中从没有提到过死亡和牺牲，却蕴含着诗人那种对国家未能统一所感发的痛苦和悲伤。是的，还有什么比亲人分离更深重的痛苦？这是国家的伤痛，所以才堪称国之大殇。

为什么于右任对祖国充满着如此真挚热切的感情？这要从他一生的经历说起。于右任生于1879年4月11日生于陕西三原县东关河道巷，原名伯循，字诱人，曾用名刘学裕、原春雨，后以"右衽"谐音"右任"为名。这个典故，是出自孔子赞扬管仲的话"微管仲，吾其被发左衽矣"，意思是说，没有管仲辅佐齐桓公扶植周朝，那么华夏沦陷于蛮夷则指日可待了。所以，于右任取名，正有以管仲自比的意思在其中。而他的笔名曾用"神州旧主"、别署"骚心"，号"髯翁"，晚号"太平老人"，其中的"骚心"，显然又是对屈原的怀念。

后来，于右任在光绪年间中了举人，但又因为刊印《半哭半笑楼诗草》讥讽时政被清廷通缉，亡命上海。不久就加入光复会和同盟会，1907年起还先后创办《神州日报》和《民立报》，积极宣传民主革命。他同时还是中国近代书法史上的书法艺术大家、一代书圣，尤擅草书，首创"标准草书"，被誉为"当代草圣"。

早在1949年，于右任虽然人到台湾，但他的结发妻子和儿子却留在大陆，从此天各一方，直到他去世也没有团聚。所以，他的《国殇》并非泛泛的家国之情，而是深藏了刻骨铭心的身世之痛。祖国统一，是诗人一生所追求的理想。于右任早年追随孙中山推翻满清统治,在国共合作期间又积极倡导两党合作,兴办教育、兴修水利,是真诚的爱国者。同时,他又是清末民初著名的团体——南社的早期诗人,一生写下诗词近900首,这其中有不少是寄托国家民族兴衰之情的诗篇。当这样广阔的人生在小岛上郁郁而终的时候,焉能不悲伤?

1964年8月中旬,于右任因病住院。到了他弥留的时候,他很想留下遗言,可重病在身已经让他不能说话,于是他艰难地伸出一个指头,又伸出三个指头。围在于右任周围的人赶紧猜测,可于右任总是摇头。终于,在1964年11月10日的晚上,于右任与世长辞,终年86岁。

他没有留下任何遗言,除了当初他做的那两个手势。后来,有人猜测,"一个指头、三个指头"指的是,将来中国统一了,要将他的灵柩运回大陆,归葬于陕西三原县故里。

而现在,于右任的坟茔只能暂且安葬在他乡,被埋葬在台北最高的观音山上,并在海拔3997米的玉山顶峰竖立起一座面向大陆的半身铜像。算是从形式上了却了他登高远眺故土的心愿。

人们称赞于右任的时候,常常引用"三间老屋一古槐,落落乾坤大布衣"的话,因为他简朴、善良。而更多的人却常常想起他的《国殇》,因为这才是他的心灵和他的悲怆。

礼魂

【原文】

成礼兮会鼓,传芭兮代舞[①]。
姱女倡兮容与[②]。
春兰兮秋菊,长无绝兮终古。

【注释】

①成礼:是"成具礼敬"的缩略语,意思是所有的礼仪都已经完成。会鼓:集

中而急促的敲鼓。芭:通葩,花朵。代舞:交替着舞蹈。

②姱:美好。倡:通“唱”。容与:安闲自得的样子。

【经典原意】

仪式结束敲起鼓,传着花儿跳起舞。

美女歌唱又大方。

春日祭祀兰花,秋日供奉菊芳。

香火不灭,地久天长。

【当代阐释】

尾声

礼,指祭祀的仪式;魂,指《九歌》中祭祀的全部的神仙鬼魂。所以,《礼魂》就是本篇的尾声,是全部组诗的片尾曲。

楚地的先民们,祭祀完毕,跳起欢快的舞蹈,而兰花与菊花则更加娇艳了。花儿朵朵,衬托着祭祀的香火冉冉升起,这是怎样的一种安详的情景啊。而整首《九歌》,也到此宣告结束……

【文化常识】

元曲作家阿鲁威与《九歌》

《九歌》是屈原的代表作,自从诞生以来就引起了历代文人雅士的爱好。他们或者以“九”为名,写下了诸如《九辩》、《九叹》等传世名篇;或者用其他的文学体裁来改写《九歌》。这其中,最有名的一位是元代著名的元曲作家——阿鲁威。

阿鲁威,汉文名字又叫做阿鲁灰,字叔重,又叫做鲁东泉。他是蒙古族人,但是蒙、汉文都有相当高的水平。阿鲁威在元仁宗、英宗执政时,曾任延平路总秘和泉州路总管,南剑太守,后应诏入朝作经筵官。不过,今天人们纪念阿鲁威,是因为他善作散曲,被列为散曲七十大家之一。《太和正音谱·古今群英乐府格势》篇,称他的词曲风格是“如鹤唳青霄”,意思就是说风格特别高亢、激昂。可惜留传不多,现存阿鲁威作的散曲有19首,计《蟾宫曲》16首,《湘妃怨》2首,《寿阳曲》1首。

这十六首《蟾宫曲》中,最为出名的就是阿鲁威改写屈原的《九歌》了。让我们来欣赏一下,并比较与屈原的作品有哪些异同:

《东皇太一》:穆将愉兮太乙东皇,佩姣服菲菲,剑珥琳琅。玉瑱琼芳,烝肴兰藉,桂酒椒浆。扬枹鼓兮安歌浩倡,纷五音兮琴瑟笙簧。日吉辰良,繁会祁祁,既乐而康。

《云中君》:望云中帝服皇皇,快龙驾翩翩,远举周章。霞佩缤纷,云旗晻蔼,衣采华芳。灵连蜷兮昭昭未央,降寿宫兮沐浴兰汤。先戒鸾章,后属飞帘,总辔扶桑。

《湘君》:问湘君何处翱游,怎弭节江皋,江水东流。薜荔芙蓉,涔阳极浦,杜若芳洲。驾飞龙兮兰旌蕙绸,君不行兮河故夷犹。玉佩谁留,步马椒丘,忍别灵修。

《湘夫人》:促江皋腾驾朝驰,幸帝子来游,孔盖云旗。渺渺秋风,洞庭木叶,盼望佳期。灵剡剡兮空山九疑,澧有兰兮沅芷菲菲。行折琼枝,发轫苍梧,饮马咸池。

《大司命》:令飘风冻雨清尘,开阊阖天门,假道天津。千乘回翔,龙旗冉冉,鸾驾辚辚。结桂椒兮乘云并迎,问人间兮寿夭莫凭。除却灵均,兰佩荷衣,谁制谁纫?

《少司命》:正秋兰九畹芳菲,共堂下蘼芜,绿叶留荑。趁驾回风,逍遥云际,翡翠为旗。悲莫悲兮君远将离,乐莫乐兮与女新知。一扫氛霓,晞发阳阿,洗剑天池。

《东君》:望朝暾将出东方,便抚马安驱,揽辔高翔。交鼓吹竽,鸣篪絚瑟,会舞霓裳,布瑶席兮聊斟桂浆,听锵锵兮丹凤鸣阳。直上空桑,持矢操弧,仰射天狼。

《河伯》:激王侯四起冲风,望鱼屋鳞鳞,贝阙珠宫。两驾骖螭,桂旗荷盖,浩荡西东。试回首兮昆仑道中,问江皋兮谁集芙蓉。唤起丰隆,先逐鼋鼍,后驭蛟龙。

《山鬼》:若有人兮含睇山幽,乘赤豹文狸,窈窕周流。渺渺愁云,冥冥零雨,谁与同游?采三秀兮吾令蹇修,怅宓妃兮要眇难求。猿夜啾啾,风木萧萧,公子离忧。

通过比较可以发现,最大的共同点就是神似。阿鲁威用元曲的体裁把屈原的作品的意趣几乎全部表达出来了。而最大的不同点,则是阿鲁威的作品更加强调押韵和平仄,因此读起来更加顺口和通俗。

透过阿鲁威的作品,我们能够知道屈原《九歌》在后代是多么的流行。

《九章》

【导读】

《九章》，九首歌。

屈原悠长生命，一次次失望，一段段悲伤。每一次都留下一首忧伤的歌。九，是一个特殊的数字，它是屈原的九曲回肠，是屈原理想的九九归一；章，就是彰显情志，抒发内心那些淤积的难过。

九章，九首歌，也是九次叹息，九次哀伤，每次都向死亡走近一步。《惜诵》，是缩写版的《离骚》，虽然篇幅不长，但情感一样深挚；《桔颂》，如此清新秀拔，体物写志，是带着眼泪的微笑；《哀郢》，是对故土沦丧的最后叹息，昭示着牺牲的决心；《涉江》，江水呜咽，犹如诗人的踽踽独行；《怀沙》，则被看做诗人的绝唱，他怀抱心灵的纯洁，沉入滔滔的浪花，地久天长。其他诸篇，也同样是或长或短，或哀伤或叹息。

九章，九首歌，九次哀伤，犹如一朵九瓣的忧郁之花。

九章，九首歌，九面镜子，每一面都照出你面庞憔悴。

但愿我们能懂得，有时候，悲伤也是一种美丽。

惜诵

【原文】

惜诵以致愍兮，发愤以抒情[①]。
所作忠而言之兮，指苍天以为正。
令五帝以折中兮，戒六神与向服[②]。
俾山川以备御兮，命咎繇使听直[③]。
竭忠诚以事君兮，反离群而赘疣[④]。
忘儇媚以背众兮，待明君其知之[⑤]。
言与行其可迹兮，情与貌其不变。
故相臣莫若君兮，所以证之不远。
吾谊先君而后身兮，羌众人之所仇也[⑥]。
专惟君而无他兮，又众兆之所雠也[⑦]。
壹心而不豫兮，羌不可保也[⑧]。
疾亲君而无他兮，有招祸之道也[⑨]。
思君其莫我忠兮，忽忘身之贱贫。
事君而不贰兮，迷不知宠之门[⑩]。
忠何罪以遇罚兮，亦非余心之所志[⑪]。
行不群以巅越兮，又众兆之所咍[⑫]。
纷逢尤以离谤兮，謇不可释也[⑬]。
情沉抑而不达兮，又蔽而莫之白也[⑭]。
心郁邑余侘傺兮，又莫察余之中情[⑮]。
固烦言不可结诒兮，愿陈志而无路[⑯]。
退静默而莫余知兮，进号呼又莫吾闻。
申侘傺之烦惑兮，中闷瞀之忳忳[⑰]。
昔余梦登天兮，魂中道而无杭[⑱]。
吾使厉神占之兮，曰："有志极而无旁。[⑲]"

终危独以离异兮，曰君可思而不可恃。
故众口其铄金兮，初若是而逢殆[20]。
惩於羹者而吹齑兮，何不变此志也[21]？
欲释阶而登天兮，犹有曩之态也[22]。
众骇遽以离心兮，又何以为此伴也[23]？
同极而异路兮，又何以为此援也[24]？
晋申生之孝子兮，父信谗而不好[25]。
行婞直而不豫兮，鲧功用而不就[26]。
吾闻作忠以造怨兮，忽谓之过言[27]。
九折臂而成医兮，吾至今而知其信然[28]。
矰弋机而在上兮，罻罗张而在下[29]。
设张辟以娱君兮，愿侧身而无所。
欲儃佪以干傺兮，恐重患而离尤[30]。
欲高飞而远集兮，君罔谓女何之[31]？
欲横奔而失路兮，坚志而不忍。
背膺牉以交痛兮，心郁结而纡轸[32]。
捣木兰以矫蕙兮，糳申椒以为粮[33]。
播江离与滋菊兮，愿春日以为糗芳[34]。
恐情质之不信兮，故重著以自明[35]。
矫兹媚以私处兮，愿曾思而远身[36]。

【注释】

①惜诵：惜是哀悼痛惜，诵是进谏上书，惜诵就是为自己的上书进谏而不得所发出的感慨叹息。愍：指忧患。

②五帝：这里特指五个方向，东西南北中的天神。析：辨析。中：刑书。六神：这里指六宗之神，即日、月、星、水旱、四时、寒暑的神灵。与：同以，助词。向服：对证是否真的有罪状。

③山川：名山大川的神灵。备御：备用，这里指陪审职能。咎繇：也就是著名

的皋陶，在舜的时代担任法官，掌管法律刑罚刑狱等。听直：听案并判断是非曲直。

④赘疣(zhuìyóu)：原指生于体外的肉瘤。

⑤儇(xuān)：轻佻的样子。

⑥谊：义。羌：乃，语气词。

⑦惟：思。众兆：众庶兆民。

⑧豫：犹豫。不可保：不能够自保。

⑨疾：急切，极力，很快。

⑩不贰：不二心，专一。宠之门：邀宠的门路。

⑪志：知，智。

⑫巅越：颠簸摔倒。咍：嗤笑。

⑬纷：盛。离谤：遭到诽谤之谓也。謇：巧辩的言语。

⑭沉抑：沉闷、压抑的样子。白：表露，这里做动词。

⑮郁邑：同郁悒，愁闷。侘傺：怅然失意的样子。

⑯烦言：纷烦的话语。结诒：封口，并寄出信笺。

⑰闷瞀(mào)：即闷懑，心烦意乱的样子。忳忳：烦闷的样子。

⑱无杭：当为方沆之误，即徬徨。

⑲厉神：灵验的神灵，为人们占梦的灵巫。志极：达到目的。旁：帮助、襄助。

⑳众口铄金：指大多数人的言论能够熔化金属，极言舆论的强大力量可以混淆视听，可以左右当政者的判断。殆：危险。

㉑惩：戒。羹：滚菜汤。齑：切成细末的酱菜，是冷食品。

㉒释：指放弃。曩：往昔

㉓骇遽：惊惧。

㉔伴援：就是"畔援"，跋扈的意思。

㉕申生：根据《左传》和《史记》的记载，晋献公的太子。信谗：晋献公听信了骊姬的谗言，逼迫太子申生自杀，然后立小儿子为国君。好：爱。

㉖婞直：刚直。豫：逸豫、悠闲。鲧：即鲧，大禹的父亲。

㉗作忠：成为忠臣。造怨：招来嫉怨。忽：忽略。过言：过分的言论。

㉘九折臂：古代有成语说："九折臂而成良医"，这里的九是虚数，不是实指，意思是经验多了，就能够成为良医。

㉙矰弋(zēngyì)：带有绳线，可以借助丝线发射的弓箭。机：弩机，此处用作动词，指张机等待发射。罻罗：捕鸟的大网。张：张设、陈设。

㉚儃佪：徘徊，犹疑的样子。干傺：干禄、求进。重患：增加祸患。尤：过，过分。

㉛集：停止、聚集。罔谓：没有根据的说法。之：往、到。

㉜膺：胸。牉：分剖。纡：萦绕。轸（zhěn）：心中隐痛。

㉝矫：揉。糳（zuo）：舂。

㉞滋：栽种、滋生。糗：干粮。

㉟情质：思想、感情等内在的想法等。重：郑重其事。

㊱矫：举。媚：好。私处：独处、一个人呆着。曾思：反复思考。远身：逃离这里躲避危害。

【经典原意】

用悲伤来表达我痛苦的心情吧，发泄愤懑抒发我忧伤的情怀。

假如哪句不真诚，就请苍天来作证。

让五帝做出公正的评判吧，请日月参与对证。

邀山川之神来陪审哟，命法官来审定。

竭尽全力用忠诚之心来保奉君王，却遭受排斥而成为多余。

只因不愿谄媚而背众啊，只等待明君来窥视我的心。

言行一致具可考证，表里如一永不变心。

知臣者谁能胜过你啊，只有你最了解我的心。

忠心耿耿先人后己啊，反遭庸臣来仇恨。

一心为君毫无私念哦，却被小人来暗算。

专心侍君绝不动摇，最终却是自身难保。

紧跟君王而无杂念，却成为我遭流放的根由。

忠君谁能超过我呢，全然忘了已被贬依然是忠心一片。

忠心侍君绝没有贰心啊，就是不知怎样才能得到被宠的技巧。

忠心侍君何罪之有要遭如此祸殃，这样的结局我怎么也想不到。

就因为我的行为与众不同，才招来一片讥笑、诽谤之声。

遭到万般打击和苦难，我却难以诉说无法解脱。

悲伤、郁闷呀何以倾诉，那蒙蔽之冤又无法辩驳。

内心苦闷、失意万般，有谁知道我苦心一片。

满腔的热血郁结心头啊,想去君前陈述却无路可走。

我退到静处一言不发没人知道我的心声,我大声疾呼更是没人倾听。

一再失意彷徨不安啊,苦闷烦乱的心情让我昏昏沉沉。

我曾经做梦想登天庭,魂到中途却找不到路可行。

我请厉神为我解梦,他说:你志向虽高无人辅助也不行。

难道就这样永远孤独遭冷遇与君长分离,他又说:国君只可思念不能长相依。

谗言可畏能把真金融化啊,你才因此而遭受祸灾。

吃一堑长一智你为何如此固执,难道就不能改变你的主意?

想登天而不借助天梯,失败的教训为何不牢记。

众人都惧怕君王不敢和你接近,又怎能成为你志同道合的人。

臣子侍君各有其法,有谁会去向你靠拢?

晋国太子申生是个孝子,晋王却听信谄言使其丧生。

行为刚直的鲧根治洪水的决心有多大啊,虽勤勉一生也没能成功。

我听说做忠臣最易招来怨恨,一直认为是夸大其词而不能相信。

要知道久病可以成良医,到今天才知道确实如此。

射鸟的箭已经绷紧弦,捕鱼的网已张开等待鱼儿的到来。

重重的陷阱已经设好,想走进君王而无法躲避。

小心翼翼试图寻找尽忠的机会,又怕一不小心掉进了陷阱,

想远走高飞离开这里去往他乡,又怕君王问我意欲何往。

想不顾一切横冲直撞哦,怎奈坚定的意志不容我这样。

郁结心中的苦闷让我身心分离,心哟,痛苦异常。

兰花和蕙草的香气让我沉醉哦,再把舂碎的花椒粉末做成食粮。

播种江离培植菊花,为明年的春天增加芬芳。

就怕我的一片诚心无人相信,所以我反复强调一再申明。

只要心怀志向哪怕孤独一生,也不愿与世俗同流合污。

【当代阐释】

道德的法庭没有被告

《惜诵》，从题目的意思来看，就是对自己受尽屈辱、极尽愁肠却百般不被理解的叹息和控诉。

向谁控诉？

这首诗最大的特点，在于屈原虚构了一个道德的法庭，法官是由天地山川各方神灵组成的联合审判团，他屈原是原告，但是被告席的后面却空空如也。于是，一场原本严肃、深刻的道德审判最终变成了屈原的屈辱独白。

这个道德法庭虽然是屈原在诗中的想象，却非常淋漓尽致地体现了诗人的正义感和道德意识。让我们一一来考察这个法庭的组成吧。

先看法官，法官是五帝。这个五帝，并不是儒家经典系统里的黄帝、炎帝和尧、舜、禹等五个先后次序的神，而是五个方位的神灵。据考证，或许是东边的太皋、南边的炎帝、西边的少皋、北边的颛顼和中央的黄帝。这五位帝王都是永恒的神灵，他们显然拥有着真正基于道德和正义的决策权。他们的权威和正义都不是人间的君王所不能比拟的，因此邀请他们来做审判官，无疑是最合适的，也透露出屈原对人间君王的彻底失望和不信任。他把希望寄托在人间不能见到的神灵，也从侧面证明屈原知道自己的价值和坚贞、道德及正义只能在他死亡之后，才有可能在神鬼的审判席上得到伸张。

再看证人，证人是太阳和月亮。日月，让人想起《窦娥冤》里那段唱词："有日月朝暮悬"，不错，太阳和月亮是人世间永恒的见证。不论是善行还是恶事，不论是正义还是腐败，都不能逃脱日月的眼睛。那些白昼发生的事情，太阳尽收眼底；那些夜晚发生的阴谋，月亮看得真切。所以屈原邀请日月来作证，无疑是非常明智的。有了日月，屈原的忠心耿耿才能被彰显，也就再也不能被小人所蒙蔽了。

再看陪审团。在法庭上，陪审的是山川之神。为什么？因为名山大川，遍布华夏四海，他们见证了屈原的足迹，看到了屈原的悲伤与痛苦、开心与难过。当屈原走过水边，当屈原走过山谷，都是与山川之神

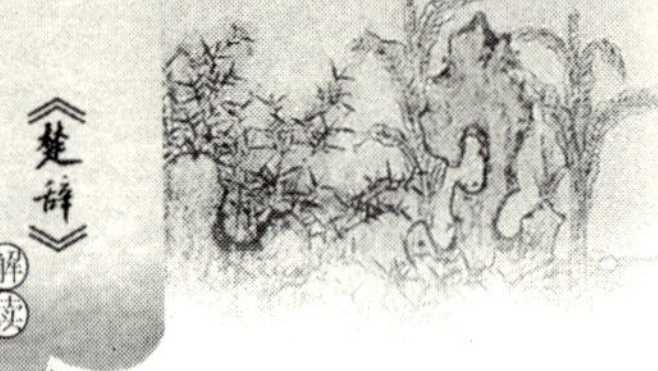

的间接交流。所以，屈原才会邀请山川之神来做陪审团成员。

至于被告，则是那些蒙蔽君王的小人了。在法庭陈述的时候，屈原不惜用最厌恶的词语来描述他们。但是，那个驱逐屈原的人应该是君王本人啊，但屈原仍然不愿意把君王推向被告席。不仅如此，他还进一步表达了对君王的思想，如这一段出现了“事君”、“明君”、“莫若君”、“先君”、“惟君”、“亲君”六处关于君王的词语。那么，屈原控告的被告并非君王，而是蒙蔽君王的小人，只是，被告席上空无一人。君王不会来，那些小人只会在法庭外狞笑。

《惜诵》，又被称作“小离骚”。那么，这个道德法庭也是屈原内心的曲折反映。这也是理解本首诗的一个切入的角度。

涉江

【原文】

余幼好此奇服兮，年既老而不衰①。
带长铗之陆离兮，冠切云之崔嵬②。
被明月兮珮宝璐，世溷浊而莫余知兮③。
吾方高驰而不顾，驾青虬兮骖白螭④。
吾与重华游兮瑶之圃，登昆仑兮食玉英⑤。
与天地兮同寿，与日月兮齐光。
哀南夷之莫吾知兮，旦余济乎江、湘⑥。
乘鄂渚而反顾兮，欸秋冬之绪风⑦。
步余马兮山皋，邸余车兮方林⑧。
乘舲船余上沅兮，齐吴榜以击汰⑨。
船容与而不进兮，淹回水而凝滞⑩。
朝发枉陼兮，夕宿辰阳⑪。
苟余心之端直兮，虽僻远其何伤⑫！
入溆浦余儃佪兮，迷不知吾所如⑬。

深林杳以冥冥兮，乃猿狖之所居⑭。
山峻高以蔽日兮，下幽晦以多雨。
霰雪纷其无垠兮，云霏霏而承宇⑮。
哀吾生之无乐兮，幽独处乎山中。
吾不能变心而从俗兮，固将愁苦而终穷。
接舆髡首兮，桑扈蠃行⑯。
忠不必用兮，贤不必以⑰。
伍子逢殃兮，比干菹醢⑱。
与前世而皆然兮，吾又何怨乎今之人⑲！
余将董道而不豫兮，固将重昏而终身⑳。
乱曰：鸾鸟凤皇，日以远兮㉑。
燕雀乌鹊，巢堂坛兮㉒。
露申辛夷，死林薄兮㉓。
腥臊并御，芳不得薄兮㉔。
阴阳易位，时不当兮㉕。
怀信侘傺，忽乎吾将行兮㉖。

【注释】

①奇服：奇异、有个性的服饰，象征着屈原与众不同的行为和思想。衰：懈怠、减少。

②铗：剑柄，这里特别指代长剑，长铗也就是长剑。陆离：形容长剑长低昂的样子。切云：此言极高，此处为一种很高的帽子，一般人都不会戴。崔嵬：高耸的样子。

③被：同披，佩戴的意思。明月：这里专指夜明珠。璐：一种美玉。莫余知：即莫知余，倒装，意思是没有人能够理解我。

④方：将要。高驰：远走高飞。顾：回头看。虬：无角的龙。骖：四匹马拉的车，其中两边的马被称为骖，这里用螭来做骖马，极言想象的恢弘，这里指乘、驾驭。螭：龙。

⑤重华：帝舜的名字，《尚书》有记载。瑶：美好的玉。圃：花园。瑶之圃：即

神话传说中，天帝建造的美丽花园，盛产美玉等，此处喻指仙境。玉英：玉树上开出的花。

⑥夷：中原之外土地上居住的人民，南夷指楚国南部的土著居民，也包括楚国的一部分。旦：清晨。济：渡过。湘：湘江。

⑦乘：登上。鄂渚：地名，在今湖北武昌的西边。反顾：回头看。欸：叹息的声音。绪风：余风、小风。

⑧步马：马儿徐徐行走。山皋：山冈。邸：抵达的意思。方林：当时的地名。

⑨舲船：有窗户的小船。上：溯流而上。齐：同时举起来。吴榜：指划船的工具大棹，即船桨。汰：水波荡漾。

⑩容与：舒缓、悠闲。淹：停留、淹留。回水：回旋的水，指船在回旋的水流中徘徊不前。

⑪陼(dǔ)：同渚。枉陼：当时地名，在今湖南常德附近。辰阳：地名，在今湖南辰溪县西部。这两个地方都是屈原流浪过的地方。

⑫苟：如果。端：端正。伤：损害，这里指屈原自认自己道德正确，所以，即使被流放在偏僻荒远的地方，他也不会觉得有什么损害。

⑬溆浦：溆水的岸边。儃佪：徘徊。这里指，屈原进入溆浦之后，仍然徘徊犹豫，惶惶不知道该去什么地方。如：到，往。

⑭杳：幽暗的样子。冥冥：也是指幽昧昏暗。狖：长尾猿。

⑮霰：下雪时的雪珠。纷：繁多的样子。垠：边际、天地线，形容雪下得很大，看不到天际线。霏霏：形容云气浓重。承：弥漫。宇：天空，形容天空阴云密布，风雨欲来。

⑯接舆：春秋时楚国的隐士，佯狂傲世，曾经“凤歌笑孔丘”，见《渔父》篇的“国学故事”。髡首：把头发剃去，古人是不理发的，按照儒家的伦理，“身体发肤，受之父母”，剃头往往表示一个人内心狂野，与众不同。而相传接舆自己剃去头发，避世不出仕。桑扈：也是古代的隐士。臝：裸，桑扈用裸体这种行为艺术来表示自己的愤世嫉俗。当然，这种行为与今天的相似行为是截然不同的。

⑰以：用，指出仕做官。

⑱伍子：伍子胥，春秋时吴国的贤臣，曾帮助吴王阖闾打败楚国，也帮助吴王夫差打败越国。逢殃：伍子胥最后被吴王夫差猜忌，并且他的建议再也不被聆听，于是被吴王夫差赐死，他死的时候，要求把自己的眼睛挖出来放在吴国都城的大门上，看着将来吴国的失败。比干：商纣王的贤臣，也是纣王的叔父，因为上谏而不听，最后被纣王杀死剖心。菹醢：古代的酷刑，将人踩成肉酱，纣王的大臣梅伯

就是死于这种刑罚。

⑲皆然:都是一样的。

⑳董道:坚守道德的正道。豫:犹豫。重:重复。昏:暗昧。

㉑鸾鸟、凤凰:都是祥瑞之鸟,比喻贤才,而贤才的出现也意味着当朝君主是一个有道的君王。

㉒燕雀、乌鹊:比喻谄佞的小人。堂:殿堂。坛:祭坛。这两句比喻小人挤满朝廷,把贤人都排挤走了。

㉓露申:可能是瑞香花,一种香花。辛夷:一种香木。林薄:交错丛生的草木。

㉔腥臊:恶臭的东西,比喻谄佞的人。御:进用。芳:贞洁芳香的东西,比喻忠直的君子。薄:靠近。

㉕阴阳易位:指楚国混乱颠倒的朝政,小人当道,贤者远离。

㉖怀信:怀抱忠信。侘傺:惆怅失意。忽:恍惚茫然、不知所处的样子。

【经典原意】

我自幼就喜欢这奇伟的服饰啊,自始至终都没有改变。

腰间的长剑熠熠生辉,头上的切云帽高高耸立,身披珍珠腰缀美玉。

但举世混浊没有人了解我啊,我只好远走高飞不再回。

坐上青龙驾辕白龙拉套的车,我要和重华一同去游瑶圃仙宫。

登上昆仑山食玉树之花,我要与天地同寿,要与日月同光。

让我伤心的是国人都不理解我,明早我就要渡过长江和湘水。

登上鄂渚,回头遥望国都,感叹秋冬的寒风凛冽。

让我的马在山冈上慢慢地前行,车来到方林才停息。

坐上小船沿着沅水逆流而上!船夫们一齐划船摇浆。

为何小船缓慢地不肯行进啊,在回旋的水中徘徊彷徨。

清早我从枉渚起程,晚上才到辰阳。

只要我心正直走得正,就是流放到再偏僻遥远荒凉的地方,又有何妨?

进入溆浦我踌躇彷徨,心中迷惑不知该去何方。

树林幽深而阴暗啊,该是猿猴栖息的地方。

山峰高大险峻遮住了太阳，山下幽深黑暗而有多雨。

雪花飞舞一望无际啊，浓云密布，弥漫整个天空。

可叹我的生活没有一点乐趣啊，寂寞孤独地住在山里。

我不能改变志向随波逐流啊，所以才愁苦终身不得志。

狂者接舆自行剃发，隐士桑扈裸体走路。

忠臣不一定得重用啊，贤者不一定得任命。

定知伍子胥如何遭的祸殃啊，还有直谏的比干被剖心。

从前是这样啊现在还是这样，我又何必埋怨当今的人呢！

我要按我的志向坚定地走下去，哪怕终身困于黑暗之中不得见光明。

尾声：鸾鸟、凤凰那些祥瑞之鸟，越飞越远怕再难找；

燕雀、乌鹊那些无能小鸟，却能在殿堂上筑巢；

露申、辛夷哪些香木香草，在草木丛生的地方凋零啊；

腥的臭的都被重用，芳香的反而不能接近。

黑夜白昼被颠倒，时令节序也不得当。

我满怀着忠诚而不得志，只好远走高飞行他乡。

【当代阐释】

我不是非主流，我只是忧伤

涉过江水，屈原就不再回来了。

在涉江之前，屈原还心存一丝希望，认为总有一天他能重返朝廷执掌朝政，能够再次与楚王执手相看泪眼，一起戮力同心，复兴楚国。但是这一等，就是二十多年，而现在，屈原已经五十多岁了。他已经老了，他再也无法等待那梦中的一刻。于是，他决定涉过江水，昭示自己的内心：我永远不再回来。

姜亮夫先生曾在其《屈原赋校注》写道："此章言自陵阳渡江而入洞庭，过枉陼、辰阳入溆浦而上焉，盖纪其行也。发轫为济江，故题曰《涉江》也。文义皆极明白，路径尤为明晰。"

但是，屈原虽然心志如此决绝，但依然用另类的方式表示自己的德行：穿上别人眼中的奇装异服，即使我已经老了也不在乎。他人的眼睛都是看不见真理的，只看见我与众不同，就认为我是非主流，但我只是表达自己的惆怅和忧伤。

于是，诗人就细致地描写他的奇特服饰："带长铗"，这是一种古老的长剑，并不适合打斗，只是一种个性的象征；"冠切云"，这种帽子即使在楚国最荒蛮的南部也没有再佩戴，因为这是几百年前流行的帽子了，但是屈原依然要戴，表示自己对别人的睥睨；"被明月"、"珮宝璐"，这些装饰品，一般人总是觉得太重，但是这些美玉恰恰能表明他的高尚与洁白，所以，屈原仍然要坚持佩戴。

于是，这首诗由涉江而写到诗人的装束，又从装束写到自己的内心："乘鄂渚而反顾兮，欸秋冬之绪风"，写诗人在流放的季节对着江水临风长叹，这是怎样的悲伤满怀，也是怎样的对故国的深切眷恋？

"船容与而不进兮，淹回水而凝滞力"，船行进并不迅速，但不是江水流缓，而是我虽然决意要涉江离开，但还是想多看故国一眼。这一走啊，还不知道多久才会回来；

"入溆浦余值徊兮，迷不知吾所如"，涉江之后，却因为地点生疏而迷路，其实迷路并不要紧，关键的是诗人对前途的迷惘和惶惑。涉江之后，也许情况会更加糟糕，那么又该如何自处呢；

"深林杳以冥冥兮，乃猨狖之所居，山峻高而蔽日兮，下幽晦而多雨；霰雪纷其无垠兮，云霏霏其承宇"，果然，涉江之后，诗人面对的是荒凉凄冷的自然环境，这样的环境下，诗人愈发显得孤独、彷徨、抑郁不乐。

东汉的王逸也在他的《楚辞章句》中说："此章言己佩服殊异，抗志高远，国无人知之者，徘徊江之上，叹小人在位，而君子遇害也。"意思是说，屈原的涉江徘徊，不过是因为没有人了解他，他百思不得其解，更不得排解这种情绪，只得用身穿奇装异服的方式来发泄苦闷。

最后，这首诗最后有一段"乱辞"，在文学史上非常有名。这段乱辞更像是一段简短的抒情诗，当朝廷黑暗到一个万劫不复的地步时，诗人只能怀抱自己的忠信离开。

哀郢

【原文】

皇天之不纯命兮，何百姓之震愆[①]？
民离散而相失兮，方仲春而东迁。
去故乡而就远兮，遵江、夏以流亡。
出国门而轸怀兮，甲之鼂吾以行[②]。
发郢都而去闾兮，怊荒忽其焉极[③]？
楫齐扬以容与兮，哀见君而不再得[④]。
望长楸而太息兮，涕淫淫其若霰[⑤]。
过夏首而西浮兮，顾龙门而不见[⑥]。
心婵媛而伤怀兮，眇不知其所蹠[⑦]。
顺风波以从流兮，焉洋洋而为客。
凌阳侯之泛滥兮，忽翱翔之焉薄[⑧]？
心絓结而不解兮，思蹇产而不释[⑨]。
将运舟而下浮兮，上洞庭而下江[⑩]。
去终古之所居兮，今逍遥而来东。
羌灵魂之欲归兮，何须臾而忘反[⑪]！
背夏浦而西思兮，哀故都之日远。
登大坟以远望兮，聊以舒吾忧心[⑫]。
哀州土之平乐兮，悲江介之遗风[⑬]。
当陵阳之焉至兮，淼南渡之焉如[⑭]？
曾不知夏之为丘兮，孰两东门之可芜[⑮]？
心不怡之长久兮，忧与愁其相接。
惟郢路之辽远兮，江与夏之不可涉。
忽若去不信兮，至今九年而不复[⑯]。
惨郁郁而不通兮，蹇侘傺而含感[⑰]。

外承欢之汋约兮，谌荏弱而难持[18]。
忠湛湛而愿进兮，妒被离而鄣之[19]。
尧、舜之抗行兮，了杳杳而薄天[20]。
众谗人之嫉妒兮，被以不慈之伪名[21]。
憎愠惀之修美兮，好夫人之忼慨[22]。
众踥蹀而日进兮，美超远而逾迈[23]。
乱曰：曼余目以流观兮，冀壹反之何时[24]？
鸟飞反故乡兮，狐死必首丘[25]。
信非吾罪而弃逐兮，何日夜而忘之[26]？

【注释】

①不纯命：天道无常、导致人的运命也无常。纯：纯正。震：震惧、震动。愆：罪过。震愆：因为罪过而在外流离不得回家。

②国门：国都的城门；轸：痛苦。轸怀：沉痛怀念。甲：甲日。鼂：朝，早晨。

③闾：里门，居住的地方。怊：悲伤。荒忽：恍惚。焉：如何。极：终点、极点。

④楫：划船的桨。齐扬：同时并举。容与：行进缓慢的样子。

⑤楸：指郢都种下的梓树。淫淫：泪多的样子。淫：过甚。

⑥夏首：地名，指夏水和长江合流的地方。西浮：往西漂流。顾：看，瞻顾。龙门：郢城的城门叫做龙门。

⑦婵媛：牵挂不舍的样子。眇：渺，遥远、邈远。跖：践踏。

⑧凌：凌驾在上面。阳侯：大波神，古代有个陵阳国的侯王，在水中溺死，化作神灵，叫做大波。翱翔：飞翔，这里指船在水中上下颠簸。薄：迫的意思。焉薄：在哪里停止？

⑨絓(guà)结：因为牵挂，而导致内心郁结。蹇产：委屈的样子。释：解开。

⑩运舟：船只的运转。下浮：顺流而下。

⑪羌：发语词，楚地的方言。须臾：片刻。反：返回。

⑫大坟：水边的堤坝。聊：暂且：舒：舒适、散发。

⑬州土：指屈原经过的江汉一代的土地。平乐：土地宽阔肥沃，老百姓生活殷实。江介：江畔，江边。遗风：古代遗留下来的传统。

⑭当：面对。陵阳：地名，在今安徽省青阳石埭之间，当地有座陵阳山，故而得

名。淼:大水涉茫,一眼望不到边。

⑮丘:丘墟、废墟。两东门:郢都有两个东门。芜:荒草丛生。

⑯忽若:恍惚、仿佛,似有似无。复:返回。

⑰惨郁:凄惨忧郁的样子。不通:指不能自解。

⑱外:外表。承欢:承君之欢。汋约:绰约。谌:诚恳的样子。荏:柔弱。持:扶持、修持。

⑲忠:忠贞的人。湛湛:厚重的样子。妒:嫉妒。被:披。被离:形容花枝伤乱交错的样子。鄣:闭塞。

⑳抗行:坚持高尚的行为。瞭:眼明。杳杳:远远、淡远的样子。薄天:非常靠近天。薄:迫、迫近。

㉑被:披,加诸其上。

㉒憎:憎恨。愠惀:忠心耿耿。夫人:那些小人。

㉓众:指众小人。踥蹀:小步趋进的样子,泛指奔走。美:指君子。超远:疏远。逾迈:越来越疏远。

㉔曼:引,延展。曼目:极目。流观:四处眺望。冀:希望、希冀。

㉕首丘:头朝向山丘,古语言"狐死必首丘",狐狸在快死之前,一定将头朝向它生身的山丘。

㉖信:诚然。弃逐:被抛弃并放逐。

【经典原意】

天道不专反复无常啊,为何使老百姓在动乱中遭殃?

人民妻离子散、家破人亡啊,正当仲春二月迁往东方。

离别家乡到远处去啊,沿着长江、夏水到处流亡。

走出都门我悲痛难舍啊,我们在甲日的早上开始上道。

离开旧居,从郢都出发,前途渺茫,我惘然不知何往。

桨儿齐摇船儿却徘徊不前啊,可怜我再也不能见到君王。

望见故国高大的楸树,我不禁长叹啊,泪落纷纷像雪粒一样。

经过夏水的发源处又向西浮行啊,回头看郢都东门却不能见其模样。

心绪缠绵牵挂不舍而又无限忧伤啊,渺渺茫茫不知落脚在何方。

顺着风波随着江流漂泊吧,于是乎漂流失所客居他乡。

船儿行驶在滚滚的波浪之上啊，就像鸟儿飞翔却不知停泊在哪个地方。

心中郁结苦闷而无法解脱啊，愁肠百结心情难以舒畅。

将行船向下顺流而去啊，过了洞庭湖又进入长江。

离开自古以来的住所啊，如今漂泊来到东方。

我的灵魂时时都想着归去啊，哪会片刻忘记返回故乡？

背向夏水边而思念郢都啊，故都日渐遥远真叫人悲伤！

登上大堤而举目远望啊，姑且以此来舒展一下我忧愁的衷肠。

可叹楚地的土地宽平广博、人民富裕安乐啊，江汉盆地还保持着传统的楚国风尚。

面对着凌阳不知到何处去啊？大水茫茫也不知道南渡到何方？

连大厦荒废成丘墟都不曾想到啊，又怎么可以再度让郢都东门荒芜？

心中久久不悦啊，忧愁还添惆怅。

郢都的路途是那样遥远啊，长江和夏水有舟难航。

时光飞逝的使人难以相信啊，不能回郢都至今已有九年时光。

悲惨忧郁心情不得舒畅啊，怅然失意满怀悲伤。

群小顺承楚王的欢心表面上美好啊，实际上内心虚弱没有坚定操守。

有人忠心耿耿愿被进用为国效力啊，却遭到众多嫉妒者的障蔽。

唐尧、虞舜具有高尚的品德啊，高远无比可达九天云霄，

而那些谗人们却要心怀妒忌啊，竟然在他们的头上加以“不慈”的污蔑之名。

楚王讨厌那些不善言辞的忠贤之臣啊，却喜欢听那些小人表面上的激昂慷慨。

小人奔走钻营而日益显进啊，贤臣却越来越被疏远。

尾声

放眼四下观望啊，希望什么时候能返回郢都一趟。

鸟儿高飞终要返回旧巢啊，狐狸死时头一定向着狐穴所在的

方向。

确实不是我的罪过却遭放逐啊，日日夜夜我哪里能忘记它我的故乡！

【当代阐释】

哀郢：屈原的故都之恋

《哀郢》，就是屈原的“故都之恋”。楚国国都郢都的陷落，成全了屈原最后的守候，也成全了他的死亡。尽管，直到今天也没有确切的证据证明，的确是郢都的陷落导致了屈原的自戕，但毋庸置疑的是，这座城市寄托了屈原太多太浓的乡愁。

千百年来，“鸟飞反故乡兮，狐死必首丘”一句，成了千古传诵的名句。物犹如此，人何以堪？屈原的这句诗，既是他自己的写照，亦成为后来离家数千里的游子们天涯羁旅的浓浓乡愁。

哀郢，就是对这座城市的祭奠，读这首诗，扑面而来又挥之不去的，是浓浓的亡国的不祥之感。

那天，是屈原一生都不能忘记的日子。

楚顷襄王二十一年，亦即公元前278年。秦国大将白起率领虎狼之师攻陷可郢都。楚国君臣无奈，只得东迁陈城。曾经独霸江南，甚至一度到周王处问鼎的楚国，竟然落得个故都弃捐、社稷焚毁、陵墓倾倒的悲惨结局。国有如此，更不必说楚国百姓的流离失散。此时屈原尽管并没有亲临现场感受这个城市的倾覆，但诗人的天性赋予他的想象力，他似乎看到了郢都城上的旗帜变换了颜色；看到对他不信任的楚顷襄王狼狈地逃之夭夭，连一点君王抗敌的血性都没有；更看到流民沿江一路流离，哀鸿遍野。

为什么，人总是在大变动的时刻，才能释放出自己的情感？正如张爱玲的小说《倾城之恋》，用香港的陷落来成全一对彼此并不信任的情侣的爱情；也正如屈原的《哀郢》，用郢都的倾覆来证明屈原在流放期间所有的担心、预言、苦痛都是正确的。郢都的失陷，其实昭示了屈原的被流放就是一场巨大的冤案，一场非人的迫害。

但屈原痛苦之余，仍然始终不渝地坚守着自己的理想。他仍然不遗余力地抨击那些掏空了楚国的小人，指出这才是国家危难的根源；同时，他也仍然不能放心他的君王，“憎愠惀之修美兮，好夫人之忼慨”，他还在不吝用最美好的诗句来赞美那个惹下国耻的君主。于是，整首诗歌中，对楚国命运的绝望、对遭难的人民的同情、对误国小人的愤概以及对自己被流放的控诉，诸多情绪汇成情感的巨浪，汹涌澎湃起来。

哀歌，这是一个人与一个城市的哀歌。

而一个人，也只有把命运与他所爱的城市仅仅束在一起，碰撞交织，才会有这般的情感能量。没有乡愁的游子不是游子，只是可怜的流浪汉。所以，屈原的哀伤尽管令人唏嘘感叹，但也扎实有力，动人心魄，不是靡靡之音的空洞泛音。

抽思

【原文】

心郁郁之忧思兮，独永叹乎增伤[①]。
思蹇产之不释兮，曼遭夜之方长[②]。
悲秋风之动容兮，何回极之浮浮[③]！
数惟荪之多怒兮，伤余心之忧忧[④]。
愿摇起而横奔兮，览民尤以自镇[⑤]。
结微情以陈辞兮，矫以遗夫美人[⑥]。
昔君与我成言兮，曰：“黄昏以为期。[⑦]”
羌中道而回畔兮，反既有此他志[⑧]。
憍吾以其美好兮，览余以其修姱[⑨]。
与余言而不信兮，盖为余而造怒[⑩]。
愿承闲而自察兮，心震悼而不敢[⑪]。
悲夷犹而冀进兮，心怛伤之憺憺[⑫]。

兹历情以陈辞兮，荪详聋而不闻[13]。
固切人之不媚兮，众果以我为患[14]。
初吾所陈之耿著兮，岂不至今其庸亡[15]？
何毒药之謇謇兮？愿荪美之可完[16]。
望三五以为像兮，指彭咸以为仪[17]。
夫何极而不至兮，故远闻而难亏[18]。
善不由外来兮，名不可以虚作。
孰无施而有报兮，孰不实而有获？
少歌曰：与美人抽怨兮，并日夜而无正[19]。
憍吾以其美好兮，敖朕辞而不听[20]。

【注释】

①郁郁：忧郁的样子。永叹：长叹。增伤：更多的哀伤。

②蹇产：曲折的样子。曼：长的样子。

③回极：风来往回旋，回返往复。极，极致。

④数惟：屡次想到。荪：香草，这里用来比喻屈原怀念的君主。忧忧：忧伤郁结。

⑤尤：同疣，病痛。

⑥娇：举。美人：也是指怀王

⑦成言：相约相守曾经许下的诺言。

⑧羌：同于句首，语气词。回畔：反背，背反，谓走回头路。他志：别的念头与志向。

⑨憍：骄傲。览：显示的意思。姱：美好的样子。

⑩盖：盍，为什么，表示反问。

⑪闲：闲暇、空隙。震悼：恐惧。

⑫夷犹：犹豫。冀进：希望被君王所用。怛：伤痛。憺憺：心情动荡不安。

⑬兹：此。历：列举。详：借为佯，假装。

⑭切人：恳切、直切的人。

⑮耿著：明白且显著。庸亡：庸，就；亡，忘掉。

⑯毒：通独。药：当作乐。謇謇：忠贞正直之貌。

⑰三五：三皇五帝，泛指那些上古的圣王。仪：典范。

⑱极：准则。闻：声望、名誉。

⑲少歌：也就是小歌，用于表示古代乐章音节的名词。并：兼并。正：讨论谁是谁非。

⑳敖：通傲、轻视。朕：我。

【经典原意】

痛苦忧愁心中郁结，独自叹息更增加了我心中的悲伤。

思绪烦乱怎么也不能释怀，这漫漫的黑夜何时才能等到天亮。

悲叹秋风萧瑟使万物凋零，恨庸臣之谗言使国家动荡不安。

每当想到性情暴躁的君王，我的心就会无比忧伤。

还是不顾一切远走高飞离开这令人伤心的地方吧！看到勤劳苦难的百姓又让我静下来细思量。

整理好情思细细地陈述啊，把我的一片至诚之心告诉国王。

你曾经同我约好，共同治理国家到永远。

为何中途变卦将我抛闪，又和他人另谋打算。

向我炫耀你腐化的外表，以显示你生活的美好。

是你，对我说的话都不算数，为何将无辜的我迁怒。

总想找机会向你表白，心里惧怕而没敢前进一步。

又恐惧、又想见我踌躇不前，心悲惨、情切切我忧伤不安。

把我的心思再向你说一遍，君王你假装耳聋不肯听见。

我是个正直的人本来就不会谄媚，无知小人却把我当成祸害。

我的志向曾经向你表白，难道君王已全忘怀？

我是一个正直的人向君直谏是我的本分，为的是你的形象更加完美。

愿你以三皇五帝为榜样，我会将贤臣彭咸作为楷模。

如此还有什么目标不能到达呢，我们的美名会天下扬。

美好的品德要靠自己修啊，虚假伪装哪能久长。

哪里有不劳而获的道理啊？不播种哪里还会有收获？

小歌：

向君王抒发我的报国情怀，这想法无时无刻在我心里无法停止。你只向我炫耀你所谓的美好景象，傲慢地拒听我的理想。

倡曰：有鸟自南兮，来集汉北。
好姱佳丽兮，牉独处此异域[①]。
既惸独而不群兮，又无良媒在其侧[②]。
道卓远而日忘兮，愿自申而不得[③]。
望北山而流涕兮，临流水而太息。
望孟夏之短夜兮，何晦明之若岁[④]！
惟郢路之辽远兮，魂一夕而九逝[⑤]。
曾不知路之曲直兮，南指月与列星[⑥]。
愿径逝而不得兮，魂识路之营营[⑦]。
何灵魂之信直兮，人之心不与吾心同[⑧]！
理弱而媒不通兮，尚不知余之从容[⑨]。
乱曰：长濑湍流，溯江潭兮。
狂顾南行，聊以娱心兮。
轸石崴嵬，蹇吾愿兮[⑩]。
超回志度，行隐进兮[⑪]。
低徊夷犹，宿北姑兮[⑫]。
烦冤瞀容，实沛徂兮[⑬]。
愁叹苦神，灵遥思兮。
路远处幽，又无行媒兮。
道思作颂，聊以自救兮[⑭]。
忧心不遂，斯言谁告兮！

【注释】

①倡：重新开始。牉：分离。

②惸独：极度孤独的人。

③卓远：遥远的样子。申：申诉、申明。

④孟夏：初夏。

⑤辽远:形容遥远。九逝:往返多次。

⑥曾不知:竟然不知道。列星:天空的星辰陈列在天空。

⑦径:径直之谓也。逝:往也。

⑧弱:能力很差。通:四通八达。

⑨濑:滩流。

⑩轸石:形容石头的形状,一层一层的。崴嵬:高大威严。蹇:凝滞、阻碍。

⑪超:超越。回:迂回。志度:意度。

⑫北姑:可能是当时楚国的地名。

⑬瞀容:心神不宁、惴惴不安。沛徂:颠沛流离的样子。

⑭道思:用言语来表达情感,也就是所说的“言志”。作颂:作歌。

【经典原意】

唱道:

一只鸟儿从南方飞来,栖息在汉北这生疏的地方。

他多么漂亮美丽,却被迫离开故土孤单地在生活在异乡。

他无依无靠离群索居,又无正直的贤臣在君王面前提起。

相距遥远一天天被忘记啊,多想向君王表白也没有机会。

望着家乡泪流满面,面对着流水深深地叹息。

初夏的夜本来很短,我度夜如年何时才能到天亮?

回郢都的路途多么遥远啊,可梦中的灵魂一夜不知要回去几趟。

不管路途曲折艰难,凭着星星、月光一路南行。

我多想亲自回去可不能成行,只能靠魂灵解忧来去匆匆。

我的心多么的无私正直光明,别人的看法却和我不同。

虽能帮我与国王沟通,哪知我从容外表下内心的隐痛?

尾声:

长长的浅滩水流湍急,逆着江水向上游走去

环顾四周向南方奔去,仿佛回家以此慰藉心中愁肠

途中道路不平怪石林立,如同回郢都的心愿难以实现。

绕道而行走直路,坚守志向小心谨慎向前行。

我心彷徨犹豫迟疑,夜晚住宿在北姑。

心烦意乱六神难安无法入眠，这就是颠沛流离的生活表现。
叹息忧愁悲伤，随着我痛苦的灵魂飞向远方。
我客居在这遥远偏僻荒凉的地方，谁人能为我申辩解除忧伤？
一路走来，作此诗歌聊以自娱慰我心房。
愁苦难消啊，我心中的话可以向谁倾诉？

【当代阐释】

抽思："离愁"三弄

《抽思》，是《九章》里，甚至也是整部《楚辞》中比较特别的一篇。因为本篇在诗中有一个"少歌"，意思就是"小歌"，即短小的咏唱，这是整部楚辞中唯一的。接下来，是一段"倡曰"，意即无伴奏的清唱，那么，这首诗难道不就如同现代的艺术歌曲么？

只是抽思二字，提示着这首歌曲是非常忧郁的。因为抽思的意思，顾名思义，就是要努力从思绪的哀伤中挣脱出来。但是，这种挣脱终究归于无奈，这正应了那句词"剪不断，理还乱，是离愁，别有一番滋味在心头"。

屈原的"离愁"，意蕴深刻，大抵可以包括三个方面。

这离愁是离开故都的惆怅。他就像一只鸟儿，"一只鸟儿从南方飞来，栖息在汉北这生疏的地方。他多么漂亮美丽，却被迫离开故土孤单地在生活在异乡。"但是，对于候鸟来说，无论飞到天涯海角也会在第二年春天的时候返回故乡。可他屈原，却连鸟儿的幸运都没有。这怎么能不让他感到痛苦呢？他只好在梦中回到郢都，"回郢都的路途多么遥远啊，可梦中的灵魂一夜不知要回去几趟。不管路途曲折艰难，凭着星星、月光一路南行。"思念到了极致，不必说魂魄可以返乡，就是生命也断可以放弃的。这就是屈原的离愁。

这离愁还是离开君王的痛苦。《抽思》的第一段，全然都是对君王的书写。他怀想君王的模样，追忆他们之间是如何从亲密转变成疏远，更不厌其烦的表达自己的这种怨恨。甚至一往情深到了天真的地步，屈原说"我的志向曾经向你表白，难道君王已全忘怀？我是一个正直的人向君直谏是我的本分，为的是你的形象更加完美。愿你以三皇五帝为榜样，我会将贤臣彭咸作为楷模。如此还有什么目标不能到达呢，我们的美名会天下扬。”他还指望这位君王能够对他回心转意或者也在思念他吗？错了，此时的楚王早已经忘记世间还有屈原这个人呢。这样的感情，不能仅仅用“忠”来解释，甚至是一种“爱”了。

这离愁更是对人间的留恋。爱到飞蛾扑火，真的会覆水难收。以屈原的诗人资质和品行高尚，一旦他发现故乡也无法回去，君王也无法见到，那么这个世界对他而言意义就大打折扣了。所以，屈原其实已经做好了时刻离开这个世界的准备，可是，毕竟故都还在，君王或许还有可能回心转意呢？所以，他又恋恋不舍，他对这个世界欲走还休、欲弃还留。这个离愁，屈原表达的比较隐晦，只是在本篇最后的“乱辞”中才稍微透露。

这三重“离愁”，就是这首歌曲的“离愁”三弄了。犹如后代的古曲“梅花三弄”，本篇也是一首一唱三叹的歌曲。到了清代，沈德潜《说诗晬语》评价说：“有第一等襟抱，第一等学识，斯有第一等真诗”，此言甚是。

怀沙

【原文】

滔滔孟夏兮，草木莽莽[①]。

伤怀永哀兮，汩徂南土[②]。

眴兮杳杳，孔静幽默[③]。

郁结纡轸兮，离慜而长鞠[④]。

抚情效志兮，冤屈而自抑[⑤]。

刓方以为圜兮，常度未替[⑥]。

易初本迪兮，君子所鄙[⑦]。

章画志墨兮，前图未改[⑧]。

内厚质正兮，大人所晟[9]。
巧倕不斫兮，孰察其拨正[10]。
玄文处幽兮，矇瞍谓之不章[11]。
离娄微睇兮，瞽谓之不明[12]。
变白以为黑兮，倒上以为下。
凤皇在笯兮，鸡鹜翔舞[13]。
同糅玉石兮，一概而相量[14]。
夫惟党人鄙固兮，羌不知余之所臧[15]。
任重载盛兮，陷滞而不济[16]。
怀瑾握瑜兮，穷不知所示[17]。
邑犬群吠兮，吠所怪也[18]。
非俊疑杰兮，固庸态也[19]。
文质疏内兮，众不知余之异采。
材朴委积兮，莫知余之所有[20]。
重仁袭义兮，谨厚以为丰[21]。
重华不可逻兮，孰知余之从容[22]！
古固有不并兮，岂知何其故[23]！
汤、禹久远兮，邈而不可慕。
惩违改忿兮，抑心而自强[24]。
离慜而不迁兮，愿志之有像[25]。
进路北次兮，日昧昧其将暮[26]。
舒忧娱哀兮，限之以大故[27]。

【注释】

①滔滔：夏天热空气蒸人的样子。

②汩：形容流水很快的样子。徂：往、到。

③眴：瞬间，眨眼睛之谓也。孔：很，甚。幽默：幽静沉寂，没有声音。

④纡轸：委曲而隐痛。愍：忧伤。鞠：通“鞫”，困窘之谓也。

⑤效：考核、考察。

⑥刓(wán)：削。圜：圆。度：法度、法则。替：废。

⑦易初：改变当初的志向。本迪：本然之道。

⑧章：明。画：规画。志：识。墨：绳墨。图：图谋、法度。

⑨厚：敦厚。正：方正。晟：盛也。这里是赞美的意思。

⑩倕：人名，是一个巧匠的名字。拨：弯曲。正：正直。

⑪玄文：黑色的花纹。矇：盲人。瞍：也是盲人，特指没有瞳仁的那种。章：文采、彰显。

⑫离娄：人名，传说他的视力特别好，《孟子》中有一章就是《离娄》。微睇：眯起眼睛细细的观看。

⑬笯(nú)：笼子。鹜：野鸭子。

⑭糅：杂糅。量：等量齐观。

⑮臧：善、好。

⑯任：负荷、重负。盛：沉重。陷：陷没。滞：滞留。

⑰怀：怀抱。穷：处境非常的潦倒。示：展示。

⑱邑：村镇。怪：怪异。

⑲非：非难、责难。庸态：凡俗人的态度。

⑳材朴：没有经过雕饰的木头。委积：堆积。

㉑重：重复、积累。丰：隆起。

㉒重华：舜帝的名字。遻：相遇。

㉓古：古老、古代。并：并举。

㉔惩：克制，制止。违：怨恨。忿：忿怒。

㉕志：志向。像：榜样。

㉖进路：沿着道路前进。次：驻扎、停止。昧昧：冥冥。

㉗舒：舒解。娱：自慰。大故：死亡。

【经典原意】

初夏的天气风和日丽一派生机，万物复苏草木茂盛蓬勃生长。

我满怀忧伤无限悲凉，匆匆走向南方。

南方不是我家乡那里山高水深野茫茫，四周静寂十分苍凉。

委屈痛苦郁结心中不能解，遭此病痛和穷困的日子已很长。

扪心自问反省我的志向，明知深受冤屈只能自我疗伤。
你们能把方的削成圆的，正常的法度却不能废弃。
我不会改变我最初的志向，那样的行径为正直的人所鄙弃。
绳墨之规应该牢记，前人的法规不能随便更易。
为人做到内心淳厚品质端正，才会为正人君子所赞许。
能工巧匠不挥动斧头，怎能辨认出是玉是石？
放在幽暗处的五彩花纹，人们像瞎子一样看不到它的漂亮。
离娄微闭着眼睛就能明察一切，盲者却说和自己一样。
硬把白的说成黑啊，还把上下都颠倒。
凤凰关进笼子里，却让鸡鸭到处飞。
美玉顽石混一起，好的坏的不去分享。
那些庸人多么无聊，哪里知道我高尚的情操。
我多想负起时代的重任啊，可路途艰险陷入泥沼难以前行。
尽管我怀揣珍宝和美玉。却不知向谁去献上。
疯狗成群狂吠不止，是它们看到不同于自己的形象。
把豪杰说成怪物，本是庸人惯用的伎俩。
我的外表大方，内心朴实，他们哪里知道我的才能异常。
我志向高远而博学多才，他们不知我可做栋梁。
我注重品德才能的积累，谨慎忠诚多修养。
再也遇不到舜帝那样的贤明君主啊，谁能理解我一颗赤诚的心。
为何自古以来贤人圣人生不同时，谁能知是什么道理？
夏禹和商汤离我们太远，就是追慕也不能再世。
压制着心中的怨恨和愤怒吧，要让自己变得更坚强。
至死不会改变我的初衷，要为后人做出榜样。
顺着道路向前走，太阳西沉到了黄昏时候。
吐出我的悲哀和忧伤心情舒畅，还能怎样！无非是死亡。
乱曰：浩浩沅、湘，分流汩兮[28]。
修路幽蔽，道远忽兮[29]。
怀质抱情，独无匹兮[30]。

伯乐既没，骥焉程兮[31]。
民生禀命，各有所错兮[32]。
定心广志，余何畏惧兮[33]！
曾伤爰哀，永叹喟兮[34]。
世溷浊莫吾知，人心不可谓兮。
知死不可让，愿勿爱兮[35]。
明告君子，吾将以为类兮[36]。

【注释】

㉘浩浩：浩浩荡荡。汩：形容水流湍急。

㉙忽：苍茫辽远的样子。

㉚质：内蕴、本质。情：外在的表现。

㉛程：评价、估量。

㉜错：安放。

㉝广：广大、增大。

㉞曾：增加。爰哀：无法停止的哀伤。

㉟让：辞让、谦让。

㊱类：法则、准则。

【经典原意】

尾声：
沅水湘水浩浩荡荡，翻滚着波涛日夜不息的流淌。
漫长的路途幽深而险阻，前途是莫测又渺茫。
我胸怀大志一腔热血，只能凄凉地叹息无人与我商量。
既然没有伯乐，纵有千里马又有何用场？
人的一生就是命啊，命运都是天注定。
我已经坚定了我的志向，没有什么可惧怕的事情。
只是屡遭陷害令人悲伤，深深叹息好凄凉。
世间混浊无人了解我啊，人心叵测无法评说。
死亡对我并不可怕，我对生命已不怜惜。

光明磊落的先贤呵，等着我，我要永远和你们在一起！

【当代阐释】

传说中的"绝命书"

司马迁在其《史记》的《屈原贾生列传》中写道："令尹子兰闻之，大怒。卒使上官大夫短屈原于顷襄王。顷襄王怒而迁之。……乃作《怀沙》之赋。于是怀石，遂自投汨罗以死。"这段记载表明，屈原的绝命书"《怀沙》之赋"，正是本篇。而所谓的"怀沙"，意思也就是指"怀石"。

尽管后代对本篇的理解多有不同，如有的学者认为，"怀沙"是怀念长沙；还有的学者认为本篇并非绝命书，但是，我们不妨按照西汉人的观念来设想一下屈原的故事。诚如司马迁所说，屈原在得罪了新登基的楚顷襄王之后，被流放的地方更加远离郢都。于是屈原郁郁不乐，四处流浪，终于在某一天写下了标明心志的《怀沙》以作为遗书，随后抱着大石头跳下汨罗江。

当然，这只是想象。但想象往往能够勾起我们对一个人、一件事物的无限情思。这对理解屈原无疑也是重要的。至少，这个世界上除了极少数人，谁会在死亡的前夕写下诗歌呢？我不由得想起了另一位自杀的诗人海子，他曾经到一家酒馆，对酒馆老板说："我是一个诗人，我想请您免费给我一些酒喝，我可以给在座的各位朗诵我的诗歌。"酒馆老板说："我可以免费给你酒喝，但是你别在我这儿朗诵什么诗歌。"

海子与屈原，都是那种在生前处处不称意，最终只能选择死亡。

《怀沙》的开头，是诗人在南行时心情的写照，这本是江南最美丽的季节。"初夏的天气风和日丽一派生机，万物复苏草木茂盛蓬勃生长。我满怀忧伤无限悲凉，匆匆走向南方。"然而，这样的美丽，并没有让诗人感到舒畅，反而是更加剧烈的痛苦。在一个人心境极为伤悲的情况下，即使他站在太阳之下，也难以掩盖身体的冰冷。所以，诗人感受到的反而是"伤怀永哀兮"和"郁结纡轸兮"，悲愤的情绪已达到了难以自抑的地步。他很想用一生去报答爱，最终却不得不用身体证明恨。这就是“怀沙”的悲剧。

表达悲怆，仅仅是诗人悲剧的第一个层次。个人的遭遇、身体的疼痛、精神的折磨，如此种种，其实昭示了他理想的破灭。所谓绝命之书，往往在精神崩溃之前的那一瞬间写就。这些写下的文字，其实已经是诗人内心的外在意思了。那么，诗人内在的更真实的那一层，就不能仅仅用语言来表达，而是要用身体和行动来证明了。死亡，唯有死亡，才能让他由世间孤独的灵魂变成天空明亮的星宿。

直到最后的乱辞，诗人仍然在固执地言说，“死亡对我并不可怕，我对生命已不怜惜。光明磊落的先贤呵，等着我，我要永远和你们在一起！”诗歌写到这里，已经不再是“诗句”，而是内心悲愤在精神几近失控之时所迸发出的誓言。

绝命书，生命在这里成为了一场梦。世间还有多少遗言，值得我们去记录？显然，屈原的这份遗书已经流传了两千多年。

思美人

【原文】

思美人兮，揽涕而伫眙[1]。
媒绝路阻兮，言不可结而诒[2]。
蹇蹇之烦冤兮，陷滞而不发[3]。
申旦以舒中情兮，志沉菀而莫达[4]。
愿寄言於浮云兮，遇丰隆而不将[5]。
因归鸟而致辞兮，羌迅高而难当[6]。
高辛之灵晟兮，遭玄鸟而致诒[7]。
欲变节以从俗兮，媿易初而屈志[8]。
独历年而离愍兮，羌冯心犹未化[9]。
宁隐闵而寿考兮，何变易之可为[10]。
知前辙之不遂兮，未改此度[11]。

车既覆而马颠兮，蹇独怀此异路[12]。
勒骐骥而更驾兮，造父为我操之[13]。
迁逡次而勿驱兮，聊假日以须时[14]。
指嶓冢之西隈兮，与纁黄以为期[15]。
开春发岁兮，白日出之悠悠[16]。
吾将荡志而愉乐兮，遵江、夏以娱忧。
揽大薄之芳茝兮，搴长洲之宿莽[17]。
惜吾不及古人兮，吾谁与玩此芳草[18]。
解萹薄与杂菜兮，备以为交佩[19]。
佩缤纷以缭转兮，遂萎绝而离异[20]。
吾且儃佪以娱忧兮，观南人之变态[21]。
窃快在其中心兮，扬厥凭而不俟[22]。
芳与泽其杂糅兮，羌芳华自中出[23]。
纷郁郁其远蒸兮，满内而外扬[24]。
情与质信可保兮，羌居蔽而闻章[25]。
令薜荔以为理兮，惮举趾而缘木[26]。
因芙蓉而为媒兮，惮褰裳而濡足[27]。
登高吾不说兮，入下吾不能。
固朕形之不服兮，然容与而狐疑[28]。
广遂前画兮，未改此度也[29]。
命则处幽吾将罢兮，愿及白日之未暮也。
独茕茕而南行兮，思彭咸之故也。

【注释】

①美人：楚王。揽：收，这里指揩干脸上的眼泪。伫眙：站着观看。伫，立；眙，直视。

②诒（yí）：赠予、赠送

③蹇蹇：同謇謇，忠信正直的样子。

④申旦:通宵达旦。沉菀(yùn):沉闷、郁结、难过。

⑤丰隆:云师。将:助、襄助。

⑥羌:用于句首的语气助词。迅高:形容鸟飞得迅猛而高远。

⑦灵晟:此处指神灵。诒:聘礼。

⑧离慜:遭遇哀伤的事情。

⑨冯心:愤懑、愤怒的心情;冯,通凭。

⑩隐闵:隐忍且忧悯。寿考:终老,这里指以阳寿终。

⑪遂:顺利、成就。度:态度。

⑫蹇:与羌、乃的意思相似,也是句首发语词。

⑬更:更换。造父:传说与周穆王处于同一个时代,他特别善于驾车,也曾为周穆王驾驶八匹马拉的车。

⑭迁:迁延。逡次:逡巡、缓行。假日:假以时日。

⑮西隈:西面的山边,也可能指山的角落弯曲处。纁黄:黄昏的时刻。

⑯开春、发岁:都是指春天的开始,强调其为一年的最开始。

⑰揽:采摘。茝(zhǐ):香草。搴:拔取。

⑱玩:欣赏、把玩。

⑲萹薄:指成丛的萹蓄一类野草。交佩:左右佩。

⑳离异:离弃、抛弃。

㉑儃佪(chán huái):徘徊。南人:南方的居民,这里强调其为南方文化的民族。变态:不同的形态。

㉒窃:私,隐藏而不公开的。扬:捐弃、扬弃。厥凭:愤懑的心情。

㉓泽:污秽、脏东西。

㉔蒸:蒸发。

㉕闻:声名。章:同彰,彰显。

㉖理:媒人。惮:害怕、担心。举趾:抬起脚步。

㉗褰:撩起、掀起。濡:沾湿的样子。

㉘容与:迟疑不前、犹犹豫豫的样子。

㉙广遂:多方求取证据来证明。

【经典原意】

思念君王啊,我久久地伫立凝思远望不禁泪落千行。

没有音信路又遥远啊,我要说的话只能郁结在心中无法表达。

一颗至诚之心不被理解反而蒙冤我心好悲惨，

痛苦无奈不能抒发只好望天长叹。

每天都想着怎样表白我的忠诚啊，无奈沉积太深不能抒此衷情。

求浮云将我的心带与君主吧，可云神不肯帮忙。

远飞的鸿雁为我传书吧，鸿雁飞得又快又高也不应命。

帝喾高辛善德盛满，能遇玄鸟前来相助。

我曾想改变志向随波逐流，改变初衷会让我羞愧难当。

这些年我遭遇了无数的灾难，赤诚之心从未改变。

宁肯终生遭受苦难，也不能改变我当初的宏愿。

我明知前面的道路不会平坦，再险再难我也会披荆斩棘勇向前。

纵然是到了马仰车翻的境地，依然向着我认准的光明大道坚定地走下去。

勒起马，再次让车快速行驶，仿佛造父在为我把车驾驶。

缓缓行进不必急着奔驰，何不借此机会逍遥寄情等待良机。

向着嶓冢山的西边一直走下去，直到黄昏的时候车马才来到这里。

春天来临，新的一年又要开始。春光灿烂，景色美丽。

我纵情地吟诗放怀地高唱，沿着长江夏水尽情地愉悦欢畅排解心中惆怅。

一阵香气扑来，那是生长在草木丛中的白芷待我拔起，

还有沙洲上的宿莽更是香气扑鼻。

可惜古代圣贤不能与我同时，谁能和我一起共赏这芬芳香草。

感叹君王只采摘扁竹与恶菜，还把他扭成环佩左右佩戴。

环佩繁多缤纷缭绕，受到君王喜爱，被弃的香草如何枯败也不被理睬。

我姑且快乐逍遥周游其地排解心中忧愁，看那南夷怎样的生活动态。

我自己寻找开心和快乐啊，将那愤懑之情心中苦涩暂且抛开。

芳香与污秽杂混一起呵，可他的芳华不会被玷污。

浓郁的香气毅然会传到远方，那是因为馨香充盈于内而向外播放。

只要保持真诚的信念高尚的品质，既是住在偏僻的深山里人们也不会忘记。

想请薜荔做我的使者替我说合，却怕举足攀树寻找薜荔时的苦辛。

想托荷花为我传信，又怕涉水浸湿了我的衣襟。

攀登高处吧，会使我不高兴，蹚河过水我又执意不肯。

本来我就不喜欢这样做，只能在此地犹豫徘徊。

为了我兴国图强的志向，我绝不动摇去改变初衷。

身居幽处受尽磨难是命中注定，但我还想有生之年完成宏愿。

孤独的向南走道路漫长而艰难，我愿追求以死柬君的彭咸作为典范。

【当代阐释】

美人如梦，江山如歌

上个世纪，台湾女歌手李丽芬有一首红遍海峡两岸的歌曲《爱江山更爱美人》，歌曲唱道："爱江山更爱美人，哪个英雄好汉宁愿孤单？好儿郎浑身是胆，壮志豪情，四海远名扬。人生短短几个秋啊，不醉不罢休。东边我的美人啊，西边黄河流。来呀来个酒啊，不醉不罢休。愁情烦事别放心头，道不尽红尘舍恋，诉不完人间恩怨。"

一首歌说尽了男人心中的无限心事。

屈原也是男人，他也有着美人梦，江山志。不同的是，一般的男人，江山与美人不可兼得，选择江山还是选择美人，意味着不同的人生态度。但是，屈原的江山与他的美人却是一致的。换句话说，屈原的美人并非一个女子，而是楚国的国君，而他的江山也就是楚国的社稷和国土。当其他的男子又想拥有江山一统万年长，又想怀抱美人归的时候，屈原——这位单纯的诗人只是希望，他的美人能够永远与他的江山温暖的在一起。

这样的要求，算不算困难？应该并不难实现吧，更何况屈原还是这样一位高尚洁白的诗人。所以，在《思美人》中，他“依诗取兴，引类譬喻”，用香草来比喻自己的忠贞，用恶臭来比拟小人的谗佞；用美人来暗喻他钟爱的君王，用宓妃譬喻像他屈原一般的贤臣。

如果真如屈原所渴望的那样，尘归尘，土归土，贤臣归明主，佞臣远朝廷，那么，他的江山美人，就不会只是一场梦吧。

美人，在这首诗歌里，并没有男女私情的自私，更没有占有欲望带来的庸俗。美人是屈原的理想君主。一个现实中的美女很容易成为一个男人的梦中情人，而一个理想的君主也显然是屈原的梦中圣主。这位明君能够捍卫故乡的领土，能够保护这片土地上的子民，更能够信任屈原，守护屈原，愿意与他一起分享这个王国的美好与荣耀。这才是屈原“思美人”之“思”的所在。

正是因为如此，诗篇在写美人的同时，也写到了香花芳草，它们均一一“以配忠贞”：沿江夏行进时，诗人“擥芳茝”、“搴宿莽”、“解扁薄与杂菜”，这里的“芳茝”、“宿莽”、“扁薄”、“杂菜”，均非实指植物，而是用以喻指才能，诗人一路采摘并且佩饰它们，就是为了能够随时为这位美人做好准备。

但是，这位美人似远似近。说她很近，是因为就在眼前；说她很远，是因为即使托了媒人可是她仍然不愿意多看自己一眼。于是，失落之至的诗人开始寄托于幻境突然想到了神话人物和史人物：“愿寄言于浮云兮，遇丰隆而不将”，“高辛之灵盛兮，遭玄鸟而致诒”，“勒骐骥而更驾兮，造父为我操之”……这些，都意味着他对美人的思慕已经归于沉寂了。

美人不可得，江山也沦为纯粹的想象。屈原只能在梦中设想那个最理想的美人；也只能在自己的诗歌中怀想已经渐行渐远的故乡了。正所谓：美人如梦终究醒，江山如歌我独行。

惜往日

【原文】

惜往日之曾信兮，受命诏以昭时[①]。
奉先功以照下兮，明法度之嫌疑[②]。
国富强而法立兮，属贞臣而日娭[③]。
秘密事之载心兮，虽过失犹弗治[④]。
心纯庬而不泄兮，遭谗人而嫉之[⑤]。
君含怒而待臣兮，不清澂其然否[⑥]。
蔽晦君之聪明兮，虚惑误又以欺。
弗参验以考实兮，远迁臣而弗思[⑦]。
信谗谀之溷浊兮，盛气志而过之[⑧]。
何贞臣之无罪兮，被离谤而见尤[⑨]！
惭光景之诚信兮，身幽隐而备之[⑩]。
临沅、湘之玄渊兮，遂自忍而沉流[⑪]。
卒没身而绝名兮，惜壅君之不昭[⑫]。
君无度而弗察兮，使芳草为薮幽。
焉舒情而抽信兮，恬死亡而不聊[⑬]。
独鄣壅而蔽隐兮，使贞臣为无由[⑭]。
闻百里之为虏兮，伊尹烹於庖厨[⑮]。
吕望屠於朝歌兮，甯戚歌而饭牛[⑯]。
不逢汤、武与桓、缪兮，世孰云而知之！
吴信谗而弗味兮，子胥死而后忧[⑰]。
介子忠而立枯兮，文君寤而追求[⑱]；
封介山而为之禁兮，报大德之优游[⑲]。
思久故之亲身兮，因缟素而哭之[⑳]。
或忠信而死节兮，或訑谩而不疑[㉑]。

弗省察而按实兮，听谗人之虚辞[22]。
芳与泽其杂糅兮，孰申旦而别之[23]？
何芳草之早殀兮，微霜降而下戒[24]。
谅聪不明而蔽壅兮，使谗谀而日得。
自前世之嫉贤兮，谓蕙若其不可佩[25]。
妒佳冶之芬芳兮，嫫母姣而自好[26]。
虽有西施之美容兮，谗妒入以自代[27]。
愿陈情以白行兮，得罪过之不意[28]。
情冤见之日明兮，如列宿之错置[29]。
乘骐骥而驰骋兮，无辔衔而自载[30]。
乘泛泭以下流兮，无舟楫而自备[31]。
背法度而心治兮，辟与此其无异[32]。
宁溘死而流亡兮，恐祸殃之有再[33]。
不毕辞而赴渊兮，惜壅君之不识[34]。

【注释】

①曾信：曾经相信。命诏：君王颁发的诏令，命、诏都是特指君主发出诏令的称呼。昭时：让天下天平，风俗清明。

②先功：祖先的功业。嫌疑：指对法令有怀疑的地方。

③贞臣：忠贞的贤臣，这里是屈原自比。娭：游戏、嬉戏。

④秘密：指机密的事。

⑤纯庬(chún máng)：很大的石头，这里形容纯朴敦厚的性格和风俗。

⑥清澂：澄清、弄清楚事实的本质。

⑦参验：参考、校对、验证。

⑧盛气志：指特别恼怒。过：考察、责成。

⑨离谤：被毁伤诽谤。尤：责备、怪罪。

⑩惭：悲伤。光景：光明、光亮。诚信：真的很相信。备：具备。

⑪玄渊：黑色的、深幽的山谷。

⑫壅君：被蒙蔽而不知道事情真相的君主。

⑬抽信:陈述自己的忠诚。恬:安于,在这里有“满不在乎”的意思。不聊:不能够生存了。

⑭鄣壅:遮蔽,这里指重重的障碍。无由:没有门路,阻隔。

⑮百里:百里奚,春秋时秦国大夫。亦称百里子或百里,名奚,字里,又字井百、子明。春秋时宛(今南阳)人,一说虞国(今山西省平陆北)人。少时家境甚贫,颠沛流离,后出游诸国,到齐国,不被任用;又至周,仍不被任用;后被虞公任用为大夫,晋灭虞后被虏,作为陪嫁之臣被送往秦国,因秦穆公以媵臣待之,出走至宛,为楚人所执。后秦穆公闻其贤,用五张黑牡羊皮将其赎回,授以国政。称为五羖大夫。任秦大夫七年后,与蹇叔等共同辅佐穆公建立了霸业。相传他死后,秦国“童子不歌谣,舂者不相杵”,以示对他尊重和哀悼。缪:秦穆公,春秋时期秦国的国君,嬴姓,名任好。秦德公之少子,秦宣公、秦成公之弟。公元前659年至公元前621年在位,共在位39年,谥号穆,为春秋五霸之一。秦穆公非常重视人才,其任内获得了百里奚、蹇叔等贤臣的辅佐。

⑯吕望:即姜尚,俗称姜太公,东夷之人。他的先代封邑在吕,所以又姓吕。传说他本来在朝歌当屠夫,老年钓于渭水之滨,用直的鱼钩钓鱼,周文王看了很奇怪,其实被钓的就是文王他自己,所谓“愿者上钩”。后来重用了他,还辅佐周武王灭商。宁戚:早年怀经世济民之才而不得志,获悉齐桓公重人才,有抱负,便决心投靠齐国,以便有一番作为。他不畏艰难,来到临淄,自我推荐,击牛角高歌,令齐桓公和管仲都注意到这是一个气度不凡、抱负不凡的人物。齐桓公二十八年拜为大夫。后长期任齐国大司田,为齐桓公得以逐鹿中原、一匡天下的主要辅佐者之一。

⑰吴:指吴王夫差。信谗:指听信太宰的谗言。弗味:不能玩味辨别。子胥:伍子胥,吴国的大将,吴王夫差打败越王勾践之后,伍子胥认为越是吴的心腹之患,应该灭越,夫差不听,反而听信谗言逼他自杀,不久吴国就被越国灭亡。

⑱介子:介子推,重耳的微臣,晋文公未做晋国国君时流亡在外十九年,介子推等跟随,据说曾割自己的大腿肉给文公吃。后人尊为介子,周代晋国大臣,传说,晋文公返国,介子推“不言禄”,独奉母逃隐到绵山中。晋文公欲求却不得,放火焚山,他抱树而死。但也传说介子推未死,后三十年,有人在东海边见到他卖扇子。文君:晋文公。寤:觉悟。

⑲禁:封山。大德:指介子推割自己的股肉给文公吃的事情。优游:形容大德宽广的样子。

⑳缟素:丧服,是白色的。清初吴伟业《圆圆曲》:“恸哭六军俱缟素”。

㉑訑(dàn)谩:欺骗、讹诈。

㉒按实:核实。

㉓泽:光亮润泽。申旦:通宵达旦。

㉔殀:死亡。

㉕蕙若:蕙草、杜若,都是屈原诗歌中常常引用的香草。

㉖佳冶:娇美娇冶。嫫母:中国最著名的丑女。传说,黄帝为了制止部落的男人只喜欢美女,专门挑选了品德贤淑,性情温柔,面貌丑陋的嫫母作为自己第四妻室。并宣称,重美貌不重德,不是真美;重德轻色,才是真贤。据说,这位丑女是中国第一面镜子的发明者。自好:自以为美好,嫫母知道自己有德行,所以自以为十分美。

㉗西施:春秋时,越国著名的美女,曾献给越王勾践,最后归于范蠡,不知所终。

㉘白行:表白自己的行为。

㉙见:现。错置:陈列、放置。

㉚载:设置。

㉛泛:泛起,浮起。泭:桴,即今天说的木筏。

㉜心治:靠自己的内心去治理一个国家。

㉝溘(kè)死:忽然死去。流亡:投水而死,让自己的身体随着水流走。

㉞毕辞:把要说的话都说完。

【经典原意】

忆往昔追随在君王身旁为国效力我勤勉为政啊,
受到诏命替君王立法治国颁布号令使当世政和清明。
继承祖先的功绩用来惠及百姓啊,
阐明法度消除是非疑问绝无含混不清。
因此国家富强法制完善百姓得以安生,
忠臣被委以重任君王尽享安宁。
为国为民我不辞劳苦是全心全意啊,
偶有过失君王也能宽恕还会继续效力。
我心地淳厚工作缜密一心只为把国家治理,
我的才能和勤勉遭到奸人的诽谤妒忌。

君主听信谗言满含忿怒地对待下臣，
不去澄清黑白辨别是非明察谁假谁真。
谗言蒙蔽了君王的耳目搅乱了他的心啊，
黑白颠倒谎言千遍也成真。
无奈君王不去验证查出事实把真相辨，
不假思索毫不犹豫就把忠臣贬。
混淆是非谗言谀词把君王的心灵蒙骗，
君王怒气冲天毫不留情将人责难。
我怀揣一颗赤诚之心何罪之有？
听到无耻诽谤就把我贬？
悲叹我光明磊落忠心耿耿像日月光影那样的忠诚，
持守这样的好品德也只能幽居在深山中。
面对着波涛滚滚一去不复返的江水啊，
真想投进大江里边洗清这不白之冤。
我死了只不过没有了身躯和名声啊，
可君王被蒙蔽的心怎样清醒？
君王只信谗言不去省察而失去了准则，
将芳草丢弃在幽深的沼泽荒地之中。
我哪里还能够展示真心抒发衷情？
我将坦然赴死而绝不苟且偷生。
只为小人的谗言阻隔了我与君王的沟通，
才使得忠臣个个无所适从。
我听说百里奚曾做过俘虏，
伊尹曾是个奴隶在厨房中烹煮。
吕望曾在朝歌做过屠夫，
宁戚唱着歌儿放着牛羊。
倘若不是遇到明君商汤周武齐桓秦缪，
世间有谁知道他们的智慧和才能？
吴王夫差听信谗言不辨忠奸，

逼死伍子胥后却招来灭国之患。
忠诚的介子推无奈深山自焚啊，
醒悟了的晋文公立刻访求。
加封绵山为介山还禁止樵夫打柴到此山，
为的是报答忠良的大恩大德啊。
想起故旧好友患难与共相交多年，
晋文公身着白色丧服痛哭流涕悲痛难安。
有人忠贞诚信宁为守节而死，
有人心怀诡诈而平平安安。
不去省视考察也不尊重事实，
只信那些小人的花言巧语及虚假的言辞。
芳香与污浊混杂在一起，
谁又肯去细细的辨析？
为什么芳草会过早夭亡啊？
只因为微霜初降未及时警惕。
实是君王听信谎言受了蒙蔽，
才使奸佞小人日益得势。
自古以来的妒贤嫉能者，
都说香草不能佩戴在身上。
嫉妒那佳丽之人的芬芳与美丽，
自己丑陋却卖弄风骚装的妩媚可爱。
即使有美丽的西施来到，
妒能者也会用谗言把她赶跑而被丑恶之人取代。
我本来是真诚的表达我的情怀，
遭来如此祸灾我深感意外。
我想是非曲直真情与冤屈总会明白，
如同天上的星星灿烂光明。
骑上骏马长途奔驰，
没有辔缰衔勒全凭自己控制。

乘坐筏子顺流而下行驶，
没有船只划桨全靠自己配置。
违背自然规律凭主观行事，
就如骑马无辔泛舟无浆一样荒谬。
我宁肯忽然死亡随波而去，
担心的是国家再次遭受大祸殃。
不等把话说完就投进滚滚江水，
受蒙蔽的君主你何时能够明白？

【当代阐释】

追忆似水年华

追忆是一种美学。

很多人都会有这样的感受：每每在世间红尘中漂流沉浮之时，总会想起童年和少年的无忧无虑。而很多人在步入老年后，更是容易时时回忆起过去的事情。古罗马哲人西塞罗写《论老年》，主题是谈老年人的道德伦理，但行文间却也透着一种对往事追忆的味道。

由此可见，往事对一个人而言特别重要。往事是一个人的精神家园，是他摆脱世间纷扰的一个小小乌托邦，甚至是他一生追求功业的根本动机。对屈原而言，他对往事的感情尤为集中地体现在了《惜往日》一篇之中。

《惜往日》，顾名思义，就是对往日的抚今思昔。我们很想知道，屈原这位诗人在晚年的时刻，究竟回忆起哪些往事？是什么如此打动他？他又是为了什么哭哭笑笑，爱恨交织？

开篇，诗人就开宗明义般的追忆起他最辉煌的一刻："我想起曾经的那些日子，我的君王最为信任我，我常常接受他的诏命来写作诗歌。"第一句，已经为诗人的回忆奠定了基调：今不如昔，物是人非。是的，屈原曾经被楚怀王信任，他也戮力为国，正道直行，竭忠尽智。但这也，都已经在小人的污蔑下变成了往事。司马迁《史记》之《屈原贾生列传》中记载屈原就是："入则与王图议国事，以出号令；出则接遇宾

客，应对诸侯，王甚任之。”

于是，在这种“物是人非事事休，欲语泪先流”的回忆基调之下，诗歌随即展开了抒情。那是诗人的年华，由锦瑟年华转为破碎之花的日子。正是那些心地险恶、蒙蔽君上的小人导致了这一切。于是，那曾经和我出入也不分离，一同驾车一同就寝的君王，也竟然把我流放了。可是我究竟有什么罪过呢？只能怪小人蔽塞君王的聪明才智，虚饰罪状，以惑误君；君王也不参验考核，究其真相，就疏远贬斥了我再不思念。

这段追忆，让诗人不由得反观当下，反观自己的处境：我在这里流浪，还有什么意义？还不如一了百了，彻底归去了吧。我每天都在这些滔滔大河、幽深湖泊附近游荡，不如就跳下去吧。诗人下定这样的决心，正是基于对往事由极乐转到极悲的变化无常。《惜往日》与其他诗歌的不同之处在于，诗歌在一开始就提到了死亡。为什么？诗人其实是在一开头就把过去的欢乐和当下的悲伤做对比，从而让这首诗歌的意义充盈而圆满。随后，诗人才开始进行了对古代历史的追述。

本篇对古代历史的追述，也是一种追忆。看看诗人提到的那些名字吧：百里奚、伊尹、姜太公、宁戚、商汤、周文王、周武王、伍子胥、介子推、晋文公等等。几乎每一句提到两个人物。古代圣贤这样频繁密集的出现，在这样一首短诗中并不常见。这些古代和当代的读者都耳熟能详的人名，无疑透露了屈原的一种信念：假如我没有死，假如我有机会重掌国政，那么，我也将是这一系列圣贤中的一个！

所以，在死亡的悬崖追忆一生，并不是痛苦的极致。那些曾经有过的梦想，却因为种种不该发生的原因而没有实现，才是真正的痛苦。《惜往日》，不仅是追忆似水年华，也是惋惜似水年华。这就是本篇的意义。

橘颂

【原文】

后皇嘉树，橘徕服兮[①]。

受命不迁，生南国兮[2]。
深固难徙，更壹志兮[3]。
绿叶素荣，纷其可喜兮[4]。
曾枝剡棘，圆果抟兮[5]。
青黄杂糅，文章烂兮[6]。
精色内白，类任道兮[7]。
纷缊宜修，姱而不丑兮[8]。
嗟尔幼志，有以异兮[9]。
独立不迁，岂不可喜兮。
深固难徙，廓其无求兮[10]。
苏世独立，横而不流兮[11]。
闭心自慎，不终失过兮[12]。
秉德无私，参天地兮。
愿岁并谢，与长友兮[13]。
淑离不淫，梗其有理兮[14]。
年岁虽少，可师长兮。
行比伯夷，置以为像兮[15]。

【注释】

①后皇：皇天后土，在古代，皇天指对天的祭祀，地点在郊外，而对大地的祭祀则在宗庙。所以，皇天后土常常并称。嘉：美，可解释为生育。徕：即来。服：习惯。

②受命：禀受天地赋予的意义，这里的命，可能不仅有生命的意思，还有天命的意思。

③更：变更。

④荣：所开的花。

⑤曾：层层。曾枝就是层层的枝叶。剡（yǎn）棘：尖刺儿，因为橘树的枝上有刺。圆果：这里特指橘子。抟：指橘子长得圆。

⑥青黄杂糅：橘子的皮，颜色有的青有的黄，并且彼此杂糅在一起。文章：文

采，因为上文说橘子的颜色是“青黄杂糅”。烂：灿烂。

⑦精色：橘子的颜色很鲜亮。内白：橘子的内瓤是洁白的，形容这个人的品质很好。任：担当重任，用作动词。

⑧纷缊：氛氲，形容香气蓊郁的感觉。姱（kuā）：美好。

⑨嗟：啊，是感叹词。

⑩廓：宽广，这里指心胸宽广。

⑪苏世：在红尘之世，保持苏醒亦即清醒的头脑。横：在世上横刀立马，比喻一身正气，邪不压正。不流：不与世沉浮。

⑫自慎：慎独。

⑬岁：岁暮。并谢：百花一齐凋谢。与长友：和你，亦即橘子做一个长期的好朋友。

⑭淑：美，善。离：通丽，附丽。淫：惑乱、淫乱。梗：耿直、直。理：纹理，橘子有纹理，说明这只橘子内瓤很好。

⑮比：媲美。伯夷：孤竹国君生了三个儿子，孤竹国君姓墨胎氏，长子名允字公信，即后来谥号为伯夷。幼子名智字公达，即后来谥号为叔齐。孤竹君生前有意立叔齐为嗣子，继承他的事业。后来孤竹国君死了，按照当时的常礼，长子应该即位。但清廉自守的伯夷却说：“应该尊重父亲生前的遗愿，国君的位置应由叔齐来做。”于是他就放弃君位，逃到孤竹国外。大家又推举叔齐作国君。叔齐说：“我如当了国君，于兄弟不义，于礼制不合。”也逃到孤竹国外，和他的长兄一起过流亡生活。在没有办法的情况下，人们只好立了中子继承了君位。置：种植。

【经典原意】

这天地间辉煌的橘树啊，生来就属于这块土地。
坚贞不屈独立不移，扎根在江南的国度里。
根深蒂固难以迁徙，我的志向同你一样专一。
枝叶茂盛素花似银，繁盛美丽让人爱惜。
累累枝条刺儿锋利，滚圆的果实挂满树枝。
有青有黄青黄互衬，色彩多么绚丽啊。
美丽的外表甜蜜的心里，表里如一似同君子品质。
芬芳浓郁香气扑鼻风姿秀丽，出类拔萃与众不同谁可与你比。
啊，自幼你就志向远大，秉性刚毅坚贞不屈。

特立独行也决不从俗,这高尚的品质怎不使人敬重。

赤诚一片坚定不移,心底无私啊气度从容。

你头脑清醒远离世俗,不随波逐流啊也不故步自封。

你有坚定的信念,自始至终也不曾改变啊。

你怀揣美好的品德毫无私心,此情敢与日月同辉啊。

我愿与你相伴直到死去,与你结成永久的知己。

你有美好的品德坚毅的性格而不招摇,不屈不挠还有高尚的追求啊,

你年纪虽小,却可以作人们的良师。

你的品行可与古代的伯夷相比,我愿与你为榜样做个当代的伯夷。

【当代阐释】

人淡如橘

唐代司空图,据说曾写过著名的《二十四诗品》,其中“典雅”一章说:“落花无言,人淡如菊”,成为千古名句。而在读《橘颂》之时,不知怎么,我的脑海里却跳出“人淡如橘”的字眼来。或许,这不仅仅是谐音,更是因为橘子这样一种普普通通的植物,在屈原的笔下竟然成了如此高洁、如此美的象征。可以说,《橘颂》一篇,别看只有18句,152个字,却是屈原所有作品中最有名的篇目之一,不仅为古人所喜爱,在当代同样受人喜欢,不少话剧、电影、歌曲等都曾经与《橘颂》结下了不解之缘。

屈原的诗歌,一向都是吟咏香花芳草,这一篇却独独赞美橘。中国的南方多橘树,而楚地甚至可以称之为橘树的故乡了。司马迁的《史记》曾说:“江陵千树橘”,可见江陵作为楚国的一大城市,竟然曾有千树万树生橘树的盛况。由此可知,屈原或许从小就在橘树下长大,更品尝过江南的柑橘吧。

不过,橘树的习性非常奇怪。在秦岭以南,则果实是鲜美异常的;而秦岭以北,则是苦涩干涸的果实。传说为齐国晏婴所做的《晏子春

秋》中有:“橘生淮南则为橘,生于淮北则为枳”的名句,就是对这种情况的概括。植物也是生命,他们也有自己的天性,而橘树的天性就是,只有在故乡他才会结出好吃的果子,这难道不正是一个人对故乡眷恋的最好隐喻吗?这种“受命不迁,生南国兮。深固难徙,更壹志兮”的秉性,难道不正可与屈原矢志不渝的高尚情操相一致吗?

这才是屈原书写本篇的根本所在。

《橘颂》,又可以称之为中国文人写的第一首咏物诗,宋代的诗人、词人刘辰翁曾经因为本篇而称赞屈原是千古“咏物之祖”。这不是虚夸,而是文学史上的里程碑。那么,诗人的咏物如何展开?

首先,诗人描写橘树的美。“绿叶衬着白花,繁茂得让人欢喜啊。枝儿层层,刺儿锋利,圆满的果实啊。青中闪黄,黄里带青,色彩多么绚丽啊。”在古典的时代,一个人的外表和内在道德是一致的,所以,橘树外在的美丽恰恰说明了其内在的美。更何况,这种外在美尤其体现在橘树的树枝有着尖利的刺儿——他就像植物中的“牛虻”,从来不阿谀奉承,从来不故意说好话,而是就事论事、不吝讽谏。这样的外表,难道不就是一种道德吗?

其次,诗人尤其赞美橘树“你幼年的志向,就与众不同啊。特立独行永不改变,怎不使人敬重啊。”这里面有两层含义。一方面,橘树是从小就立定决心,成为有德行之人的;另一方面,橘树的德行在长大后体现在特立独行,独立不迁上。这是一种绝不随随便便改变自己的志向和理想,也从不为了一些苟且的事情而偷生的道德。诗人从橘树身上,看到的难道不就是自己么?

最后,诗人还特定指出:“你的年纪虽然不大,却可作人们的良师啊。品行好比古代的伯夷,种在这里作我为人的榜样啊。”诗人愿意和橘树做一个往年的朋友,长期住在一起。这颇令人想起了宋代大诗人苏东坡在其诗作《于潜僧绿筠轩》中写道:“宁可食无肉,不可居无竹。无肉令人瘦,无竹令人俗。人瘦尚可肥,士俗不可医。”显然,屈原也愿意和橘树住在一起,他与苏东坡都是把一种植物作为自己品行高尚的象征。这也说明,屈原《橘颂》的确从精神上影响了中国历朝历代的古人。

所以，本篇显然是中国橘子文学的滥觞，更是中国咏物诗歌的开山之作。三国曹植写《植树赋》，南北朝的傅玄写《桔赋》，东晋刘瑾写《桔树赋》，西晋孙楚也写《橘赋》等等，这些诗词歌赋形成的悠长流水，显然是以屈原的本篇为祖先的。甚至到现代，郭沫若先生写话剧《屈原》，也是特地把《橘颂》翻译成现代汉语。而上个世纪七十年代，香港拍摄的彩色电影《屈原》，甚至把《橘颂》谱成了一首好听的歌曲，由婵娟演唱，一时风靡港岛。

最后，让我们倾听一下清人林云铭对《橘颂》的评价："看来两段中句句是颂橘，句句不是颂橘，但见原与橘分不得是一是二，彼此互映，有镜花水月之妙"古人这句话，"于我心有戚戚焉"。

悲回风

【原文】

悲回风之摇蕙兮，心冤结而内伤①。
物有微而陨性兮，声有隐而先倡②。
夫何彭咸之造思兮，暨志介而不忘③！
万变其情岂可盖兮，孰虚伪之可长④！
鸟兽鸣以号群兮，草苴比而不芳⑤。
鱼葺鳞以自别兮，蛟龙隐其文章⑥。
故荼荠不同亩兮，兰茝幽而独芳⑦。
惟佳人之永都兮，更统世而自贶⑧。
眇远志之所及兮，怜浮云之相羊⑨。
介眇志之所惑兮，窃赋诗之所明⑩。
惟佳人之独怀兮，折若椒以自处⑪。
曾歔欷之嗟嗟兮，独隐伏而思虑⑫。
涕泣交而凄凄兮，思不眠以至曙⑬。

终长夜之曼曼兮，掩此哀而不去。
寤从容以周流兮，聊逍遥以自恃[14]。
伤太息之愍怜兮，气於邑而不可止[15]。
糺思心以为纕兮，编愁苦以为膺[16]。
折若木以蔽光兮，随飘风之所仍[17]。
存仿佛而不见兮，心踊跃其若汤[18]。
抚珮衽以案志兮，超惘惘而遂行[19]。
岁曶曶其若颓兮，时亦冉冉而将至[20]。
薠蘅槁而节离兮，芳以歇而不比[21]。
怜思心之不可惩兮，证此言之不可聊[22]。
宁溘死而流亡兮，不忍此心之常愁。
孤子吟而抆泪兮，放子出而不还[23]。
孰能思而不隐兮，照彭咸之所闻[24]。
登石峦以远望兮，路眇眇之默默。
入景响之无应兮，闻省想而不可得[25]。

【注释】

①回风：小旋风。摇：摇动、撼动。蕙：一种香草。冤结：心中的郁闷结成愁块。

②微：这里指美好。陨：丧失，失去。隐：形容声音很小。倡：泛指声音。

③造思：设想、构思、酝酿。暨：慕求、渴求。介：孤高耿介、有操守。不忘：不忘掉自己高尚的志向。

④万变：遇到的万千变化。情：忠直的感情。盖：藏起来。

⑤号群：大声呼唤自己的同类。苴：干枯的草。比：比合、聚合。

⑥葺：整饬、修葺。文章：指文采、表面的花纹。

⑦荼：苦菜子。荠：甜荠菜。

⑧佳人：这里指屈原的自称。都：美盛的样子。更：经历。统世：承续先世。贶：赐予。自贶：自许。

⑨眇：邈远，遥远。眇远志：指高远的志向。相羊：徜徉，即漂流不定的样子。

⑩介：耿介、耿直。窃：私下。

⑪独怀：指其胸怀与众不同。若：杜若，一种香草。椒：申椒，一种植物，可以做成香料。自处：去自我安排，并谨慎自守。

⑫曾：屡次、多次。歔欷：唏嘘感慨，抽噎。嗟嗟：叹息的声音。

⑬凄：凄伤。曙：天将明。

⑭寤：觉醒。周流：周游。恃：把持。自恃：依靠自己。

⑮太息：叹息。愍：哀怜。於邑：郁悒、忧郁。

⑯糺：纠，纠结。纕（xiāng）：佩带。编：结。膺：胸，此处引申为护胸的衣服。

⑰若木：古代神话中的树名，生于西极荒远之地，是太阳所入处。此树呈赤色，叶青花赤，光辉照地。仍：因、循。

⑱存仿佛：指事物看不清楚，似是而非的样子。踊跃：跳动。汤：沸水。

⑲珮：玉佩。衽：衣襟。案：压抑、按下。超：道路遥远的样子。惘惘：失意彷徨仿佛若有所失的样子。

⑳曶曶（hū）：忽忽，指时光匆匆而过，白驹过隙。颓：坠流，水下流。时：这里指生命的极限。冉冉：渐渐。

㉑素蘅：白素、杜蘅，是两种香草。槁：枯。节离：枯草因为缺少水分，导致节节断落，变成飞蓬。歇：消失。以：已。比：比并，指香花一起开。

㉒怜：爱怜。惩：止。聊：百无聊赖的“聊”。

㉓孤子：孤独且无依无靠的人，屈原自况。抆：擦拭。放子：被国君放逐的人，这里也是指屈原。

㉔隐：痛。照：清楚。所闻：指听说的彭咸的故事，此处表明屈原隐晦的提到死亡。

㉕景：影。省：察看。

【经典原意】

望着旋风摇动的蕙草在凋谢我好悲痛，郁结在心中的愁思让我黯然神伤。

芳香的惠草多么美好却丧失了生命啊，秋风乍起预示着万物开始凋敝。

我为何对彭咸如此追思啊，那是他高尚的志向和操守让我念念不忘。

纵然遭遇万千变化那忠贞之心岂能遮盖，虚假的伪装又怎能保持久长。

鸟兽聚在一起相互比着鸣叫，鲜草枯苴杂合在一起没有芬芳。

群鱼儿将鳞片鼓起以显示自己的特异，蛟龙却潜入深海隐身遁迹。

苦荼甜荠不能种在同一块田里，兰草白芷长在幽谷却散发着香气。

只有君子的德行永放光彩，历经世代也能美名远扬。

心中的志向十分高远，像那白云在天空自由徜徉。

耿介心怀远大志向却遭人疑惑，私下赋诗为的就是抒发衷肠。

圣贤的胸襟与众不同啊。望着刚折取的香木芳草独自思考何以自勉自励。

屡屡悲慨哽咽连声叹息，独自隐居幽远之地还为国家思虑不已。

涕泪交流凄苦悲凉，满怀愁思难以入眠直到天亮。

长夜漫漫有尽头啊，郁结心中的苦痛仍然不能摒弃。

还是到四处去游历吧，暂且逍遥自在忘掉忧愁以自我安慰。

深深叹息我实在太可哀怜，淤积在心的苦痛总不能止息。

把忧思之心编成佩带，把愁苦之情做成衫衣。

折下若木遮蔽日光，听凭狂风把我随便吹向哪里。

过去的事情我仿佛模糊忘记，但想起君王不免心情激荡似沸水涌入胸膛。

抚着玉佩衣襟以压制愤怒的心情，惘然若失无奈便动身出行。

时光如水一年年匆匆流去，生命渐渐衰老死亡将至。

香草枯槁时茎节就会断离，鲜花凋落芬芳已经散去。

可怜我的赤子之心不能改变，表白这些哀伤之心已无济于事。

宁愿突然死去让灵魂自由地飘荡啊，也不愿长期忍受这无尽的磨砺。

孤独的幽居何等的凄凉悲叹着拭去泪滴，被贬的人像浮云到处飘荡不能回到故里。

谁能满怀思念而不忧伤啊？我愿将彭咸的话再度发扬。
登上高石瞭望远处的故乡，道路渺茫遥远而又空寂无声。
看不见人影也听不见回应，冥思苦想也得不到故国的消息。

愁郁郁之无快兮，居戚戚而不可解[26]。
心鞿羁而不开兮，气缭转而自缔[27]。
穆眇眇之无垠兮，莽芒芒之无仪[28]。
声有隐而相感兮，物有纯而不可为[29]。
邈蔓蔓之不可量兮，缥绵绵之不可纡[30]。
愁悄悄之常悲兮，翩冥冥之不可娱[31]。
凌大波而流风兮，讬彭咸之所居[32]。
上高岩之峭岸兮，处雌蜺之标颠[33]。
据青冥而摅虹兮，遂儵忽而扪天[34]。
吸湛露之浮凉兮，漱凝霜之雰雰[35]。
依风穴以自息兮，忽倾寤以婵媛[36]。
冯昆仑以瞰雾兮，隐岷山以清江[37]。
惮涌湍之礚礚兮，听波声之汹汹[38]。
纷容容之无经兮，罔芒芒之无纪[39]。
轧洋洋之无从兮，驰委移之焉止[40]。
漂翻翻其上下兮，翼遥遥其左右[41]。
氾潏潏其前后兮，伴张驰之信期[42]。
观炎气之相仍兮，窥烟液之所积[43]。
悲霜雪之俱下兮，听潮水之相击。
借光景以往来兮，施黄棘之枉策[44]。
求介子之所存兮，见伯夷之放迹[45]。
心调度而弗去兮，刻著志之无適[46]。
曰：吾怨往昔之所冀兮，悼来者之愁愁[47]。
浮江、淮而入海兮，从子胥而自適[48]。
望大河之洲渚兮，悲申徒之抗迹[49]。

骤谏君而不听兮，重任石之何益[50]！

心絓结而不解兮，思蹇产而不释[51]。

【注释】

㉖无快：不快乐。

㉗鞿羁（jī）：马的缰绳和络头，此处指受拘束。缭转：缭绕。自缔：自结。

㉘穆：静。芒芒：同茫茫。仪：容。

㉙隐：微。感：感应。不可为：不一定非要有所作为。

㉚藐：邈远，遥远。蔓蔓：漫漫。不可量：无法去估计。缥：高远的样子。绵绵：不绝的样子。纡：萦绕。

㉛悄悄：忧愁的样子。翩：疾飞。冥冥：邈远。

㉜凌：乘。流风：顺风而漂流。托：托寄。

㉝峭岸：陡峭险峻的悬崖峭壁。雌霓：虹，古人认为比较鲜亮的虹是雄性的，而相对阴暗的则是雌性的。标颠：顶点、到达了顶端。

㉞青冥：青天。摅：舒。忽：顷刻之间，忽然。

㉟湛露：浓重的露水。浮凉：轻微的凉气。漱：漱口。凝霜：浓霜。雰雰：飘落貌。

㊱风穴：古代传说中洞穴名，据说风从里面吹出来，就是寒风。忽倾悟：忽然全部了悟了。婵媛：眷恋缠绵。

㊲冯：凭靠、凭借。瞰：俯视。隐：依凭。清江：使江流澄清干净。

㊳惮：惧怕。涌湍：急流。堤堤：水石撞击的声音，波浪的声音。

㊴纷：乱。容容：溶溶，水流动的样子。无经：没有常规束缚。罔：惘，怅惘、惆怅。无纪：目无纪纲。

㊵轧：指波涛的互相倾轧。洋洋：水大的样子。委移：同逶迤，水流弯曲的样子。

㊶漂：同飘。遥遥：摇来摇去。

㊷潏潏：水涌出的样子。伴：判然有别的意思。张弛：涨落。信期：潮汐的汛，因为每年都是一定的时候有潮汐，所以叫做信期。

㊸炎：热。相仍：相因。烟：上升之气，也就是天空中的云彩。液：下降的液体，即下雨。积：结、聚、积累。

㊹黄棘：棘刺。枉：曲。

㊺介子：介子推，春秋时晋文公的臣子，已见前注。所存：这里指介子推隐居

的地方。伯夷:商末孤竹君的长子,事迹亦见前注。放迹:被放逐的地方。

㊻调度:即认真仔细的去思量考虑一下。弗去:不能决定。刻著志:指意志坚决,有决断力。适:往。

㊼曰:即乱曰。冀:希望。惄惄(tì):惕,警惕。

㊽子胥:伍子胥,事迹见前注。自适:指自己保持一种良好的心态。

㊾申徒:殷朝末年士人,命叫申徒狄,他看到纣不顾亡国之祸,便想用死来作为劝谏的手段,促使纣的醒悟。于是到一个深渊边,抱了一块大石跳入渊中。因为这个渊很深,旁边的人无法救他。申徒狄用自杀的方式表示绝望,这给了屈原很大的震撼。抗迹:亢,亢迹就是指有道德的事迹。

㊿骤:屡次。重任石:抱着沉重的大石头。任:抱着。

51絓结:心中郁结之谓也。蹇产:思绪郁结而不畅快。释:涣然冰释的意思。

【经典原意】

愁闷郁郁没有丝毫的快乐啊,忧思戚戚悲凉而不能解脱。

心被束缚如有枷锁啊,气息缭绕自我纠结。

苍茫大地没有边际一片静寂。茫茫原野一片衰败没有形迹。

秋风乍起预示着万物就要枯萎,纯洁的蕙草遭受摧残也不可挽回。

前途渺茫如同遥远的路途不可测量,思绪悠长难以割舍不可回转。

忧心忡忡常陷悲痛之中,即使远走高飞也难寻快乐之境。

乘着大波顺风漂流前行,彭咸所居之处正是我的归宿。

我登上高高的陡峭山崖,坐在雌霓的顶端。

依凭着太空将那彩虹舒展啊,刹那间我的手已摸到青天。

且将那清凉浓郁的甘露吸饮,又将那纷纷凝结的浓霜含漱。

我倚在天上风的洞口休息,忽然醒来全部了悟依然悲伤如故。

凭靠着昆仑山俯视人寰弥漫的云雾啊,依傍着岷山鸟阚滚滚的长江。

急流撞石巨声入天使人胆战,怒吼的涛声让人心惊胆寒。

望着大水横流泛滥我心思纷纷乱乱浑然不辨方向,精神迷迷惘惘没有头绪。

波涛翻滚互相倾轧后浪推着前浪不知奔向何方，连绵起伏奔腾着到哪儿才能停住？

我的心如江水翻飞忽上忽下，像两翼忽左忽右摇动拍击。

大水泛滥前后奔涌，我的心思伴着潮涨潮落起伏难安。

且看那夏季的酷热之气连绵不断，再看那云彩凝结成雨水的道理。

悲叹那秋冬的霜与雪一起降落，听着潮水拍岸波涛相激。

我借着时光的景象在天地间驰骋啊，黄棘木做成的马鞭紧握手中。

快去寻求介子推焚身的地方，再去看看伯夷执意饿死之地。

仔细思量心里惆怅忧思无法难除，守志不移效法先贤我别无选择。

尾声：

我恨往日的希望成为了泡影啊，惧怕未来国家的命运还是那样扑朔迷离。

我浮长江过淮水流入大海啊，追随伍子胥以遂我意。

遥望黄河中的沙洲水渚，悲悯申徒狄抱石投水殉国的高尚行迹。

屡屡劝谏君王而不被听从，抱石自沉以身殉国又有何用。

我忧思痛苦郁结心中不能舒放愁怀，愁绪郁塞而无法宽解。

【当代阐释】

梦中人絮语

《悲回风》，《九章》的最后一首。这一首诗篇幅较长，抒情更加趋于深挚感人，全篇几乎都没有对历史典故的重述，也没有诗人自己境况的追忆，唯有一句句的抒情犹如点燃的灯火，一点点照亮诗人荒凉的梦境。于是，心理刻画成为本篇最大的艺术特色，而整篇诗歌亦犹如梦中人的絮语，但梦里梦外，昭示出屈原的心路和生命历程。

我国著名楚辞学者姜亮夫在其《屈原赋校注》评价说：“诗中描绘

心思，出入内外远近不同之情，上下左右前后之态。而仍不知所止，悲感与思理相挟持，而遂思入眇茫，从彭咸之所居。既至天上，忽又感烟雨之终不可永久浮游上天，遂思追踪介子伯夷。既睹申徒之死而无益，又自回惑不解！”诗人仿佛在经历一场梦境，心骛八极，神游万仞。诗人那种深沉、孤寂、疏离和寂寞的情绪两千年来不知感染了多少人，所以难怪自古以来都有一些学者主张这篇才是屈原真正的绝笔呢。

说是绝笔，仍然是缺少证据的。但，这不妨可以看做屈原的梦中呓语，要知道，梦往往能够揭示一个人的潜意识。按照弗洛伊德的释梦理论，梦境和人的心理有着密切的因果关系，梦境不是偶然形成的联想，而是梦中人愿望的达成，在睡眠时，潜意识中的欲望绕过抵抗，并以伪装的方式，乘机闯入意识而形成梦。可见梦是对清醒时被压抑到潜意识中的欲望的一种委婉表达，是通向潜意识的一条秘密通道。通过对梦的分析可以窥见人的内部心理，探究其潜意识中的欲望和冲突。《悲回风》同样可以一窥屈原的心理世界。

他梦见这是美丽的东风摇蕙的时节，然而这样的东风和煦，为何变成悲凉的回风？哦，是忠贤之人被君王疏离，正像回风的回旋震荡陨落了蕙草的孱弱生机。从战国开始，古人就逐渐把一年四季的“气”和草木的萌发凋零、人的升降沉浮逐渐联系在一起。清代的钱澄之在其《庄屈合诂》说：“秋风起，蕙草先死；害气至，贤人先丧。”所以，蕙草的凋零正隐喻着诗人的身世飘零。在第三句，他忽然梦见彭咸，梦见了被小人陷害的忠良的最终结局，不过就是死亡罢了。

他还梦见佳人魂消、英雄气短。从“惟佳人之独怀兮”至“昭彭咸之所闻”所写，都是这样的混乱情绪。为了驱赶这种伤悲，他在梦中求取神木来遮蔽日光，希望自己能够不被日光的滚烫灼伤。但仍然不得不被飘风所牵引，“随飘风之所仍”，继续过着颠沛流离的生活。还有什么比得上在梦里梦外，都是一样的漂泊无定更愁苦的了？即使是乞丐，尚有做梦当皇帝的时候，可屈原的梦境反而更加凄凉冷清。明代的蒋骥在其《山带阁注楚辞》中说，之所以梦境也不得安宁，是因为“秦关不返，孤臣有故主之悲；南土投荒，放子无还家之日，此固交痛而不已者也。安得不为彭咸之所为乎?”所以,在“昭彭咸之所闻”一句中,诗人第二次梦见了彭咸,梦见了这位忠臣的灵魂,同时也是死神的先导。

他还梦见自己重登故国山阙,登临望远,“登石峦以远望兮”,正是楚天千里清秋的美丽风景。然而,这样的美丽壮丽,只能存在于梦中了。现实中的楚国,一天比一天削弱,秦国的侵犯,已经从陕西的南部一直到达湖北湖南了。梦里的些许温存,怎能代替梦外的危如累卵?所以,诗人在“托彭咸之所居”一句中,第三次梦到了彭咸。

三次梦到彭咸,从第一次“彭咸之造思”的追忆彭咸,到第二次“昭彭咸之所闻”的仰慕彭咸的名声,到第三次“托彭咸之所居”的想要效仿彭咸,一次比一次程度更深。而《悲回风》,是屈原所有作品中一次性提到彭咸最多最频繁的一首了。彭咸是一个人物意象,他既代表着忠臣,更代表着死亡。彭咸在水中的死亡,无疑昭示了诗人的命运。

因为梦,而梦见了死亡;因为死亡,又从梦中惊醒;因为惊醒,最终选择死亡。这就是《悲回风》的情感与心路历程,当然,也是屈原的生命历程。

【国学故事】

屈原的偶像——百里奚的故事

《九章》一篇中,屈原提到了不少历史上著名的人物。这些人物大体可以分为两类。一类是忠于自己的理想、故乡和国家,甚至不惜以死亡来抗争的人物,如彭咸、比干等;一类是屈原心目中的偶像人物,他们往往是贤臣逢明君,为自己也为国家立下汗马功劳,比如伊尹、姜子牙和百里奚。

这些人物,彭咸、比干也好,伊尹、姜子牙也好,都是大家比较熟悉的人物了。那么,这次就讲一下百里奚的故事。看看这位秦国宰相百里奚,是凭借什么样的人生历程而让秦国的仇敌楚国的屈原也不得不引以为偶像的。

百里奚,又叫百里子,名奚。他是春秋时期楚国的宛人,他博学多才，尤其是擅长弹琴，常常在家中与妻子一起你弹我唱，过着隐居不仕的生活。尽管家中贫困，但是他却引以为平常。后来，他的妻子鼓励他说："大丈夫应当志在四海，现在虽然天下还算和平，但总有一天会天下大乱，你应当把你的本领都献给天下的明君。"

百里奚觉得有道理，就打算出门寻找机会。临走之前，妻子为他煮了一锅小米粥，杀了一只老母鸡，炖炖吃了，这也是家里唯一的家禽了。由于家里没柴火，只好把门闩拆下来当柴火烧了。饭饱，百里奚只好为了自己的前途离家而去，从此开始了一段长期的流浪生活。他游历齐、周、虞、虢等国，对于各国的民俗风情、地理形势、山川险阻都了然于心。所谓读万卷书，行万里路，百里奚显然是做到了。

后来，百里奚在朋友蹇叔的举荐下，做了虞国的大夫。这个虞国，在西周的时候是非常重要的诸侯国，比后来的战国七雄中的燕国、楚国等都要强大。虞国与周天子又是非常近的亲戚，所以地位也很高。但是，到了春秋时期，虞国的地盘越来越小，国君也不思朝政，弄得虞国每况愈下。百里奚屡次劝谏虞国国君，却没有什么效果。后来，晋国要从虞国借道去攻打虢国。虢国和虞国本是关系很密切的国家，所以百里奚等人都劝谏虞国国君不能答应晋国，因为虢国和虞国"唇亡齿寒"。可是，晋国送了很多宝贝和良马给虞国国君，这个国君竟然答应了晋国。于是，晋国就通过虞国灭掉了虢国，在班师回朝的路上，顺便也把虞国给灭掉了。当时贿赂虞国国君的晋国将军，此时把那些宝贝和良马又原封不动地拉回了晋国，还羞辱虞国说："宝贝没有什么变化，就是马掉了一颗牙啊。"

国家都没有了，百里奚又从大夫沦为阶下囚，从虞国被掠到晋国，成了晋国的一个普通奴仆。

不久，晋献公要嫁女儿女儿给秦穆公，需要一些奴仆来陪嫁。正好挑选到了百里奚，就打发百里奚作为陪嫁的小臣到秦国，一路上，百里奚越想越气，想自己一身的本事，不仅没有发挥出作用，反而弄到了奴仆的地步，还不如当初在家里呢。于是又想到了自己的妻子，连是死是活都不知道，于是越想越气，便趁人不备，在路上逃走了。

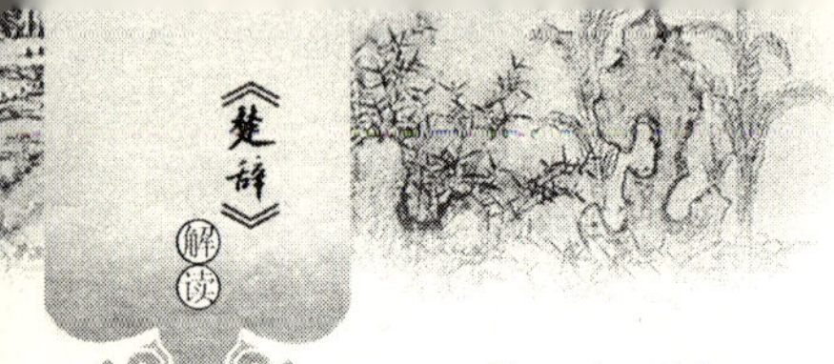

他风餐露宿，逃到了楚国。楚人把他绑了起来，以为他是奸细。百里奚只好实话实说，说自己是亡国之后逃出来的。楚国人问："你都会些什么本事？"百里奚说："我会养牛。"于是，楚人便叫他养牛。谁知道，他养的牛比别人的都要强壮，一传十，十传百，就连楚王都知道地方上有个"弼牛温"会养牛。就擢拔百里奚成了楚国宫廷的养马官，成了真正的"弼马温"了。

再说秦国那边，秦穆公听说晋国来的陪嫁的队伍里逃走了一个奴仆，倒也没有怎么在意。只是无意中问了一句："这个人叫什么名字？""百里奚。"这一说不要紧，旁边的秦穆公的一个大夫激动地跳了起来，赶忙告诉秦穆公："这个百里奚可不是一般人，当年在虞国的时候……"，就把百里奚的丰功伟绩讲了一遍。秦穆公一听，顿时眼睛放光，秦国地方偏远，人才奇缺，这样的人才怎么能逃了呢？于是暗地里派人四处打听百里奚的下落，想找回来委以重任。

终于，过了一段时间，百里奚养牛的事情也传到了秦穆公的耳朵里。穆公决定去把百里奚要回来。可是，他堂堂一个国君，去向楚国要一个逃跑了大半年的低贱的奴仆，一定会引起楚国人的注意。所以，秦穆公就装作不在意的样子对楚国国君带话说："我有个逃跑的陪臣，叫做百里奚。所说是个小官，但是逃走了我面子上不好看。我能拿五张羊皮把他换回来么？"

楚国国君一听，秦国既然提出用五张羊皮对换，说明百里奚就是个一般性的"技术工人"，留在楚国也没有什么用场，不如送给秦国一个顺水人情，想都没想都答应了。

被押送到秦国的百里奚，原本以为自己可以在楚国慢慢做些事情，没想到这秦国竟然紧追不舍，把他捉回去了。在路上，他越想越觉得不对劲，觉得可能事情没有这么简单，于是心里倒也轻松了许多。果然，一到秦国，秦穆公亲自为他打开囚锁，安排了盛大的欢迎仪式，俨然一派迎接上卿回国的派头。百里奚虽说有些意料之中，但也绝对感激涕零。秦穆公向他询问国家大事，百里奚赶忙推辞，说自己是亡国之臣，不值得询问。秦穆公于是说："你当年不被重用，是因为没有遇到像我这样的明君。”

一句话说到了百里奚的心坎里。于是他欣然接受穆公的职位，成为了著名的“五羖大夫”，后来做到了宰相，辅佐秦穆公成为了“春秋五霸”之一。

那么，话说回来，百里奚那位深明大义的妻子呢？百里奚到了秦国后，成了一人之下万人之上的重臣，就四处派人寻找妻子和儿子，孰料回来人报告说，百里奚家乡遭受灾荒，人要么死了，要么逃难去了。百里奚很伤心。有一天，他在自己的采邑里举行宴会。他拿起年轻的时候喜爱弹奏的古琴，弹了一曲，感慨人生。谁料到，这首曲子却引起了一个人的注意。这个人，是采邑的一个洗衣的女人，那天她正在洗衣服，忽然听到了熟悉的琴声。“是他。”这个女人赶忙挤到前面去看。卫士把她挡在外面，她只看到了一个身影，果然是百里奚，她的丈夫。于是，她向旁边弹琴的一个乐伎借来了一张古琴，旁若无人地边弹边唱：

“百里奚，五羊皮，忆前时，烹伏雌，炊扊扅，今日富贵忘我为！”

这一唱，百里奚在里面听见了，恍若隔世一般的走出来想看个究竟。而他的妻子接着唱：

“百里奚，五羊皮，父粱肉，子啼饥，夫文绣，妻游衣。嗟乎，富贵忘我为？”

百里奚循着声音走到了妻子的前面，跌跌撞撞，这难道不就是他朝思暮想的妻子吗？只听得她还在唱：

“百里奚，五羊皮，昔之日，君行而我啼，今之日，君坐而我离。嗟乎，富贵忘我为？”

一唱三叹，二人执手相看，欣喜地重逢了。

这就是屈原的偶像百里奚的故事。可以看出来，屈原对他的崇拜，主要就是百里奚遇到了一个明君。

【文化常识】

《九章》与《九歌》的“九”

本书在前面讲《九歌》之时，发现《九歌》其实有十一首短歌。而

本篇《九章》则的的确确有九首歌。那么,为什么屈原要用“九”来命名这些诗歌呢?如果我们把目光从屈原身上看得更远,会发现在宋玉的《九辩》之后,出现了一系列以吊念屈原为主题的骚体赋,诸如东方朔的《七谏》、王褒的《九怀》、刘向的《九叹》、王逸的《九思》等。这就更令人奇异,为什么楚汉的文人都喜欢写作这种与“九”有关的诗歌?

总体上看,这类以“九”命名的诗篇,它们一脉相承,一般都是九篇,体制相对固定,主题基本类似,可以说,这类诗歌已经具备了一种独特的格局,我们不妨把它们都叫做“九体”。尤其在进入现代之后,“九体”的概念逐渐被学者所注意,在不少著作和辞典中,也开始有“九体”这样的称呼和词条出现了。

九体的渊源,可能与中国文化对“九”这个数字的崇尚有关。从考古学的角度来说,据一些学者研究,“九”在字形上与“龙”极其相似,是类似龙的一种动物,即“虬龙”。因此,如果对龙进行崇拜,或许也就把这种崇拜引申到“九”这个数字上。

从古代占卜的角度来看,《周易》以阳爻为九,《周易·文言》的《传》也说:“乾玄用九,乃见天则。”王逸自己都说:“九者,阳之数,道之纲纪也。”由此可见,“九”是上古占卜中重要的一个数字,其意义当然也超出了单纯的计数的功能,而是参天地,相吉凶的重要工具。

从数字的角度看,“九”是十以内的最大整数。在汉字中往往有“最”、“极”、“久”的含义。清代的朱骏声《说文通训定声》中就说:“古人造字以纪数,起于一,极于九,皆指事也。二三四为积画,余皆变化其体。”所以,就可以理解为什么中国文化中有那么多关于的“九”的说法了,什么“九鼎”、“九天”、“九地”、“九泉”、“九宫”以及“九头鸟”等等。

在这样的文化背景下,作为诗歌体裁的“九体”或许也有这样的意义在其中吧。

当然,宋玉的《九辩》、汉代王褒的《九怀》、刘向的《九叹》、王逸的《九思》除了上述意义之外,恐怕还有另一个原因,就是对屈原《九章》等作品的一种模仿。或者说,屈原的作品提供了一种“九体”的范式,从此后代的文人也就随之而模仿，就成了今天我们看到了蔚为大观的“九体”创作。不仅“九体”如此，还有一种“七体”，自从西汉枚乘写过《七发》之后，其后的文人就开始学着写“七”。比如傅毅的《七激》、刘广世的《七兴》、崔骃的《七依》、张衡的《七辩》、李尤的《七款》、崔瑗的《七苏》、马融的《七厉》、崔琦的《七蠲》、刘梁的《七举》、桓麟的《七说》、马彬的《七设》，直到东汉末年徐干的《七喻》、王粲的《七释》。这些“七体”都收录在昭明太子的《文选》里，甚至专门列举了“七体”这一类，与诗、赋等并列。

由“九体”到“七体”，这是诗歌发展的必然规律。

《天问》

【导读】

《天问》,向天发问,这是人间之问,也是宇宙人问。

这是屈原所作的唯一一首四言诗,但形式瑰奇,语言奇谲。全诗共三百七十四句,一千五百余字。与其他诗歌的不同在于,全篇不用"兮"字,只是向天反复追问,追问人生的意义,追问宇宙的奥秘,追问历史的逻辑,追问天地的奇迹……而追问中又包含反问,反问中包含诘难,诘难中包含牢骚。

宋代的洪兴祖曾说:

《天问》之作,其旨远矣。盖曰遂古以来,天地事物之忧,不可胜穷。欲付之无言乎?而耳目所接,有感于吾心者,不可以不发也。欲具逆其所以然乎?而天地变化,岂思虑智识之能究哉?天固不可问,聊以寄吾之意耳。楚之兴衰,天邪人邪?吾之用舍,天邪人邪?因无人,莫我知也。知我者其天乎?此《天问》之所为作也。

不管屈原为什么要写作这首古往今来最为奇特的长诗,但可以肯定的就是天的价值与人的价值……让我们开卷领悟,掩卷而思。

【原文】

曰:遂古之初,谁传道之[①]?
上下未形,何由考之[②]?
冥昭瞢闇,谁能极之[③]?
冯翼惟像,何以识之[④]?
明明暗暗,惟时何为[⑤]?
阴阳三合,何本何化[⑥]?
圜则九重,孰营度之[⑦]?
惟兹何功,孰初作之[⑧]?
斡维焉系,天极焉加[⑨]?
八柱何当,东南何亏[⑩]?
九天之际,安放安属[⑪]?
隅隈多有,谁知其数[⑫]?
天何所沓?十二焉分[⑬]?
日月安属?列星安陈?
出自汤谷,次于蒙汜[⑭]。
自明及晦,所行几里?
夜光何德,死则又育[⑮]?
厥利维何,而顾菟在腹[⑯]?
女歧无合,夫焉取九子[⑰]?
伯强何处?惠气安在[⑱]?
何阖而晦?何开而明[⑲]?
角宿未旦,曜灵安藏[⑳]?
不任汩鸿,师何以尚之[㉑]?
佥曰何忧,何不课而行之[㉒]?
鸱龟曳衔,鲧何听焉[㉓]?
顺欲成功,帝何刑焉[㉔]?

永遏在羽山，夫何三年不施[25]？
伯禹腹鲧，夫何以变化[26]？
纂就前绪，遂成考功[27]。
何续初继业，而厥谋不同[28]？
洪泉极深，何以窴之[29]？
地方九则，何以坟之[30]？
河海应龙？何尽何历[31]？
鲧何所营？禹何所成[32]？
康回冯怒，墬何故以东南倾[33]？
九州安错？川谷何洿[34]？
东流不溢，孰知其故？
东西南北，其修孰多？
南北顺椭，其衍几何[35]？
昆仑县圃，其尻安在[36]？
增城九重，其高几里[37]？
四方之门，其谁从焉[38]？
西北辟启，何气通焉[39]？
日安不到？烛龙何照[40]？
羲和之未扬，若华何光[41]？
何所冬暖？何所夏寒[42]？
焉有石林？何兽能言[43]？
焉有虬龙、负熊以游[44]？
雄虺九首，儵忽焉在[45]？
何所不死？长人何守[46]？
靡蓱九衢，枲华安居[47]？
灵蛇吞象，厥大何如[48]？
黑水、玄趾，三危安在[49]？

延年不死,寿何所止㊿?
鲮鱼何所? 鬿堆焉处[51]?
羿焉彃日? 乌焉解羽[52]?

【注释】

①遂:通邃。遂古:太古。道:通导,传导,流转导引的意思。

②上下:这里指天地。形:成形。考:考察的意思。

③冥昭:晦明,黑暗与光明的交替。瞢暗:昼夜未分,混沌不明的样子。极:究极,穷极。

④冯(píng)翼:混沌的样子,犹如空蒙。

⑤明明暗暗:指昼夜的晦明。时:是,此。为:即"谓"。

⑥三:读为参,三合:意即参合。本:宇宙的本体。化:变化。

⑦圜:同圆,指天空。则:体制。营度:周围量度。

⑧功:同工,即工程。

⑨斡(wò):天体旋转的枢纽,也就是当代天文学上说的天球的中轴线。维:纲纬。天极:即北辰、北极星。

⑩八柱:古代神话传说中支撑天的八座大山。何当:对着什么地方。亏:缺口。

⑪九天:天的中央和八方,合起来就是九天了。际:边。放:至。属:连属。

⑫隅:角落。隈:弯曲。

⑬沓:交会,天地相交而回合。

⑭汤谷:即旸谷,日出的地方。次:住宿、驻扎。蒙:河流的名字。汜:岸边。

⑮夜光:月亮在夜间的光芒。德:德性。育:生育。

⑯厥:其,这里指代上面的夜光。利:黧,黑色,指月中的黑影。顾菟:即顾兔,传说中的玉兔,也有人认为是蟾蜍。

⑰女岐:古代传说中的神女,传说她美丽大方。合:匹配,这里指丈夫。

⑱伯强:神的名字,可能是风神。

⑲阖(hé):关闭。

⑳角宿:古代星宿的名,为二十八宿之一,由两颗星组成,古代传说二星之间是天宫的大门。曜灵:就是太阳。

㉑汩:泛指治理。鸿:即洪,指洪水。师:众人。尚:推举。

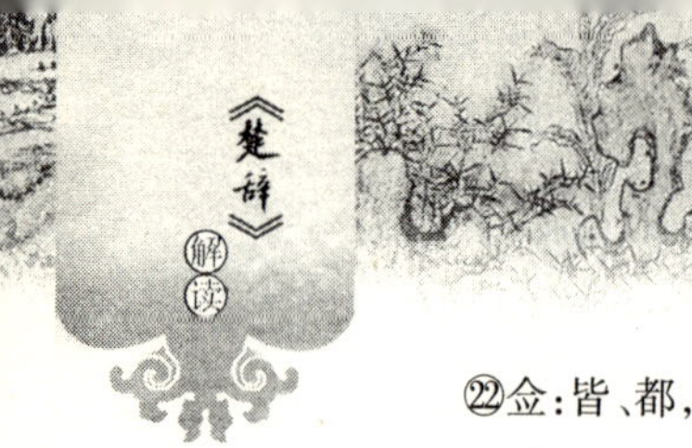

㉒佥:皆、都,指代众人。课:试验。

㉓鸱(chī):猫头鹰。听:圣德之意。

㉔顺欲:指顺从众人的愿望。刑:施刑。

㉕永遏:长久的囚禁。施:赦免。

㉖腹:这里意思是大禹从父亲鲧的怀抱中成长起来。

㉗纂:继承、传承。绪:事业。考:大禹父鲧已死,所以称考。

㉘续初继业:指继承父亲的伟大事业。谋:谋划。

㉙泉:渊。窴(tián):同填。

㉚九则:九等,传说大禹治水时把九州的土地分为九个等级。坟:划分。

㉛应龙:有翅膀的龙。据说夏禹治水时,有应龙以尾画地指示治水的方略。

㉜营:经营。

㉝康回:天神共工的名字,共工与颛顼争帝失败,发怒用头碰不周山,把擎天柱撞折了,导致大地东陷,天倾西北,也就是今天中国西北高东南低的地理概貌。冯怒:就是盛怒、大怒。墬:地的古体字。

㉞错:同措,置。洿:低凹、深陷。

㉟橢:意思是椭,这里指狭长的样子。衍:余,余数。

㊱县(xuán)圃:传说中神仙居住的地方,而且在昆仑山上。尻:尾。

㊲增城:古代神话传说中昆仑山上的城市,据说增城一共有九重。

㊳四方之门:昆仑山上的四方之门。

㊴辟启:开启。

㊵安:何处。烛龙:传说中的神龙,有人面蛇身,浑身赤色,能把日光照不到的地方照亮,所以叫做"烛"。

㊶羲和:神话中驾驶日车的神。扬:飞腾。若华:若木之花。若木:神话中的树。

㊷所:处。

㊸石林:岩石的林,犹如今日广西桂林的石林。

㊹负:即妇,指女人。游:这里的意思指和熊交媾。

㊺雄虺(huī):传说中的九头毒蛇。儵忽:倏忽,疾急的样子。

㊻长人:长寿的人。守:操持、维持。

㊼靡蓱(píng):蔓延而生的浮萍。靡:蔓延。蓱:浮萍。衢:欋的借字,形容树根盘错的样子,这里指水草有九岐。枲:麻。

㊽一蛇:传说中的巴蛇。

㊾黑水、玄趾、三危:都是中国西南地区的河流和大山,玄趾指交趾。

㊿延年:延年益寿。

51鲮鱼:传说中的一种怪鱼,长着人面人手和鱼身,很恐怖会吃人。鬿:魁。堆:海鸥。堆就是一种大鸟,传说有虎爪、鸡身,是一种特别恐怖的怪兽。

52羿:尧时的人,懂的射箭。彃(bì):射。乌:乌鸦,指太阳里面的金乌。解羽:羽毛脱落,传说天上本来有十个太阳,每个太阳里有一只金乌,后来羿射下来了九个太阳,里面的乌鸦也就羽毛脱落而死去了。

【经典原意】

在那远古刚刚诞生之时,谁第一个传授天道?
而当宇宙尚未成形之前,谁能得知它的原点?
那时候一片混沌明暗交替,谁能探究根本何在?
朦胧迷惑的远古景象,怎么能够识别它呢?
白昼光明夜晚黑暗,根本的原因究竟在哪?
还有阴阳的参合生出宇宙,哪是本体哪是变化?
天球上下共有九重,有谁曾去度量一下?
这种无比浩大的工程,又是谁最早把它建筑?
天穹的轴绳系在哪里?北极星的重心又在哪里?
撑天的八根柱子对着何方?大地为何唯独东南偏陷?
平面上的九天边际,抵达何处怎样联属四方?
黄赤交角之外的交角,又有谁知道确切的数量?
天在哪里与地交会?黄道的十二等分又是怎样的?
日月天体如何连在一起?众星在天空中的位置何如?
太阳神从旸谷里开始旅行,傍晚在蒙汜这个地方停下。
那么从天亮直到天黑,太阳神的路程究竟多远?
月亮有着怎样的能量,还能死了继续重生?
月中的黑点究竟谁能知道,是兔子还是蟾蜍在里面藏身?
天上的神女没有丈夫,为何能够生下九个儿子?
伯强这个神住在何处?天地的瑞气又在哪里?
为什么就天门关闭天就黑了?而天门开启天又亮了?

东方的角宿还没放光，太阳又在哪里匿藏？
鲧既不能胜任治水，众人为何将他推举为治水之人？
既然都说没有什么可以担忧，为何不让人试着去做？
猫头鹰和乌龟前后相逐，鲧又有什么神圣的德行？
他治理川谷功勋卓著，尧帝为何还要惩治他？
把鲧长久禁闭在羽山，过了三年也还不放他？
大禹从鲧腹怀抱中长大，治水有了新的怎样的新办法？
大禹接手父辈的未竟事业，终于治水成功。
为何继承前任遗绪，大禹的谋略却不相同？
洪水如深渊一般不可见底。怎样才能将它填满？
天下的土地肥瘠分为九等，怎样才能划分明白？
应龙如何用尾巴画地？河海如何才能流通顺利？
鲧缺少了什么才导致失败？禹拥有了什么才使他事成？
天神共工为何勃然大怒，导致了东南大地的侧倾一旁？
九州大地该如何安置？河流山谷也该怎样疏浚？
东流之水总不满溢，谁知道这是什么原因？
东西南北的四方土地，哪边更长哪边更多？
南北来看这狭长的土地，长出的地方又有多少？
昆仑山上有玄圃仙境，它的地基打在哪里？
山上还有神秘的九重增城，谁知道它的高度怎样测量？
昆仑山的四面门户开放，什么人物由此出入？
西北两面大门敞开，让怎样的灵气通过这里？
太阳的光辉无处不到，烛龙又能照耀那些幽微？
羲和还没驾驶太阳车出行，若木之花为何就绽放了？
什么地方冬日反而温暖？而夏日反而寒冷无比？
哪儿又有岩石变成的森林？什么地方的野兽会说人言？
何处的虬龙长着独角，何处的熊化成女人的样子？
虺蛇一共有九个头颅啊，来去迅猛生在何处？
不死之国从哪里可以找到？长寿之人持有怎样的神术？

萍草蔓延啊根茎盘错，枲麻长在何处开花？
一条长蛇能够吞下大象，猜猜它的身体有多庞大？
黑水之地的玄趾之民，以及著名的三危其实在哪里？
延年益寿反而难以死亡，生命线的悠长几时终止？
奇形怪状的鲮鱼生在何方？怪鸟和鬿堆又长在哪里？
后羿如何射下了九个太阳？那太阳中的金乌如何死亡？

【当代阐释】

恢宏奇谲：《天问》的自然之问

《天问》首先向自然发问，向天地宇宙、远古玄幻发问，屈原一口气问了六十九个问题。这些问题围绕着宇宙的诞生、日月星辰的变化和大地的运动等展开，既具有非常瑰奇的语言风格，又令人震惊的发现与今天的天文地理知识相当的接近。

屈原首先追问的是宇宙的源头。宇宙，是汉语里面非常具有哲学内涵的一个词。《尸子》说："上下四方曰宇，往古来今曰宙"。宇，指的是空间上的无限；宙，指的是时间上的无限。从"遂古之初"到"何以识之"，屈原追问的是天体的基本情况，而"明明暗暗"四句则表现出屈原对宇宙阴阳变化这一现象的认识。宇宙的源头究竟在哪里？屈原的时代并没有现代物理学意义上的"宇宙大爆炸"理论，但屈原却令人惊讶的说远古的宇宙可能是从"天地未形"的绝对之"无"中产生的。而更令人产生思考的，是屈原为何要追问宇宙的起源？或许，只有宇宙的永恒才能有资格和他的精神一同达到不朽吧。

接下来，从"圜则九重"到"曜灵安藏"则是屈原对宇宙天体和日月星辰的追问。黄道十二宫、北极星、星座等等这些宇宙中弥散的神秘天体，引起了屈原的极大兴趣。这至少表明，远在战国的时候，华夏的天文学成就已经达到了极高的水平，能够认识到天球和地球之间的轴线有着误差。那么，屈原为什么要追问这些？在屈原看来，日月星辰并不是宇宙中无生命的物体，而是与林林总总的神话相互联系在一起的。太阳每日要走多少路？月亮何以有阴晴圆缺？这些疑问萦绕在他的心头，让他既疑惑而又充满了追问的快感。

而最终，屈原的追问将从星空落到大地上，将从神话落到人事。所以，在这一小节的最后一段，从“焉有石林”到“乌焉解羽”，屈原从天空回到大地，开始追问地球的高低不平，追问远古那些或真实或传言的故事。那些曾经和神话混在一起的人间传说，也越来越由模糊变得清晰。

自然之问，恢宏奇谲，这是屈原面对苍茫高天所发出的第一组声音。这声音震动天空，响彻宇宙。

【原文】

禹之力献功，降省下土四方①。
焉得彼嵞山女，而通之於台桑②？
闵妃匹合，厥身是继③。
胡为嗜不同味，而快鼌饱④？
启代益作后，卒然离蠥⑤。
何启惟忧，而能拘是达⑥？
皆归射鞫，而无害厥躬⑦。
何后益作革，而禹播降⑧？
启棘宾商，《九辨》、《九歌》⑨。
何勤子屠母，而死分竟地⑩？
帝降夷羿，革孽夏民⑪。
胡射夫河伯，而妻彼雒嫔⑫？
冯珧利决，封豨是射⑬。
何献蒸肉之膏，而后帝不若⑭？
浞娶纯狐，眩妻爰谋⑮。
何羿之射革，而交吞揆之⑯？
阻穷西征，岩何越焉⑰？
化为黄熊，巫何活焉⑱？

咸播秬黍，莆雚是营[19]。
何由并投，而鲧疾修盈[20]？
白蜺婴茀，胡为此堂[21]？
安得夫良药，不能固臧[22]？
天式从横，阳离爰死[23]。
大鸟何鸣，夫焉丧厥体[24]？
蓱号起雨，何以兴之[25]？
撰体协胁，鹿何膺之[26]？
鳌戴山抃，何以安之[27]？
释舟陵行，何以迁之[28]？
惟浇在户，何求于嫂[29]？
何少康逐犬，而颠陨厥首[30]？
女歧缝裳，而馆同爰止[31]。
何颠易厥首，而亲以逢殆[32]？
汤谋易旅，何以厚之[33]？
覆舟斟寻，何道取之[34]？
桀伐蒙山，何所得焉[35]？
妺嬉何肆，汤何殛焉[36]？
舜闵在家，父何以鳏[37]？
尧不姚告，二女何亲[38]？
厥萌在初，何所亿焉[39]？
璜台十成，谁所极焉[40]？
登立为帝，孰道尚之[41]？
女娲有体，孰制匠之[42]？
舜服厥弟，终然为害[43]。
何肆犬豕，而厥身不危败[44]？
吴获迄古，南岳是止[45]。

孰期去斯,得两男子[46]?
缘鹄饰玉,后帝是飨[47]。
何承谋夏桀,终以灭丧[48]?
帝乃降观,下逢伊挚[49]。
何条放致罚,而黎服大说[50]?
简狄在台喾何宜[51]?
玄鸟致贻女何喜[52]?
该秉季德,厥父是臧[53]。
胡终弊于有扈,牧夫牛羊[54]?
干协时舞,何以怀之[55]?
平胁曼肤,何以肥之[56]?
有扈牧竖,云何而逢[57]?
击床先出,其命何从[58]?
恒秉季德,焉得夫朴牛[59]?
何往营班禄,不但还来[60]?
昏微遵迹,有狄不宁[61]。
何繁鸟萃棘,负子肆情[62]?
眩弟并淫,危害厥兄[63]。
何变化以作诈,而后嗣逢长[64]?

【注释】

①献功:献进功劳。降省:降临、省视。

②嵞:同涂,涂山,古国之名,禹娶涂山之女生启。通:通婚。台桑:古代地名。

③闵:同悯,爱怜。妃:匹配,指禹的配偶涂山的女儿。厥身是继:意思是涂山氏怀了禹的儿子。

④嗜不:指爱好跟众人一样。鼌:朝。饱:吃的意思。

⑤启:禹的儿子。益:伯益。后:君。离:遭。蠥:忧、难。

⑥惟:通罹。能:乃。拘:被拘。达:指启在囚禁中脱身。

⑦射鞠:意即鞠躬,表示尊重。害:恶。无害厥躬:指他的身体无恶。

⑧作(zuò):福祚。革:变更、更代。播(fán):繁衍。降:隆盛。

⑨棘:表达至上的意思。商:天帝。

⑩勤:笃厚。屠母:传说启破母腹而生,屠的意思指伤病。死:启的去世。竟地:遍地。

⑪帝:指帝尧。革:革除。孽:忧。革孽夏民:革除夏民的忧患。

⑫胡:何。河伯:黄河的水神,已见《九歌》的"故事"。雒嫔:河伯妻,洛河的女神。

⑬冯:持。珧:宝弓。决:用象骨做成的扳指,射箭的时候保护手指。封狶:大野猪。

⑭蒸肉:祭祀的肉。蒸:蒸祭。膏:油脂。后帝:天帝。若:顺。

⑮浞:寒浞,羿的相,后来害死后羿。纯狐氏:羿的妻子。眩妻:即纯狐氏的别称,与寒浞私通,一同害死羿。

⑯射革:传说羿能射穿七层的皮革。吞揆:吞灭、算计。

⑰阻穷:比喻困厄于穷苦不毛之地。

⑱黄熊:指鲧死后化为黄熊的事情。

⑲咸:皆。秬黍:黑黍。莆雚:芦苇一类的植物。

⑳并投:一起被放逐,指鲧与共工、驩兜、三苗三凶一起被放逐。疾:恶。修盈:指恶贯满盈。

㉑蜺:同霓,虹的一种。婴茀:妇女的首饰。堂:堂皇、美丽。

㉒臧:藏。

㉓式:占卜所使用的工具和星盘。纵横:经纬。阳离:也是经纬。爰:乃。

㉔大鸟:日中的金乌。鸣:日乌肥大的样子。

㉕蓱:即蓱翳,传说中掌管下雨的雨师。号:呼号。

㉖撰:柔顺。协:合。鹿:指风神飞廉,传说为鹿身蛇尾。膺:通应,承。

㉗鳌:海中的大龟。抃:四肢舞动。

㉘释:舍弃。陵行:在陆地上行走。

㉙浇:寒浞的儿子,力气极大。嫂:浇的嫂子女歧。

㉚少康:夏朝国君相的儿子,寒浞使浇杀相,少康逃到有虞,虞把二女嫁给他,后来少康打猎放狗追逐野兽,就杀了浇报了仇。颠陨:掉下。厥首:其头,指浇的头。

㉛女歧:即女艾。止:止宿。

㉜颠易：砍断。殆：危险。

㉝汤：指上面提到的少康报仇的事情。易：治。旅：众。

㉞斟寻：古国的名字。

㉟桀：夏代末代国君，著名的暴君，后来被流放。蒙山：古国的名。

㊱妹嬉：也叫妹喜，是桀宠爱的女子，攻打蒙山所得。肆：放荡。殛：诛罚。

㊲闵：同悯。鳏：同鳏。

㊳姚：舜的姓氏，这里指舜的父亲瞽叟。二女：指尧的二女娥皇、女英，舜的妃子。

㊴萌：萌芽。亿：借为臆，预料、测度。

㊵璜：玉石。十成：十重。极：至。

㊶道：道理。尚：尊崇。

㊷女娲：神话传说中上古的女帝王，人头蛇身，伏羲的姊妹。制匠：意即制作。

㊸服：顺从。终然：最后。

㊹肆：放肆。犬体：大狗。

㊺吴：南方的诸侯国，传说是周祖先古公亶父的长子太伯、次子仲雍为让弟弟季历继位而跑到南方，开创了吴国。南岳：会稽山。

㊻期：期望。两男子：指太伯、仲雍两个贤人。

㊼缘鹄、饰玉：都是指鼎器的装饰。飨：拿酒食招待。

㊽承：辅佐。

㊾帝：指商代的开国之君成汤。伊挚：汤贤臣伊尹之名。

㊿条：鸣条，古地名。条放：被流放到鸣条。黎服：黎民。

(51)简狄：有娀氏的女儿，帝喾的妃子。台：坛。喾：上古帝王高辛氏。

(52)玄鸟：传说简狄吞下玄鸟之卵而生商之始祖契，事见《诗经》的《玄鸟》篇。女：指简狄。

(53)该、季：是商的两个祖先。秉：承。

(54)弊：通毙，死。有扈：古国的名字。

(55)干：盾牌。协：合。时：是、此。

(56)平胁曼肤：体态丰腴的样子。肥：即妃、配偶。

(57)竖：蔑称，小子。

(58)击床：传说王亥被人在床第之间攻击。

(59)恒：王亥的弟弟季子。朴牛：壮大的牛。

(60)营：营求。班禄：颁赐爵禄。

61昏微:即上甲微,王亥的儿子。遵迹:遵顺先人之功德。有狄:即有易。狄、易古通。

62繁鸟:众鸟。负子肆情:负疑为媍字,放纵情欲淫人妻女。

63眩弟:混乱的弟弟。

64作:行。逢:大、盛。

【经典原意】

大禹拼尽力气成就无上荣光,并降临天下巡视四方。
怎能得到涂山氏的女儿,与她在台桑相见结合?
我将与她永远在一起呵,生育子孙千秋万代。
为什么嗜欲彼此不同,而只求饱享一朝的安逸?
夏启代替伯益作了国君,最终还是杀死了他。
为何启会遭拘留囚禁之苦,最终又能逃之夭夭?
为什么伯益的福祚终结,而禹的后嗣繁衍昌盛?
夏启祭祀上天的荣光,得以演出《九辩》《九歌》的音乐。
为什么竟导致母亲化作石头,最后还支离破碎?
上帝尧命令夷羿降临,为的是消除忧患安慰夏民。
他却为何射中河伯,还夺走了他的妻子洛神?
后羿有宝弓珧弧套着扳指,把那为害的大猪射死,
为什么献上蒸祭的肥肉来献祭,上帝却又不高兴了?
寒浞私通后羿的妃子纯狐,一起害死英雄后羿。
为何后羿如此英雄威猛,最后还被消灭了?
在西行的路上遇到险阻,重重山岩我为谁翻山越岭?
鲧死后化为黄熊,巫师能使他复活吗?
大地播种黑色的黍,芦苇的水滩也种满植物。
为何他也惨遭流放,难道鲧真的恶贯满盈?
用白虹披身当做衣饰,谁能让仪式如此富丽堂皇?
怎能得到不死之药,并且能够长久的保藏?
上天的法则纵横有秩,每当阳气消散就会带来死亡。
太阳里的鸟儿为何鸣叫,是谁让它们终究命丧黄泉?

雨师屏翳祈祷天空下雨，依靠什么使雨势渐猛？
风神的身体柔软多姿，是因为他鹿身人面吗？
巨鳌背负着神山蹒跚移动，神山却为何能够稳如泰山？
如果舍弃水上的舟楫，龙伯巨人怎样迁徙游走？
寒浞的儿子浇家居之时，对他嫂嫂有何要求？
为何少康放狗去咬倒了浇，还能将他斩首？
浇的嫂子女艾借着缝补衣服，与浇同住一个房间。
为何浇的头颅也被砍掉，他可是古往今来的大力士？
少康策划整顿他的部下，何以对后羿的左右如何厚待？
寒浇讨伐斟寻，他用什么方法倾覆其船？
夏桀出兵讨伐蒙山，得到两位女子怎样与众不同？
妹喜为什么如此恣肆淫虐？商汤为什么将桀诛杀？
舜在家里非常仁孝，父亲为何故意让他单身？
尧为什么不告诉舜父瞽瞍，又怎样让两个女儿嫁给舜？
这些刚刚萌发的淫奢征象，谁能顺利的预料结局？
纣王建造了十层露台，他的奢侈是谁怂恿的？
要知道他可是顺应天命登位称王，当初也非常受人敬仰？
女娲的形体与众不同，是谁将她造成这般的人面蛇身？
舜帝疼爱他的弟弟，可这小人还是加害与他。
他为何放肆的如同猪狗，最终还能被舜保全？
吴国是古老的国家，拥有江南的山川让民众跪拜。
谁能想到这此中的缘故呢，全因得到两个贤能的君主？
他饰鹄饰玉，他铜鼎调羹，他用美食来献飨君王。
是谁承用伊尹的计谋，是商汤伐桀让他灭亡。
商汤巡视四方观察下情，在外遇到贤臣伊尹。
为何夏室灭亡夏桀受罚，而黎民百姓十分高兴？
简狄深居在九重瑶台之上，帝喾怎会要去引诱她？
玄鸟高飞送来神奇的鸟蛋作为聘礼，简狄为何吞进了口中？
王亥承受着王季的基业，受到他的父亲的褒奖。

为何终遭有易之难死在那里，还失掉了仆夫与牛羊？
王亥持盾跳起武舞，为何总有女子如此爱他？
看有易氏的女子丰满性感，难怪王亥和她般配。
有易国的放牧小子，又在哪里撞破私情？
用凶器击床险些把王亥杀死，这是出于谁的命令？
王恒秉承着王季的基业，于是乎得到了大牛满栏？
为何还去求有易氏赏赐福禄，却不想为自己的兄长复仇？
上甲微能继承祖先的荣光，有易国却依然不得安宁。
为何众鸟集于树丛，他会与人家的妇人偷情？
他的弟弟昏乱共为淫虐，并因此祸害他的兄长。
这些善变无耻狡诈多端的人呢，为何他的后代反而繁衍昌盛？

【当代阐释】

波澜诡谲：《天问》的神话之问

这是《天问》的第二层，屈原由宇宙天地的追问转向对上古神话传说的追问了。

神话与历史有着区别亦有联系。在屈原的眼里，这里追问的神话并不是一般的传说，而是楚国神圣的历史。在屈原那个年代，历史往上追溯一定会追到神话。这些贵族们天然的认为，自己的祖先都有着神的血统，因而才注定高贵。而楚国与中原诸国的不同，让屈原对楚国祖先的神话格外重视。

这与古希腊神话具有一致性。古希腊的城邦公民都认为自己是远古英雄的后裔，而那些英雄们，如赫克托耳、阿喀琉斯等等，都是半人半神的。英雄是神的后裔，因此古希腊的公民才会自觉荣耀。以屈原为代表的楚人，同样拥有这份荣耀。

那么，这一节屈原着重追溯怎样的神话？

据我国著名学者姜亮夫的《楚辞今绎讲录》，屈原追问夏代历史的有二十多个问题，而商周两代加起来才二十多条。这是为什么呢？

原因之一，商周二代距离屈原的时间很近，因此也更近历史而非神话。原因之二，屈原自认为是夏朝的后代，是大禹的后代。根据屈原透露的线索，大禹的后代有一支沿着汉水南下，最终建立了楚国的疆土和世系。所以，屈原在这一节里面似乎对从大禹到夏桀之间的故事尤其熟悉。他关心大禹怎样经过重重困难终于治水成功；关心夏启如何排除众议建立了夏朝从此开创了祖先的荣耀；他关心夏代的昏君后羿如何被奸臣陷害，导致妻死子散，连国家社稷也险些丢掉；他关心夏代的中兴之主少康如何逃亡并最终重建夏代的政权；他更关心夏代的末代君主夏桀如何宠信妺喜而最终身死国灭。

这些问题一个接着一个被问出来，既表达了屈原对楚国祖先流传的神话的荣耀和耻辱，也表达了他内心的郁闷和痛苦。因为这一小节，屈原多次提到鲧。鲧，大禹的父亲，曾经因为治水不力而死，死后化作黄熊。在中原的历史传说中，鲧是作为办事不力的奸臣被叙述的，而在屈原的追问中饱含了对鲧的同情和理解。由此可以知道，屈原对鲧的这些感情其实充盈了他本人的情绪。因为他和鲧一样，都是不被君王谅解而最终导致悲剧的人物。

在上古那遥远的年代，历史其实就是神话的后裔。所以，当传说鲧死后化作黄熊，当大禹在治水的时候曾经变身为熊的时候，我们就能理解为何楚国的君王都姓“熊”了。神奇的神话终于变成了真实的历史。这也就是下一节屈原对历史的追问了。

【原文】

成汤东巡，有莘爰极①。
何乞彼小臣，而吉妃是得②？
水滨之木，得彼小子③。
夫何恶之，媵有莘之妇④？
汤出重泉，夫何辠尤⑤？
不胜心伐帝，夫谁使挑之⑥？
会鼂争盟，何践吾期⑦？
苍鸟群飞，孰使萃之⑧？

列击纣躬，叔旦不嘉[9]。
何亲揆发足，定周之命以咨嗟[10]？
授殷天下，其位安施[11]？
反成乃亡，其罪伊何[12]？
争遣伐器，何以行之[13]？
并驱击翼，何以将之[14]？
昭后成游，南土爰底[15]。
厥利惟何，逢彼白雉[16]？
穆王巧梅，夫何为周流[17]？
环理天下，夫何索求[18]？
妖夫曳衒，何号于市[19]？
周幽谁诛？焉得夫褒姒[20]？
天命反侧，何罚何佑[21]？
齐桓九会，卒然身杀[22]。
彼王纣之躬，孰使乱惑[23]？
何恶辅弼，谗谄是服[24]？
比干何逆，而抑沉之[25]？
雷开何顺，而赐封之[26]？
何圣人之一德，卒其异方[27]：
梅伯受醢，箕子详狂[28]？
稷维元子，帝何竺之[29]？
投之於冰上，鸟何燠之[30]？
何冯弓挟矢，殊能将之[31]？
既惊帝切激，何逢长之[32]？
伯昌号衰，秉鞭作牧[33]。
何令彻彼岐社，命有殷国[34]？
迁藏就岐，何能依[35]？

殷有惑妇，何所讥[36]？
受赐兹醢，西伯上告[37]。
何亲就上帝罚，殷之命以不救[38]？
师望在肆，昌何识[39]？
鼓刀扬声，后何喜[40]？
武发杀殷，何所悒[41]？
载尸集战，何所急[42]？
伯林雉经，维其何故[43]？
何感天抑墬，夫谁畏惧[44]？
皇天集命，惟何戒之[45]？
受礼天下，又使至代之[46]？
初汤臣挚，后兹承辅[47]。
何卒官汤，尊食宗绪[48]？
勋阖梦生，少离散亡[49]。
何壮武厉，能流厥严[50]？
彭铿斟雉，帝何飨[51]？
受寿永多，夫何长[52]？
中央共牧，后何怒[53]？
蜂蛾微命，力何固[54]？
惊女采薇，鹿何祐[55]？
北至回水，萃何喜[56]？
兄有噬犬，弟何欲[57]？
易之以百两，卒无禄[58]？

【注释】

①有莘：传说中的古国名。

②小臣：指伊尹。吉：贤良美丽。

③小子:指伊尹的出生。传说伊尹的母亲生他的时候,变成空桑,最后人们从空桑中取出伊尹。

④媵:陪嫁的奴仆。

⑤出:释放。重泉:夏台所在的地方,是成汤被夏桀囚禁之处。

⑥胜:承担、胜任的意思。帝:此处指夏桀。挑:挑动。

⑦鼌:聚会。争盟:即邀请会盟之意。践:践约。

⑧苍鸟:老鹰。萃:会集。

⑨列:通裂。击:刺穿。躬:身体。嘉:称赞。

⑩揆:度量、推算。发足:举足。咨嗟:感叹。

⑪施:施行。

⑫及:达到。乃:却。伊:是。

⑬遣:使用。器:兵器。

⑭并驱:并驾齐驱。将:统帅。

⑮昭后:此处指周昭王。成:指有兵车跟随的样子。南土:南方。爰:语助。

⑯厥:其,语气词。逢:迎。白雉:白羽毛的山鸡。

⑰周流:周游。

⑱环理:也是周游的意思。

⑲妖夫:行为反常的夫妇。曳衒(xuàn):形容牵挽的样子。

⑳谁诛:诛谁,这里是倒装。

㉑反侧:反复无常。佑:保佑。

㉒卒然:终于、最终。

㉓躬:自身。

㉔恶:憎恶。谗:谗言。谄:谄媚。服:用。

㉕比干:纣王的忠臣,因为进谏被剖心杀害。逆:违背。役:压抑。沉:沉沦埋没。

㉖雷开:是纣王的奸臣。

㉗其:乃。异方:不同的方法。

㉘梅伯:纣王的诸侯,向纣王劝谏被杀。醢:菹醢,剁成肉酱。

㉙稷:后稷,帝喾的长子。元子:元就是最高、第一的意思,因此这里指长子。竺:厚遇。

㉚燠(yù):温暖、美好。

㉛冯:凭。挟:带箭。殊:极、很。将:统率。

㉜既:既然。切激:激烈。逢:遇。长:昌盛久长。

㉝伯昌:周文王。号:发号施令。衰:衰世。秉:执。鞭:政令。牧:行政长官,指统治百姓犹如牧羊人放牧。

㉞何:如何。令:命令。彻:撤除、毁弃。岐:岐地。社:社里的宗庙。有:享有、占有。

㉟藏:宝藏。依:依附。

㊱惑妇:迷惑人的女人。

㊲受:此处指纣王。上告:上告于天。

㊳就:受。命:命数。

㊴师望:姜太公,名字叫吕望。肆:商店。昌:周文王姬昌的名字。

㊵鼓刀:操刀。后:文王。

㊶发:姬发。悒:郁闷。

㊷载尸:载着文王的牌位与纣王打仗。

㊸伯:燔,烧。雉经:吊死。

㊹感天:感天动地。墬:地。

㊺集命:降下天命。

㊻礼:理。至:周、周全。

㊼臣:以之为臣,以动用法。后兹:以后。

㊽卒:终、最后。官:以为相。尊食:庙食。

㊾勋:功勋。阖:吴王阖庐。梦:寿梦,吴王阖庐的祖父。

㊿壮:壮大。武厉:厉武之倒文,指奋发武威的样子。

51彭铿:彭祖。斟:烹制。

52受寿:生命很长。

53中央:周朝的中央政府。共:共伯。牧:治民。后:周厉王。

54蜂蛾:比喻叛民风起云涌的样子。固:强。

55惊:警戒、劝止。祐:佑、助。

56回水:河曲的水。萃:聚。

57兄:指秦景公。

58百两:百辆。禄:爵位和俸禄。

【经典原意】

成汤往东方去巡游,到达有莘氏的国境。

目的是求得小臣伊尹，为什么却得到一位贤淑的夫人？
在伊水边的一株空桑木上，邂逅那个小臣伊尹。
有莘氏为何不喜欢，把他作为陪嫁的奴隶？
汤被夏桀囚在重泉，究竟是犯了什么样的罪过？
汤本没有动机要讨伐夏桀，到底是谁挑起这场战争？
八百诸侯前来会师于孟津，为何都能不约而同在甲子？
苍鹰威武成群弥漫天空，可又谁使它们聚在一起？
整顿队伍在牧野向纣王开战，周公姬旦却不同意大肆屠杀。
是谁亲自访问遗老为武王谋划，是谁安定了天下却叹息连连？
上帝将天下授予殷商，是根据什么来施赏王位？
前途倒戈而终至溃灭，纣王的罪过又是什么？
八百诸侯争先恐后拿起武器，武王是怎样动员他们的？
军队并驾齐驱，两翼夹击，武王又是如何指挥大兵的？
昭王盛治兵车四处巡游，一直走到了南国的远地。
最后得到什么好处，他要去接受白色的野雉？
轻佻的穆王御马巧施鞭策，他为什么要想周游四方？
他跑了十九万里足迹遍及天下，他驾着那八匹骏马想寻求什么？
妖人夫妇在市上叫卖什么，为何他们在街市高声呼号？
周幽王究竟是被谁杀掉的？这个褒姒是何方妖孽？
天命从来反复无常，所谓生死有命富贵在天？
齐桓公九合诸侯一匡天下，最终身后连尸体都不得埋葬。
殷纣王本来性情就急躁暴虐，是谁让他最终陷入万劫不复？
他为何厌恶忠良的辅佐，反而喜欢听信小人的谗言？
王子比干违犯了什么法纪，乃至要剖开他的心肝？
雷开又有何德何能，反而给他赏赐封地黄金万两？
为何明哲的圣人品德相同，可处事方法却最终不同？
梅伯受刑反而被残忍的剁成肉酱，箕子只好披发装疯躲避灾难。
后稷是周代嫡出的长子，帝喾为何突然翻脸害他？
把他扔在寒冰之上，鸟儿为何用翅膀去保护他？

为何他能弯弓射箭，善于打仗，还能善治农业被称作农神？
他的出生既已惊动上帝，为何后嗣也跟着繁荣昌盛？
周文王号令衰世，执鞭就拥有三分之二天下。
为何武王继承文王的伟业，承受天命代替了殷商？
为什么百姓信任周国，扶老携幼跑到岐山之阳？
殷纣已受狐狸精妲己的迷惑，臣下的劝谏之言有何用？
纣王烹了伯邑考把肉汤送给文王，西伯姬昌向上帝诉求。
为何纣王要亲受天罚，而八百年殷商的命运已难挽救？
姜太公吕望在朝歌做屠户，姬昌何以知道并能认识？
武王载着文王的牌位去讨伐殷，他为何那么着急进军？
他抬着文王的牌位作战，为何充满了焦急之情？
纣王和他的妃嫔上吊自焚，这样去死是羞愧什么？
为何武王的功业惊天动地，虽假托神灵却怀畏惧？
上帝既降天命于殷，为何给了又要让别人拿去？
最初的小臣伊尹，后来一人之下万人之上。
多年以后人们纪念他犹如成汤，还进入宗庙享受配享？
吴王阖庐是吴王寿梦的贤能子孙，少年备遭受离散之苦。
但为何壮年能奋厉勇武，最终争霸中原威严远布？
活了八百岁的彭祖，为何烹调雉鸡汤贡献给帝尧？
他活了这么久，是否懂得死亡的痛苦？
四海之中，万国共处，上帝何以要列国君主发怒？
蜜蜂和蚂蚁生命尽管微贱，但合力之后为何力量牢固？
夷齐采薇，遭到女子讥刺，为何他不再采薇而与白鹿偎依？
等他北行来到回水之地，与哥哥一起饿死是为了什么？
如果哥哥有条凶猛的猎犬，弟弟应该作何主意？
秦景公就是如此，为何百辆车换一条狗却一无所获？

【当代阐释】

微言大义:《天问》的历史之问

屈原追问天、追问地,追问往古流传的神话传说,终于追问到刚刚过去的历史了。第三部分,屈原的追问就集中在商周两代的历史。

历史是什么?

一旦这个问题提出来,想必今天的大多数人一定会想当然地说,历史就是过去发生的真实的事件。的确,"真实性"是当代历史学科最重要的特征。但是,在屈原所处的古典时代,"真实性"并不重要,"正义性"才是历史的核心价值所在。华夏先民的历史,既有波澜壮阔,也有杀戮死亡,如果只强调"真实性",那么我们看到的历史就是一片充满着以暴力欺凌弱小、以武力屈服异见、以下犯上的事件集合。这样的历史只能让人悲伤,却又无可奈何。

所以,屈原才会面对这样的历史发出痛苦的追问:为什么商纣王那么残暴?为什么忠臣比干忠心耿耿最终却被剖心杀死?为什么梅伯进谏却被君王剁成肉酱?为什么妲己能够迷惑住君王?为什么周幽王会败坏掉祖先的荣耀而变成一个昏君?

这些问题一旦提出来,我们再思考一下古往今来的种种历史,就会发现真实的历史都是残酷的。但是,在屈原的时代,人们却给历史注入了"正义性",用道德来消解残酷的"真实性"。这就是用"正义性"的微言来遮掩"真实性"的大义,也就是屈原问题中蕴含的"微言大义"。

所以,屈原的问题并不是要展示历史上的种种残暴,而是要用追问来重塑历史的正义性。所以,他继续追问道:为什么天命会从商朝转移到周朝?为什么周武王能够继承父亲的遗业打败了纣王?为什么武王的后代周幽王的荒淫无度会导致周代的衰落?在屈原看来,历史之所以成为历史,正是因为人间自有天道,残暴的纣王必然身死国灭;荒淫的幽王必然死于非命。历史并不是无善恶褒贬的陈述事件,而是让后代人们学会怎样吸取教训、维护天下的稳定和道德。

而这就又过渡到了屈原的内心。在屈原看来,商代和周代的衰亡都是因为重用奸臣、驱逐贤臣，并且君王都有一位蛇蝎美女。而此时的楚国，怀王宠信郑袖，奸臣当道，而他屈原不得不流离失所。这说明，按照历史的“正义性”，楚国的倒行逆施必然会招致恶劣的后果。屈原内心的苦痛，伴随着对楚国的绝望流露出来，他的问题也终于问到了尽头。

而屈原在《天问》中的抒情也即将展开。

【原文】

薄暮雷电，归何忧[①]？
厥严不奉，帝何求[②]？
伏匿穴处，爰何云[③]？
荆勋作师，夫何长[④]？
悟过改更，我又何言[⑤]？
吴光争国，久余是胜[⑥]。
何环穿自闾社丘陵，爰出子文[⑦]？
吾告堵敖以不长[⑧]。
何试上自予，忠名弥彰[⑨]？

【注释】

①薄暮：黄昏。何：何其。

②严：尊严。奉：遵守。

③穴处：穴居，住在洞穴中。爰：乃，语气词。

④荆：楚国。勋：动辄的意思。

⑤悟过：觉悟悔过。改更：改过自新。

⑥吴光：吴国公子光，也就是后来的吴王阖庐，弑君而自立为王。久：常。余：屈原自况，也指楚国。

⑦环穿：环绕穿行。闾：在屈原的时代，大约二十五户为闾。子文：楚国令尹子文，令尹是楚国的首相。

⑧吾告：忤逆的意思。堵敖：楚文王的儿子。

⑨试:弑君。上:君王。

【经典原意】

昏黄时分,雷电交加,我为什么格外觉得忧伤?

当国家的尊严荡然无存,谁还能对上帝祈求祝福?

此时我除了藏匿在洞穴之中,还有什么办法力挽狂澜?

楚国的贵族在军中殉国,谁知国势还能坚持几年?

等待他悔悟过失吧,我还有什么话可以进谏?

吴楚争国几十年,泱泱大国楚国竟然一败涂地。

战士们四处游荡,令尹子文是个奸臣?

我曾告诉贤者堵敖,楚国的天命已经终止。

只盼君主能听我的忠言,将是我的荣幸国家的安全。

【当代阐释】

凄怆的尾声

尾声,终曲,曲终人散吧。

屈原对宇宙天地、神话人间追问完毕,最终将返回内心,向自己追问。

对自己追问,这是《天问》最后一部分和其他部分最为不同的地方。前面三部分的追问都是疑问,问题中蕴含着屈原对宇宙自然,对大地人间的种种思考。而这最后一部分的几个追问则不是带着问题的疑问,而是一种出乎情感的反问。所以,此处的几个“问”不再具有太多哲学上的意义,更多的则是情绪的修辞。

反问自己:为什么在雷鸣闪电的时候,我特别感到不能言说的忧伤?

反问自己:为什么每次想起楚国的国势,我根本无法排解内心的苦痛?

反问自己:为什么我不为自己的遭遇伤感,唯独担心忠心不能帮助楚国?

所以,《天问》问遍宇宙万物、古往今来,终归还是要回到屈原本人最痛苦的问题上——楚国何去何从?这才是他为之生也能为之死的唯一缘由!

生与死,我们在《天问》的终曲里听出了这样的弦外之音。

生,与死,这是普通人在日常生活中不会常常去想的事情。年轻人或许在青春的时候常常扪心自问,人为何而活?但一旦进入社会,为人妻为人父,就难以常常思考这个问题了。但对屈原这样的知识人而言,生命不是自己选择的,那么既然来到了这个世界上,就应该时常提醒自己活着是否肩负什么使命。在先秦,诸子学说盛行。儒家教育知识人,要"未知生,焉知死",勉力为国家、为文明、为自己做事情;道家则教育知识人,要"相濡以沫,不如相忘于江湖",希图抹煞生与死的界限,让人们都能不争、无为;墨家则教育知识人,"兼爱非攻,节用而爱人",活着的时候努力节俭,不要为子孙后代浪费资财。

种种说法,冲击着屈原的思想。但他却选择了一条与众不同的路。

对屈原而言,他在活着的时候努力像一个儒家信徒。的确,他劝诫君王,始终不渝。然而,儒家也会劝诫人们应当"道不行,乘桴浮于海","有道则用,无道则隐"。但屈原在"无道"的情况下并没有选择儒家的行为方式,而是采取了他独特的方式——诗人的方式。

这种方式就是死亡。

而诗人对天发问,正是他走向死亡的先兆。

一个人如果没有陷入绝望,是绝不会向宇宙发问的。华夏族的信仰,并不在天上的神仙,也不在水里的鱼龙。而是就在自己脚下的土地,以及这片土地上建立的宗庙。宗庙里则供奉着一个人的列祖列宗。这些,标志着他生命的意义,也意味着他生命的谱系是如何传承的。

所以,当屈原向天发问,恰恰表明他生长的土地已经对他说了"不"。一个最热爱乡土的人,却被乡土上的君王以乡土的名义驱逐出去,这无疑是断绝了屈原存在的全部意义。在这样的境遇之下,除了死亡，恐怕不再有第二个选择。

所以，我们回顾全篇，显然能够发现这首奇诗尽管在今天常常被当做学术上的史料，其实仍然是一首发自内心的情感的对白。而这种情感寄托在楚国的土地上。这与儒家信徒所秉持的政治正义的信念不同，也与道家信徒所秉持的个体超越的价值不同，亦与西方基督教信仰下所秉持的上帝的恩宠不同，更与当代人取消一切坚固的东西的后现代主义不同。

【国学故事】

《天问》与周穆王的故事

在《天问》里，屈原写了一段隐晦的故事：

“穆王巧挴，夫何为周流？

才环理天下，夫何索求？”

虽然只有短短的两句，却透露出一个重大的疑问：周穆王是何许人也？他为什么到处周游？为什么周代的君王那么多，此处专门提到周穆王而不是说更加著名的周文王和周武王呢？

后来，在西晋咸宁五年（公元 279 年），人们从一座战国的古墓中扒拉出一本书，名字叫《穆天子传》。正是这部书，详细记载了周穆王的故事，尤其是他与昆仑山上西王母的一段风流韵事。虽然《穆天子传》在文字上可能有些夸张，有些神话传说的内容杂入，但在地理上却非常准确，于是，周穆王的形象也就从历史的模糊记忆中渐渐凸显，变得清晰起来。

《穆天子传》记载，周穆王姬满在他在位期间，做了一次昆仑山的西部旅游，行程达九万里，还见到了昆仑山的女神西王母。于是，周穆王成为了中国第一位旅行家，并且还是自驾车自助游。

某年某月某日，周穆王从洛阳出发，他渡黄河，欣赏了当时还没有黄土的高原景色；逾太行，见识了太行山的险峻陡峭；出雁门，正式离开生他养他的华夏中土；过贺兰山，终于进入西域的地盘；穿鄂尔图期沙漠，饱赏了沙漠瀚海的壮丽风光；又走天山南路，到新疆和田河、叶

尔羌河一带,终于到达了传说中的昆仑山。

要知道,在周穆王那个时候,没有人到过昆仑山,人们只是听说而已,并没有亲见。只有周穆王锲而不舍,登上了昆仑山。

周穆王向来号称风流倜傥,又贵为中原大地的王者。他的到来,自然在昆仑山上引起了轰动。而西王母,虽然名字里面有个“王母”,似乎年纪不小,但因为她是神仙所以并没有老相,反而依然是容颜娇艳,魅力非凡。

二人一见钟情,相见恨晚,于是干柴烈火,私订终身。

这两人,一位是人间的王者,一位是仙境的神女,虽然明知道人神之间的感情不可能有结果,但仿佛都把这禁令抛在了脑后。他们白天同游瑶池,夜晚情意绵绵。周穆王赠给西王母以白圭玄璧,作为他情意的信物,更在昆仑山上立了块碑,上刻“西王母之山”,用这样一种方式把自己的爱铭刻在了山顶上。

时间如梭,天上一日,地下一年,西王母不能久留周穆王。他们终于到了依依不舍而分开的日子。

那天,西王母格外忧伤,她为周穆王唱了一首悲伤的歌曲:“白云在天,山陵自出,道里悠远,山川间之,将子无死,尚能复来。”意思就是:白云萦绕在山间,高山一座座相连;你归家的路途又远又长,要翻过无数的高山渡过无数的河流;只要你在世间还能活着,就一定记得再来看我。

对此,周穆王也回答说:“予归东土,和治诸夏,万民平均,吾顾见汝,比及三年,将复而野。”意思是:等我回到东边的国土,我会努力治理我的国家。等到天下太平,我会再来与你相会。你等我三年吧,三年之后我们在山上相见。

可以说,古人的情感一点也不比今人的情感逊色。痴情,在古在今,在东在西,都是一样的深挚感人。这两位最高贵的人,在感情上也不得不品尝我等凡人一样的悲欢离合。

西王母日思夜想,三年过去了,那一天,她在山顶的宫殿望眼欲穿。

但是，周穆王并没有来。

原来，周穆王本来已经出发，但是走到一半的时候，国家发生叛乱，他赶紧回去平叛，而这一走，就再也没能去见西王母了。这一段缠绵悱恻的爱情故事，就像所有那些充满着误解和真情实感的爱情一样，归于夭折。

周穆王活了104岁，传说，他虽然没能在活着的时候再次见到西王母，但是在死去的时候，西王母从昆仑山来到了他的宫殿，二人一起飞升，成为了神仙。

到了唐代，大诗人李商隐写了一首《瑶池》，来纪念这段感情：

瑶池阿母绮窗开，黄竹歌声动地哀。

八骏日行三万里，穆王何事不重来。

【文化常识】

《天问》与中国古代神话体系

凡是读过古希腊古罗马神话的人，都会生出一种感觉，那就是中国的神话似乎不发达。这种感觉其实是错误的。中国古代有神话，只是向来没有“神话”这个名词而已。神话是什么？茅盾先生曾下过一个定义：“神话是一种流行于上古时代的民间故事，所叙述的是超乎人类能力以上的神的行事，虽然荒唐无稽，可是古代人民互相传颂，却确信以为是真的”。

所以，近代以来，如茅盾这样的中国的学者们就致力于中国神话的素材挖掘和体系的整理。而屈原的《天问》，则进入了他们的视野。《天问》在当代学术体系中有着重要的位置，无论是文学、历史学，还是天文学、民俗学都从《天问》中得到不同的教益。

我国著名学者郭沫若先生认为，《天问》体现了先秦时期天文学的发展。他曾经写道：“《天问》，这篇要算空前绝后的第一等奇文字”。他的理由，当然是基于屈原对宇宙天地的那些追问了。屈原的追问，有些从理论上和当代天文学都有些接近的。所以，甚至有些学者认为《天问》是科学诗，这就多少有些夸大了。不过，《天问》真正的价值其

实在神话学。

神话，是人类幼年的童话，是各个民族认知自己的源泉，也是哺育一代代人民的精神食粮。而作为有着五千年历史的华夏文明，也有着多彩多姿的神话记载。尽管中国的神话没有像古希腊、古罗马神话那般成体系，但也具有自己特殊的神话系统。

著名学者顾颉刚先生曾认为，中国古代神话有两大系统，即昆仑系统和蓬莱系统。其中，《山海经》是昆仑神话的有系统的流传记录，而《天问》以及其他一些《楚辞》作品也接受了昆仑神话。所以，屈原作品中的大多数神话人物、神山、神水、神兽都能在《山海经》里找到记载，而《天问》本身更是因其巨大的神话学意义在近代引起关注。因此，从上古神话，到楚地神话，再到楚辞中体现的神话，这其中虽然经历了重重变化，不同时期神话的内涵和精神也大不相同，但毋庸置疑的是，没有《天问》，中国的神话体系可能就没法构建了。

所以，我们在《天问》中能找到烛龙、后羿、女娲等等人物，也能找得到射日、玄鸟、后稷出生等奇特的情节。这些昆仑神话，是中国早期神话保存最完整、结构最宏伟的体系。而昆仑山也成为中国神话的奥林匹斯山，庄严又雄壮，《天问》就是这座山上的明珠。

所以，《天问》在后世被许多人喜欢，他们喜欢里面的传说，喜欢神奇的神话。因此，也有很多文人才子会模仿这部作品，写下了另类的《天问》。如晋代的傅玄写了《拟天问》，梁朝的江淹有《遂古篇》，唐代的杨炯有《浑天问》，柳宗元也写了《天对》。直到明代，建文帝的老师方孝孺也写了《杂问》，另一位明代的文人王廷相写了《答天问》。清代，也有李雯等人写过《天问》。

最后，让我们再次回到本文开头的那种错误的感觉上，来简单对比一下中西神话的不同。首先，中国神话很零散，希腊神话有严密的体系。这是因为，中国直到公元前221年才实现真正的大一统，而希腊一开始就是一个统一体。以宙斯为中心的庞大的神的家族很容易在这种统一的伯罗奔尼撒半岛上被构建。第二，中国古代神话篇幅都很短小，对神的事迹记载非常简略，故事性不强，没有古希腊神话那样的长篇巨制和曲折生动的情节。这也是因为古希腊的神话都依靠著名的《荷马史诗》等流传了下来。第三,两套神话中的人物属性不同。古希腊神话中著名的十二大神:主神宙斯、天后赫拉、火神赫菲斯托斯、太阳神阿波罗、月神阿耳忒弥斯、战神阿瑞斯、智慧女神雅典娜、美神爱神阿佛洛狄忒,其实是代表着大自然的不同元素。而中国的主神:南方神话开辟神——盘古;北方神话开辟神——女娲;三皇五帝:伏羲、女娲、神农;黄帝、颛顼、帝喾、尧、舜等,都带有很强烈的部落神灵崇拜的遗存,而且其属性不是自然,而是道德。

《天问》的意义,仍然再继续。

《卜居》

【导读】

卜居，就是通过占卜选择地方居住。换句话说，就是向神灵询问：我该何去何从？

只有那些漂泊无定、无处容身的悲伤的灵魂才会寻找居住地地方。因为他们不被理解，也不被接纳，当惶惶不可终日的时候，只能通过占卜来寻求答案。

屈原就是这样的一个人。在这里，他通过问卜，询问自己应当采取怎样的态度来对待现实。让龟甲上被烧出的裂纹来为他预测吉凶。

这就有着本文的简短的对话：全篇采用对问体，一共提了八个问题。虽然问题重重叠叠，都在表达屈原的哀伤，但却错落有致，决不呆板凝滞。可以说，本篇对后世辞赋杂文那种宾主问答体的影响也是显而易见的。

另外，据一些专家考证，本文的作者可能并非屈原。但这并不影响我们把它当做关于屈原的一个故事。

【原文】

屈原既放，三年不得复见。竭智尽忠，而蔽障于谗。心烦意乱，不知所从。乃往见太卜郑詹尹[①]曰："余有所疑，愿因[②]先生决之。"

詹尹乃端策拂龟[③]，曰："君将何以教之？"

屈原曰："吾宁悃悃款款朴以忠乎？将送往劳来斯无穷乎？[④]

宁诛锄草茅以力耕乎？将游大人以成名乎[⑤]？

宁正言不讳以危身乎？将从俗富贵以偷生乎[⑥]？

宁超然高举以保真乎？将哫訾栗斯，喔咿儒儿，以事妇人乎[⑦]？

宁廉洁正直以自清乎？将突梯滑稽，如脂如韦，以洁楹乎[⑧]？

宁昂昂若千里之驹乎？将泛泛若水中之凫，与波上下，偷以全吾躯乎[⑨]？

宁与骐骥亢轭乎？将随驽马之迹乎[⑩]？

宁与黄鹄并翼乎？将与鸡鹜争食乎[⑪]？

此孰吉孰凶？何去何从？

世溷浊而不清，蝉翼为重，千钧为轻，黄钟毁弃，瓦釜雷鸣[⑫]。

谗人高张，贤士无名。

吁嗟默默兮，谁知吾之廉贞。[⑬]"

詹尹乃释策而谢曰："夫尺有所短，寸有所长，物有所不足，知有所不明，数有所不逮[⑭]，神有所不通[⑮]，用君之心，行君之意[⑯]，龟策诚不能知此事。"

【注释】

①太卜:卜官之长。郑詹尹:太卜官员的名字。疑:疑惑。

②因:借助、通过

③端策:摆正蓍(shī)草,拂去龟壳上的尘土。这都是占卜前表示虔诚的准备动作。端,端正,摆正。策,古代占卜用的蓍草。拂,拂拭,轻轻擦去。龟,占卜用的龟甲。君将何以教之:这里是一种客气的说法。实际的意思是说:您有什么事要占卜的?

④悃悃款款:忠实诚恳,以真心待人貌。朴:质朴。劳:慰劳,送往迎来。指社会上的应酬。斯无穷:就这样长远地下去。

⑤诛锄草茅:开辟荒地,芟除野草。游大人:去同达官贵人交游。

⑥正言不讳:直言上谏,不加隐讳。

⑦哫訾(zúzī):扭扭捏捏,吞吞吐吐,阿谀奉承的样子。粟斯:惊惧、献媚的样子。喔咿儒儿:强颜欢笑的样子。喔咿,强笑声。妇人:指楚怀王的宠姬郑袖。郑袖和上官大夫、令尹子兰等勾结起来谗害屈原。

⑧突梯滑稽(gǔ):圆滑伶俐。形容善于迎合世俗的好恶。如脂如韦:光滑如油脂,柔软如熟牛皮。形容善于应付环境。脂,油脂。韦,熟牛皮。洁楹(xiéyíng):意谓削平方棱成为圆形。比喻阿谀逢迎,同流合污,处世圆滑。洁,测量圆形。楹,屋的柱子。

⑨昂昂:志行高远,特立独行。泛泛:随波上下。凫:野鸭。

⑩亢:相对举。轭:古代车具。这里指并驾。

⑪黄鹄:大鸟。鹜:野鸭。

⑫黄钟:古代音乐中十二律之一,这里指代雅乐。瓦釜(fǔ):一种陶土烧成的饮器。

⑬廉贞:廉洁忠贞。

⑭数:数术、卦数。逮:及。

⑮通:通达。

⑯用君之心,行君之意:心:心思,意念。意:心意,意志,意图。诚:确实。

【经典原意】

屈原被放逐后,有三年没有再见到怀王。他使出全部智慧来效忠国家,可是受到谗佞之人的压制;他心烦意乱、思想混乱,却不知道何去何从。于是去拜见太卜郑詹尹，说：“我有疑惑的事情，希望由先生您来作出判断。”

詹尹便摆正蓍草，拂去龟壳上的灰尘，说：“您有什么赐教的啊？”

屈原说：“我宁肯忠心耿耿，保持诚朴而忠实的心地呢？

还是应当迎来送往、到处周旋逢迎，力求不陷于困境呢？

宁肯锄掉茅草，尽力耕作呢？

还是应当和达官贵人交游，来沽名钓誉呢？

宁肯直言不讳，从而招致危害呢？

还是应当随波逐流，谋求富贵，苟且偷生呢？

宁肯远离尘世，隐居山林，保持自己的本性呢？

还是应当阿谀谄笑、唯唯诺诺、战战兢兢、咿咿喔喔，去迎合那个女人呢？

宁肯廉洁正直，使自己清白无瑕呢？

还是应当圆滑诡诈，像脂膏、熟皮那样毫无骨气地围着别人转呢？

宁肯昂头引颈，像那日行千里的骏马呢？

还是应当浮游不定，像那水中的野鸭呢？

随着波浪的起伏，苟且保全我的身躯呢？

宁肯与良马骐骥并驾齐驱呢？

还是跟着劣马的脚印亦步亦趋呢？

宁肯与黄鹄比翼高飞呢？还是和鸡鸭一起争食呢？

所有这些，哪个吉利？哪个凶险？

到哪里去？从哪里来？社会浑浊不清。

以蝉翅为重，以千钧为轻；黄钟被毁弃，瓦锅却发出雷鸣般的响声；

谗佞的人高高在上，气焰嚣张，贤士却不被人称道。

唉！还有什么可说的呢，可叹啊沉默吧，谁知道我是廉洁忠贞的呢？”

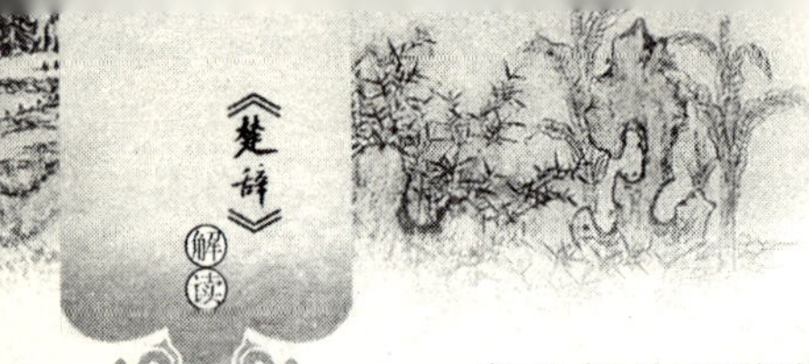

詹尹便放下蓍草辞谢道:“所谓尺有它不足的地方,寸有它的长处;物有它不足的地方,智慧有它不能明白的问题;卦有它算不到的事,神有它显不了灵的地方。您还是按照您自己的心,决定您自己的行为吧。龟壳蓍草实在无法知道这些事啊!”

【当代阐释】

不寻常的占卜

再理性的人,也总有遇到解不开疙瘩的时候。更何况屈原这样的诗人,他四处碰壁,无以告解,真应了曹雪芹借林黛玉之口说的那句话:“一年三百六十日,风刀霜剑严相逼。明媚鲜妍能几时,一朝漂泊难寻觅。”

屈原这辈子,也算是“一朝漂泊难寻觅”了。

自从被驱赶出王宫,他就四处流浪,不得安栖。所以,在个体的情绪实在无法排解的情况下,万般无奈,才会选择占卜。看看神的旨意,是否能带给他一些指示抑或安慰。这就像古希腊的哲人,常常在思考无法进行下去的时候,求助于德尔菲神庙的神谕,用神的意见来知道自己。比如著名的哲学家苏格拉底,就曾经在德尔菲求神谕,神谕说:“你是世界上最聪明的人。”

屈原虽然不是哲学家,只是一个颠沛流离的诗人。所以,他的占卜就从一种祭祀的行为,一下子变成了极富诗意的行为。而“卜居”原本只是通过占卜来解决如何在现实中处理自己境遇的问题,但屈原却借此表达了一番自己对人生的态度。因此,有理由相信,屈原的占卜并非要求得什么人生的答案,而是醉翁之意不在酒,要借助占卜而抒情。

所以,屈原才会愤愤不平的发牢骚:为什么要想获得高位,就必须阿谀奉承?为什么要想为国家做事情,就得先取悦君主?为什么那些富贵的人,道德都那么差?为什么那些好人,一个个反而整天被欺负?

而屈原进一步说:我是骏马,别人都是野鸭;我是黄钟大吕,别人都是泥巴瓦片;我是黄鹄大鸟,别人都是飞不起来的鸡鸭。明朝的蒋骥评价屈原这次占卜时就说:“《卜居》本意,盖以恶既不可为,而善又不蒙福,故向神而号之,犹阮籍途穷之泣也。”大意是:卜居表现了屈原在人间无法得到超脱,只能在神灵面前发发牢骚罢了。

但这样的牢骚,不免过于严厉了一些。所以,为屈原占卜的詹尹就很生气,就找了个托词,说占卜有时候也并不是很管用的,您屈原还是另请高明吧。很显然,詹尹认为屈原的行为已经超出了一个正常的占卜者的态度,而成了一个完全以自己为中心、不顾国家名誉的诗人。我们怎么来看待屈原的行为?一方面,当然要肯定屈原对自己遭遇所抱的不平,赞赏他的诗人角色;另一方面,也要警惕,一个人应该时时刻刻反省自身,不要动辄把责任推到别人身上。所谓“水至清则无鱼,人至察则无徒”,正是这个道理。

于是,这场占卜变得如此不寻常。屈原最终没有能够谛听到神灵的旨意,也就继续在世间流浪,直到他死去的那一天。

【国学故事】

郭沫若写作话剧《屈原》的故事

《卜居》中,出现了一个人物:郑詹尹。其实,这个人物在历史上几乎没有留下什么蛛丝马迹。他唯一一次正式的出场,就是在本篇中。但是,历史上却总是有不少人热衷于讨论这位郑詹尹是一个怎样的人。等到了近代,郭沫若先生写的著名话剧《屈原》,就把郑詹尹作为一个重要的反面人物来写了。从此,郑詹尹的形象基本就定型了。

1942年1月7日,郭沫若创作了历史剧《屈原》。此时此刻,正是中国抗日战争最为严酷、最为激烈的时候。一方面,日本侵略者的铁蹄已经从沿海的东部地区,踏入了中南地区,日军的敌机几乎天天轰炸重庆;另一方面,原本合作的国共两方,在1941年发生了震惊中外的“皖南事变”。在这种情况下,国人对抗战的前景产生了深深地失望。为了唤起国人的抗战决心和意志,也为了反击国内挑动内战的势力，郭沫若花了十天，日夜不停笔，写下了话剧《屈原》。

《屈原》，描写楚国屈原因主张对内主张革新政治，对外联齐抗秦，很得楚怀王信任。他以橘喻志，教育学生子兰保持高洁的灵魂。但南后却勾结秦国密使张仪，置国家利益于不顾，巧施诡计，称病倒于屈原怀中，反诬屈原淫乱宫廷。怀王竟听信谗言，不但放弃了屈原的政治主张，而且将屈原囚禁在东皇太乙庙中，并废弃齐楚盟约，依附强秦。屈原满怀忧愤。此时，学生宋玉已卖身投降南后，忠诚追随诗人的侍女婵娟又将被南后处死。宫廷卫士救出婵娟，并一起去营救屈原，不料婵娟误饮欲害屈原的毒酒身死。卫士杀死谋害屈原的帮凶，焚烧高堂，并在屈原作《桔颂》以悼婵娟后，跟随诗人走向汉北，走向民间。

在郭沫若的剧作中，郑詹尹是东皇太一庙的掌管者，也是南后郑袖的父亲。他受了密令，要用毒酒毒死屈原，然后在雷电交加的夜晚放火烧掉东皇太一庙，意图毁尸灭迹。却没有料到，毒酒被婵娟所喝，而郑詹尹也被卫士杀死并焚尸。于是，郑詹尹成为了与屈原对抗的反面人物的典型。

1942 年 1 月 24 日至 2 月 7 日国民党办的《中央日报》副刊上连载。周恩来在当时说“屈原这个题材好，因为屈原受迫害，感到谗陷之蔽明也，邪曲之害公也，才忧愤而作《离骚》。皖南事变后，我们也受迫害。写这个戏很有意义。”

1942 年 4 月 2 日，《新华日报》在《屈原》公演前一天刊出广告：“五幕历史剧《屈原》，中华剧艺社空前贡献，郭沫若先生空前杰作，重庆话剧界空前演出，全国第一的空前阵容，音乐与戏剧的空前试验。”第二天，《新华日报》还开辟了“《屈原》公演特刊”。正式公演的那一天，《屈原》大获成功，连国民党的中央社都发出《屈原》“上座之佳，空前未有”的报道。毕竟，这是屈原第一次被搬上话剧的舞台。

【文化常识】

《卜居》与上古的占卜活动

《卜居》的文化背景，就是中国古代一直流行的占卜传统。广义地讲，古代的占卜是一种文化，很复杂，使用的工具、方法，占卜的标准、依据个个都不同。比如，最流行的是用《周易》来占卜，还有用龟甲兽骨来占卜的，其他的还有用竹竿、石子等等来占卜的。那么，《卜居》所使用的是怎样的占卜呢？

从原文可以知道，詹尹"端策拂龟"，这说明他并没有使用中原常用的《周易》来占卜。而是有突出的两个特点：一、工具是"策"和"龟"；二、方法可能是楚国特有的方法。

首先，来看如何用"策"、"龟"占卜。这可能跟商代的甲骨占卜很有些渊源，也是比较古老的占卜方法。"甲骨"是龟甲和牛肩胛骨的统称。古代对占卜所用的材质同样格外讲究，在古代，龟与龙、凤、麟并列，被人们称为"四灵"。因此龟甲作为占卜用物，便成为理所当然了。占卜龟甲，主要用龟腹甲，也有少量背甲和牛的肩胛骨。

古人记载："天子龟尺二寸，诸侯八寸，大夫六寸，士民四寸"，所以不同的等级用的工具自然也是不同的。占卜时，先在甲骨背面凿处灼，正面即出现"卜"字形裂纹，其中钻处裂纹称兆枝，凿处裂纹称兆干，此即据以判断吉凶的卜兆。占卜后，将所卜之事或结果刻在甲骨上，所以又称卜辞。一条完整的卜辞有四部分组成：叙辞，记占卜的时间、地点和占卜者；命辞，即卜问之事；占辞，视兆而定吉凶；验辞，记占卜后的应验结果。

其次，楚国的占卜既吸收了中原的占卜特点，也有自己的特色。楚国地处中原南部，而中原南部是个多民族的地方，因此楚国无论是在文化上，还是在信仰上，都呈现出多元化的发展，既能兼夷夏之长，也保持住了自己的文化生机。楚国保留了不少的氏族社会遗风。在初期，楚人是以拜日崇火尊凤的图腾崇拜和祖先崇拜为主。随着时代的演变和疆域的拓展，楚人还把征服各地的神灵兼包并蓄于自己的意识之中，逐渐形成了多元化的信仰。

所以,楚国人祭祀问卜的对象有天神,如上皇、日神、云神、司命、风伯、雨神、日御、月御等;地神,如山神、水神、土伯、海若、河伯、洛嫔、湘君、湘夫人等;人神,譬如祝融等。而巫师就成了沟通这些神灵的中介了,本文中的郑詹尹就是这样的一个巫师。其实,屈原据考证也可能是一个巫师,而且是一个等级很高的大巫。

总之,《卜居》所透露出来的楚地占卜,就兼具中原、楚地两种特点。而郑詹尹也许只是一个普通的巫师,但是在后代的传说中,尤其在郭沫若的剧作中就变成了十恶不赦的大坏蛋了。这是历史所开的玩笑。

《渔父》

【导读】

唐代大诗人杜牧写过一首《赠渔父》：

芦花深泽静垂纶，月夕烟朝几十春。自说孤舟寒水畔，不曾逢着独醒人。

醒？抑或醉；知，抑或懵懂；屈原和渔父；孔子和接舆等等，都是中国古代文化中特别有趣的人格形象对比。因为这两种相反的人格，其实为世上的每一个人都指出了一个岔路口，何去何从？走哪一条路？成为了世上每一个有思想的人都会思考的问题。“是生存，还是死亡？这是一个问题。”莎士比亚的在《哈姆雷特》中，借哈姆雷特之口向世人提了同样的一个大问题。

如何解答好这个问题，真让世人难为。司马迁为了完成传世之作《史记》忍辱负重，选择了生存。孟子却说：“生，我所欲也，义，亦我所欲也，二者不可得兼，舍生而取义者也。”

于是，选择隐居避世，选择随波逐流，选择洁身自好，选择玉石俱焚，成为了《渔父》一篇对我们提出的最大问题。

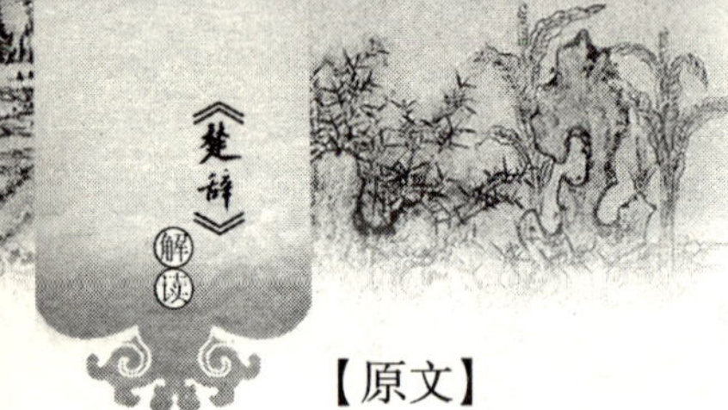

【原文】

屈原既放，游于江潭[①]，行吟泽畔，颜色憔悴，形容枯槁。渔父见而问之曰："子非三闾大夫与[②]？何故至于斯？"

屈原曰："举世皆浊我独清，众人皆醉我独醒，是以见放。"

渔父曰："圣人不凝滞于物，而能与世推移。何不淈其泥而扬其波[③]？众人皆醉，何不餔其糟而啜其醨[④]？何故深思高举[⑤]，令自放为？"

屈原曰："吾闻之，新沐者必弹冠，新浴者必振衣[⑥]。安能以身之察察，受物之汶汶者乎[⑦]？"渔父莞尔而笑，鼓枻而去[⑧]，乃歌曰："沧浪之水清兮，可以濯吾缨。沧浪之水浊兮，可以濯吾足[⑨]。"遂去，不复与言。

【注释】

①潭：深水潭。

②三闾大夫：官名，掌管楚国王族屈、景、昭三姓的官员，屈原曾担任这个官职。

③淈（gǔ）：搅乱。淈其泥而扬其波：同流合污、沆瀣一气。

④餔（bū）：吃。糟：酒糟，酿酒后的渣滓。啜：饮。醨：薄酒。这里指与世人随波逐流，与世俯仰。

⑤深思高举：忧国忧民，志行高洁。

⑥新沐者必弹冠，新浴者必振衣：也见于《荀子》，沐：洗发。浴：洗澡。

⑦汶汶：蒙受玷污的样子。

⑧枻（yì）：船桨。

⑨缨：冠的系带。

【经典原意】

屈原被放逐之后，常常在江湖间游荡。他沿着水边边走边唱，脸色憔悴，形容枯槁。渔父看到屈原便问他说："您不就是三闾大夫吗？

为什么会落到这种地步?”

屈原说:“世上之人都是肮脏的啊,只有我才是光明磊落的;世上之人个个都醉了,唯独我才是清醒寂寞的,因此我才会被放逐呢。”

渔父说:“圣人能够审时度势,从不拘泥执著于某些事情,而是能随着世道变化推移。既然世上的人都肮脏龌龊,您为什么不也使那泥水弄得更浑浊而推波助澜?既然个个都沉醉不醒,您为什么不也跟着吃那酒糟喝那酒汁?为什么您偏要忧国忧民,拿出一副与众不同的样子,让自己也遭到被放逐的下场呢?”

屈原于是回答说:“我听过这种说法:刚洗头的人一定要弹去帽子上的尘土,刚洗澡的人一定要抖净衣服上的泥灰。哪里能让洁白的身体去接触污浊的外物?我宁愿投身湘水,葬身在江中鱼鳖的肚子里,哪里能让玉一般的东西去蒙受世俗尘埃的沾染呢?”

渔父微微一笑,知道道不同,便拍打着船板离屈原而去。口中唱道:“沧浪水清啊,可用来洗我的帽缨;沧浪水浊啊,可用来洗我的双足。”便离开了,不再和屈原说话。

【当代阐释】

THE ROAD NOT TRAVELED

著名的美国诗人弗罗斯特曾经写过一首名诗,题目是《The road not taken》,其中有一段最为被人传诵:

I shall be telling this with a sigh
Somewhere ages and ages hence:
Two roads diverged in a wood, and
I - - I took the one less traveled by,
And that has made all the difference.

这首诗歌的大意是:某一天在森林里遇到了一条分开的路,选择哪一条呢?最后作者选择了一条人少的路。而“也许多少年后在某一个地方,我将轻声叹息把往事回顾。一片森林里分出两条路,而我却选择了人迹更少的一条,从此决定了我一生的道路。”

人生一世，处处都是岔路，处处都有选择。如何选择？这成为每个人要解决的首要问题。这关乎一个人的性格、教育背景、人生目标等等。在《渔父》中，屈原和渔父对当时时代的看法显然是一致的。他们都认为自己处在一个礼崩乐坏的黑暗时代，在这个时代，正义被泯灭，道德被焚毁；当道的都是功名利禄之徒，而那些想为万世开太平的贤者却或者被逐出朝廷，或者死于非命。当年圣王开创的华夏盛世，到了那个时候已经万劫不复。面对这样的黑暗，无论是渔父还是屈原，都必须拿出个态度来面对活着。

但是，他们二人对生命，对价值的态度却是截然相反的，这无疑给了我们一个参照的思考对象。他们会怎样选择？他们的选择又怎样的意义？细细玩味屈原与渔父在本篇中的表现，颇令人深思。

先来看屈原。

《渔父》中的屈原，“举世皆浊我独清，众人皆醉我独醒”成为了他形象的集中概括。他黑白分明，忧国忧民，就像近代的鲁迅一样，面对铁屋必须选择呐喊。屈原具有故乡荣誉感，这来源于他高贵的世系和血统，所以他面对楚地的黑暗现实无法保持冷静。你看，渔父一问“你不是三闾大夫吗？”屈原就好像受了刺激一样，喊出那句“举世皆浊我独清”的话来；屈原也具有道德责任感，这来源于他秉持的从中原传来的儒家精神意识。儒家话语系统中，一个儒者必须要有为民代言，为天下的道德力挽狂澜的持守。一个真正的儒者在道德沦丧的时候，绝不会同流合污。所以，屈原无论站在故乡还是儒家的立场，都无法平静如渔父。

当然，孔子说：“危邦不入，乱邦不居”，又说：“道不行，乘桴浮于海”。儒家并没有把人生的道路变成华山一条路，而是留了一道门，让那些有理想的儒者也可以选择避世隐居。然而，屈原并非纯粹的儒者，他还是一个楚地的子民。他在《离骚》中早已经透露出了对故乡特殊的情感，这绝非一般的仅仅根据道德信条来判断是非的儒者所能理解的。所以，屈原再次面临矛盾：尽管我可以选择隐居，但是身为楚国人，我即使能也不能真的去做。所以，屈原的话已经提示我们，他总有一天会结束生命，以一种最干净、最问心无愧的方式。

再来看渔父。

渔父的形象，则是温和可人的。自古以来，很多读者都对《渔父》中的渔父更有共鸣、更觉亲近。显然，渔父对生活的态度是避世隐居，是“沧浪之水清兮，可以濯吾缨。沧浪之水浊兮，可以濯吾足”，与世俯仰，但又不同流合污。保持一己的纯洁和理想。所以，历史上有那么多的“渔父”，他们通透人生，无拘无束，并且秉持美好信念，出入于青山绿水之间，俯仰于世事沉浮之中，回避于政治斗争之外。他们有时候写诗，有时候饮酒，有时候坐着小船不知所终。年复一年，总有一些不死心的统治者来山中水上寻访他们，但是又总一无所获。他们是隐者，是冷眼旁观的哲人。

渔父，在历史文化中逐渐变成了一种意象。他的儒家或道家，乃至后来的佛家的背景逐渐被消解，而成为一种诗性的人文意象。代表着与世无争的人生态度，和光同尘。同时，与古代诗文中的另外一个相似的角色——樵夫，一起构成了这种诗性的意象。历史小说《三国演义》开篇那首《临江仙》如是说：“滚滚长江东逝水，浪花淘尽英雄。是非成败转头空，青山依旧在，几度夕阳红。白发渔樵江渚上，惯看秋月春风。一壶浊酒喜相逢，古今多少事，都付笑谈中。”

但是，尽管从古至今那么多人喜欢渔父，但是一定要清楚，大多数人是因为觉得“做屈原太累，做渔父舒服”才选择的。试想，如果每一个人都做渔父，这是否可能呢？如果大家都做隐士，等遇到外敌侵略，遇到道德崩溃，谁来为我们抵挡？谁来做民族的脊梁？

所以，渔父和屈原，虽然是两种不同的人生途径，但不能刻意分出是非，更不能贪图私人的道德而不顾集体的利益。历史上，那些渔父们，只能渐渐变成一个诗化的符号，他们的能力、才华、贤德没有给其他人创造任何价值。而真正的伟人都是具有屈原这般热血的，他们前仆后继，不畏死亡。

比如宋教仁，虽然自号渔父，但其行为却是屈原式的。他遇刺牺牲后，孙中山先生挽宋教仁联中说：

三尺剑，万言书，美雨欧风志不磨，天地有正气，豪杰自牢笼，数十年季子舌锋，效庄生索笔；

五丈原，一抔土，卧龙跃马今何在？冠盖满京华，斯人独憔悴，洒几点苌弘血泪，向屈子招魂。

【国学故事】

历史中“渔父”们的故事

华夏历史上，虽然绝大多数渔父都没有留下名字。但也有不少隐士贤者，为我们留下一些传奇般的故事，就让我们回顾二三，来见证“渔父”形象是怎样的一种人格吧。

先说个没有名字的贤人的故事，他就是救伍子胥的渔父。

公元前522年，楚平王听信谗言，杀掉太子师傅伍奢及其长子伍尚，并到处张挂其次子伍子胥的画像悬赏捉拿。伍子胥先逃往郑国，为郑国所不容，不得不逃离郑国奔向楚国的仇敌吴国。在到达吴楚两国交界的昭关时，由于关上的官吏盘查得紧，伍子胥一连几夜睡不着觉，连头发也愁白了，于是伍子胥面目全非，反而混出了昭关。伍子胥行至吴江口，见河水茫茫，却无船渡，只有溪中的浮墩上有一老翁在钓鱼。此时，身后隐约可闻追兵的马蹄声了。正危急时，那钓翁不慌不忙，从墩下撑出一只渔舟来，三划两划，到了伍子胥身边。这时楚兵已看到人影了，这位渔父却轻轻地一撑长篙，小舟已经载着伍子胥渡河而去了。面对无奈的追兵，渔父边划边唱：“溧阳溪山好风光，斜风细雨垂钓忙。我载君子从此去，十年不晚报父仇。”到了对岸，伍子胥解下腰间佩剑赠给渔翁，说：“这宝剑价值百金，是我唯一的财产了，为报答您冒险渡我们过河的恩德，请收下吧。”渔翁笑道：“楚国出万金要抓你，岂不是比你的宝剑要值钱？你要赠给我，我心领，但我送你一程的心，你也要领啊。”于是，伍子胥拜别渔父，终于在十年之后重返楚国，并报了父仇。

比如楚国的接舆。

他是春秋时代楚国著名的隐士。姓陆，名通，字接舆。平时依靠种田养活自己，因对当时社会不满，索性剪去头发，整天疯疯癫癫，也不出去做官，所以也被人们称为称楚狂接舆。有一年，孔子周游列国，经过楚国的时候。接舆故意唱着歌从孔子车前走过，他唱道："凤鸟啊凤鸟啊！你的德行为什么衰退了呢？过去的事情已经不能换回了，未来的事情还来得及呀。算了吧，算了吧！如今那些从政的人都危险啊？"这话是说给孔子听的，意思是劝孔子不要再徒劳地恢复周代的礼乐了，因为礼崩乐坏已经成了现实，谁也没有办法挽救了。于是孔子下车，想和他聊聊天。但是接舆赶快走开了，孔子没追上，只好作罢。到了后来，接舆的形象也为文人喜欢，李白就写了《庐山谣寄卢侍御虚舟》，说"我本楚狂人，凤歌笑孔丘。手持绿玉杖，朝别黄鹤楼。五岳寻仙不辞远，一生好入名山游。"

比如东汉的严子陵。

严子陵，原姓庄，字子陵。他年轻时就很有名望，后来游学长安时，结识了刘秀。公元8年，王莽称帝，朝令夕改，徭役繁重，加上吏治腐败，导致了民怨沸腾。终于，在十年后爆发了绿林赤眉大起义。刘秀虽然是长安的太学生，但此时也发动起一只起义军，决心推翻王莽政权。于是他屡次邀请严子陵，但严子陵不为所动，最后索性隐名换姓，避居僻乡。公元25年，刘秀终于击败王莽，在洛阳建立起东汉王朝，当上了皇帝，也就是后来的光武帝。刘秀登基后，缺少人才，于是到处寻找严子陵。并亲自写信，用当年二人的友情来劝说。严子陵实在无法推辞，来到了洛阳。

可是，当刘秀亲自来看望他时，他却闭着眼睛。刘秀又将严子陵请到宫中，与他谈论旧事，谈得十分投机。晚上，还与严子陵同榻而卧。严子陵在睡梦中把脚搁到他的肚皮上，他也毫不介意。当刘秀还想要他做谏议大夫时，他终于不辞而行，悄然离去，隐居于富春山下，垂钓打鱼，过得不亦乐乎。到了北宋，范仲淹任睦州知州时，在严子陵垂钓的地方"严陵濑"，建了钓台和子陵祠，并写了一篇《严先生祠堂记》，赞扬他"云山苍苍，江水泱泱，先生之风，山高水长"。

这些历史上的隐者，有些就是渔父，有些只是用渔父作为自己的

一种生活方式。但是却都与本篇《渔父》中的形象一脉相承。

【文化常识】

《渔父》篇对中国诗词的影响

《渔父》一篇，自从被王逸选到《楚辞章句》之后，就开始持续的对中国文学史产生影响。这种影响非常广泛，比如绘画，许道宁、吴镇、戴进等人都画过《渔父图》；比如音乐，仅仅古代的古琴曲就有《渔樵问答》、《欸乃》、《醉渔唱晚》等曲子，而且当代的一些作曲家仍然在写关于渔父的音乐；比如文章，最有名的莫过于陶渊明的《桃花源记》，"武陵人捕鱼为业"，直到近些年，台湾的剧作家赖声川来创作了《暗恋桃花源》。而诗词，则无疑是受到的影响最大的文学体裁了。

《渔父》对诗词最大的影响是渔父那种超然物外的人格力量和精神境界。

唐代，渔父的形象格外深入人心，也格外吸引诗人的目光。如李白的《宣州谢朓楼饯别校书叔云》写："弃我去者，昨日之日不可留，乱我心者，今日之日多烦忧。长风万里送秋雁，对此可以酣高楼。蓬莱文章建安骨，中间小谢又清发。俱怀逸兴壮思飞，欲上青天览明月。抽刀断水水更流，举杯销愁愁更愁。人生在世不称意，明朝散发弄扁舟。"结尾的诗句表达了他要像渔父一样，乘坐小舟再也不游戏红尘。

唐代的柳宗元也写过一首著名的《渔翁》："渔翁夜傍西岩宿，晓汲清湘燃楚竹。烟销日出不见人，欸乃一声山水绿。回看天际下中流，岩上无心云相逐。"这首诗歌中，渔翁是如此的悠闲寂静，他把船停泊在西山之下。这是安详的一个下午。船静，人寂，心灵也逐渐沉静起来。等到拂晓，湘江的清水响了，干枯的楚竹被渔父点燃了，发出噼噼啪啪的声音。等待烟消云散，早霞半染，却不见他的人影了。忽然听得"欸乃"一声橹响，循声而看，只见山青水绿，而他已经消失在天际中流。再一愣神，连渔父也看不见了，只看得见白云朵朵，在山岩顶上来来去去,就像毫无心机的孩子。

宋代一位叫张渠丘的词人也填过一首题名为《渔翁》的词,词牌名字是《临江仙》:“初日平湖野鹤,白石古渡林烟。小楫随意泛流年。隐约闻欸乃,缥缈水云间。十六眉低筝柱,五十笑靥琴弦。老夫独爱旧青山。听风听雨笑,醉酒醉歌眠。”这位渔父,则是一位年轻的时候曾经风流一世,如今老去,乘一叶扁舟,隐居在这青山绿水间。跟着他的,只有一位十六岁的年轻女子,可能是他的丫鬟,亦可能是他的恋人,总之他与她抛却了凡俗的纷纷扰扰,在这湖面林间,过着世外桃源般的生活。

清代的王士祯写过一首有趣的《题秋江独钓图》:“一蓑一笠一扁舟,一丈丝纶一寸钩;一曲高歌一樽酒,一人独钓一江秋。”每一句的句式基本相似,却表达出了一种超然的精神享受,那种高蹈的孤独感氤氲升起,这种境界与李白的那首诗不同,但都是从《渔父》“沧浪之水”的意境中诞生的。

《渔父》对诗词的另一个影响,就是对人与自然和谐共生的描写。

这一类,最典型的就是唐代张志和的那首词《渔歌子》:“西塞山前白鹭飞,桃花流水鳜鱼肥。青箬笠,绿蓑衣,斜风细雨不须归。”他并没有过于夸大渔父的个体自由,而是用环境来衬托他的平和闲适。

晚唐的诗人罗隐也写过一个逍遥自在,与大自然融为一体的渔父。题目是《赠渔翁》:“叶艇悠扬鹤发垂,生涯空托一纶丝。是非不向眼前起,寒暑任从波上移。风漾长歌笼月里,梦和春雨昼眠时。逍遥此意谁人会,应有青山渌水知。”这位渔父,一辈子不知道经历了几世几劫,终于能够在今天长醉风雨日月中了,他做梦,梦里梦外都是春雨;他醉酒,酒醉酒醒都是逍遥。而这一切,世外之人永远不再知晓,唯有青山绿水看得见。这样的境界,只有在中国的传统文化中才能得到。

此外,岑参也写过一首《渔父》:“扁舟沧浪叟,心与沧浪清。不自道乡里,无人知姓名。朝从滩上饭,暮向芦中宿。歌竟还复歌,手持一

竿竹。竿头钓丝长丈馀，鼓枻乘流无定居。世人那得识深意，此翁取适非取鱼。”真可谓逍遥到极致了。

宋代的陆游也写过《渔父》：“湘湖烟雨长菁丝，菰米新炊滑上匙。云散后，月斜时，潮落舟横醉不知。”这位渔父，则更是一位现实可亲的形象了。寥寥数字，渔父的生活情趣就跃然纸上。

以上略举数例，就可以看出《渔父》对中国古典文学的深远影响。

《招魂》

【导读】

死亡,究竟是肉体的湮灭还是精神到了另一个世界?这个问题,从古至今一直萦绕在人们的内心深处。尽管现代科技已经发达到足以把人类送上月球,但仍然不能解释人类本身的奥秘。毕竟,从来没有一个人真的从另一个世界回来告诉我们生与死的区别。而在上古的时代,死亡虽然令人悲痛,但人们却宁愿相信生命只是一次旅行的寄宿,他的魂魄还是可以时时回来的。

招魂,就是在这样的背景下被写成的。

不过问题是,这是谁在招魂?又是为了谁招魂?

自古以来,这个问题难倒了众多读者。有人说,这是宋玉招屈原的魂魄;有人说,这是屈原招楚怀王的灵魂;还有人说,这是屈原自况,自己为自己招魂……这些传说都有证据,而《招魂》真正的谜底恐怕已经永远埋藏在了诗歌的平仄句读中。

不过,对今天的读者而言,不必刨根问底地追究答案。我们只需要怀着一颗质朴的心灵,重回上古苍凉的楚国大地,来温习古人"招魂"这种古老的习俗,并感受屈原微妙的内心。

【原文】

朕幼清以廉洁兮，身服义而未沬[①]。

主此盛德兮，牵于俗而芜秽[②]。

上无所考此盛德兮，长离殃而愁苦[③]。

帝告巫阳曰："有人在下，我欲辅之。[④]

魂魄离散，汝筮予之。[⑤]"

巫阳对曰："掌梦！上帝：其难从[⑥]；

若必筮予之，恐后之谢，不能复用。[⑦]"

【注释】

①朕：我，亦即屈原。沬：光线昏暗的样子。

②主：君主，这里可能指楚怀王。守：持有。芜秽：肮脏的东西。

③上：指楚怀王。离：遭遇。殃：祸患。

④帝：上帝。巫阳：古代神话中的巫师。人：指楚怀王。辅：帮助，辅助，这里指上天辅助人间的君主。

⑤筮予之：通过卜筮，来判断魂魄的位置，然后才能有目标的招魂。

⑥掌梦：掌梦的官员，这句话可能是巫阳的托词。

⑦若：你，这里指巫阳。之：亡魂。谢：指凋落。

【经典原意】

我童年就有着高尚的道德，从来没有稍微玷污自己的情操。

但我这样美好的德性，却总被世人看做是没用的虚名

这高尚的美德不被国王知道，使我长期受尽苦难和折磨。

上帝对巫阳说，一个高尚的人在人间受苦受难，我想要帮助他。

可是他的灵魂已经离开他的肉体，我想要你占卦唤回他的魂魄还给他。

巫阳知道魂魄难招就回答说：占卦是需要掌梦官的，您的命令我难以遵从。

"你一定要把他的灵魂召回，等他死了，再把魂召回还有什么用。"

【原文】

巫阳焉乃下招曰：魂兮归来[1]！
去君之桓干，何为四方些[2]？
舍君之乐处，而离彼不祥些[3]。
魂兮归来！东方不可以托些[4]。
长人千仞，惟魂是索些[5]。
十日代出，流金铄石些[6]。
彼皆习之，魂往必释些[7]。
归来兮！不可以托些。
魂兮归来！南方不可以止些[8]。
雕题黑齿，得人肉以祀，以其骨为醢些[9]。
蝮蛇蓁蓁，封狐千里些[10]。
雄虺九首，往来倏忽，吞人以益其心些[11]。
归来兮！不可久淫些[12]。
魂兮归来！西方之害，流沙千里些。
旋入雷渊，爢散而不可止些[13]。
幸而得脱，其外旷宇些。
赤蚁若象，玄蜂若壶些[14]。
五谷不生，丛菅是食些[15]。
其土烂人，求水无所得些。
彷徉无所倚，广大无所极些。
归来兮！恐自遗贼些[16]。
魂兮归来！北方不可以止些。
增冰峨峨，飞雪千里些[17]。
归来兮！不可以久些。
魂兮归来！君无上天些[18]。
虎豹九关，啄害下人些[19]。

一夫九首，拔木九千些[20]。
豺狼从目，往来侁侁些[21]。
悬人以娭，投之深渊些[22]。
致命于帝，然后得瞑些[23]。
归来！往恐危身些。
魂兮归来！君无下此幽都些[24]。
土伯九约，其角觺觺些[25]。
敦脄血拇，逐人駓駓些[26]。
参目虎首，其身若牛些[27]。
此皆甘人[28]。
归来！恐自遗灾些。
魂兮归来！入修门些[29]。
工祝招君，背行先些[30]。
秦篝齐缕，郑绵络些[31]。
招具该备，永啸呼些[32]。
魂兮归来！反故居些[33]。

【注释】

①焉乃：于是。些：语尾助词，这是楚地招魂特有的语气词。

②桓：大、高。干：身体。何为：为何，这里是倒装。

③离：同罹，遭受。

④东方：按照上古传说，东海之外有大人之国，他们身躯高大，也可能是防风氏。托：托身的地方。

⑤长人：东方之国的巨人。索：搜求。

⑥十日：传说上古之时，天上有十个太阳。流金：形容酷热融化了金属。

⑦习：习惯。释：熔化、熔解。

⑧止：停留。

⑨雕题黑齿：指额头上刻满花纹，而牙齿被染成黑色，可能指南方的蛮夷。题，人的额头。醢：肉酱

⑩蓁蓁:树木丛生、积聚在一起的样子。封狐:上古传说中的大狐狸。

⑪虺(huī):毒蛇。儵忽:即倏忽。益:补、增补。

⑫淫:久留、淹留。

⑬雷渊:神话中的深渊。爢:同靡,粉碎,用作动词。

⑭壶:瓠,葫芦。

⑮丛:聚集。菅:一种野草。

⑯遗:给予。贼:残害,用作动词。

⑰增:层,此处指层层的坚冰。峨峨:高耸的样子。

⑱无:勿,不要。

⑲九关:指九重天门。啄:噬啮。

⑳拔木:拔树,形容巨人的孔武有力。

㉑从:综。侁侁:众多的样子。

㉒悬:倒挂起来。娭:嬉戏、游戏。

㉓致命:上报。瞑:闭上眼睛。

㉔幽都:神话中,地下鬼神生存的地方,阴间都府。

㉕土伯:幽都的统治者。约:弯曲。觺觺:角尖利的样子。

㉖敦脄(méi):宽肩厚背。駓駓:趋走的样子。

㉗参:三。

㉘甘人:喜欢吃人肉。

㉙修门:楚国都城郢,在南边有三个门,此为其中之一。

㉚工祝:祝官,古代进行祭祀活动时专司祝告的人。背行:倒退着走。

㉛秦篝:秦国出产的竹笼,用来装被招魂之人的衣服。齐缕:齐国出产的丝线.用以装饰篝。郑绵络:郑国出产的丝棉织品,在篝上当做遮盖。

㉜招具:招魂的用具,包括上文的秦篝、齐缕、郑绵络等。永:长,招魂者要长声长啸,才能吸引来被招的人。

㉝反:返。

【经典原意】

巫阳无奈,于是降至人间来招魂。他说:魂灵啊,回来吧!何必离开你的躯体到处乱跑呢?

你舍弃的是安逸的生活,外面的凶恶艰险实在很多。

魂灵啊,回来吧！东方是不可以居住的。

那里的巨人身高千尺,正等着搜寻你的灵魂。

十个太阳挂在天上,把地上的金属砾石照射得熔化。

他们都已经习惯了这种生活,可你的灵魂一去定会无法承受溶化无存,

回来,回来吧,那里不是你能待的地方。

魂灵啊,回来吧！南方不可以停留。

那些额头上刻满花纹牙齿染成黑色的野人,将捉住的人杀死,肉用来祭祀,骨头磨成肉酱。

那里毒蛇遍地如草丛,千里之内到处都有大狐狸。

长着九个头的毒蛇来往迅捷,寻找着人类来把心补。

回来,回来吧,那里不能够久留。

魂灵啊,归来吧！流沙千里是西方的大灾害。

如果被流沙卷进深渊,将有粉身碎骨的危险。

即是侥幸摆脱灾难,周围又是死寂一片。

巨象一样的蚂蚁,葫芦一样的黑蜂。

五谷不能生长,只有茅草可以充饥.

千里流沙能把人烤烂,生命之水点滴皆无。

你无依无靠,这广大荒凉之处哪里是你的家呢。

回来,回来吧,不要自己残害自己了。

魂灵啊,回来吧！北方不能停留。

那里层层冰峰如高山,千里大雪如飞瀑。

回来,回来吧,不要久留。

魂灵啊,归来吧！你不要直接上青天。

九重天门都有虎豹把守,那个敢进定被伤残！

九头妖怪力大无边,连根拔起大树九千。

还有凶狠的豺狼,来往争先。

将人倒挂树上嬉戏玩要,最后把他扔到无底深渊。

上报完帝王,你才会断气闭眼。

回来吧。天上不可久留,在那里也会遭祸殃。

魂灵啊,回来吧！你不要鬼怪统治的阴曹地府去。

那里有扭成九曲的鬼怪神灵,头上长角尖利如刀。

膘肥体壮十指沾血,追杀人类健步飞跑。

还有长着三只眼睛的虎头怪兽,壮硕如牛力大无比。

这些怪物的最爱就是吃人,回来吧,否则你就要成为他们的美餐。

魂灵啊。回来吧！快快回到楚国你美丽的家乡。

巫阳在前引导着君王,后退着一路先行来到墓室。

秦国的篝笼齐国的丝带,郑国的丝锦用来盖头。

招魂的器具已经齐备,快快发出长长的呼唤。

魂灵啊,回来吧！快快回到你的家乡,再也不要四处漂泊到处流浪背离家乡。

【当代阐释】

魂归何处:故乡与四方

招魂,就是把流浪在他乡的游魂招回故乡。

谁来招?

古往今来,凡是还保留着招魂习俗的民族,都有着专门从事招魂活动的巫师。这些巫师能够沟通天地,把上帝的圣言传达到世间。在《招魂》中,正是这样一位名叫巫阳的巫师来招魂。

这位巫阳,既有着高尚的道德,又能够与上帝对话,所以才担负起这样的使命。显然,巫阳就是屈原的化身,或者说屈原本身就是楚国的一个巫师,其地位类似于西方基督国家里的大主教。基于此,屈原才能写出这样一部令人读之呜咽的《招魂》来。

这一部分,主要描写四方之地和天地上下的可怕、恐怖,极言四方之地不可久留。从而把故乡的安详、美丽凸显出来,也就把游离的魂魄招回故乡了。

你看,在东方,有十个太阳挂在天上,把地上的金属都能烤化,还有可怕的巨人在东方生活,他们吞噬人类,东方不能留;你看,在南方,生活着额头上刻满花纹的野人，他们把捉住的人杀死，肉用来祭祀，骨头磨成肉酱。而且长着九个头毒蛇遍地、大狐狸到处行走，南方也不能留；你看，在西方，流沙把人卷进深渊，有巨象一样的蚂蚁，葫芦一样的黑蜂，没有粮食没有水，人就是饿不死，也会被流沙掩埋，西方也不能留；你看，在北方，千里冰封，寒风怒吼，人在北方就会被绝对零度的低温冻死，北方也不能留；你看，在天上，天门由猛兽把守，凡是靠近的杀无赦。那些妖怪把人挂在树上玩耍，最后却把人扔进无底深渊，上天也不能留；最后，你看，在地下，是幽灵生活的黑暗王国，那里的人都头上长角，个个都嗜血，还有长着三只眼睛的虎头怪兽，地下也不能留。

既然东西南北四方、天上和地下都不能留，那么只能返回故乡，返回温暖的南方。古代人和现代人的不同，其一就是对故乡的眷恋。这并非现代人所热衷的乡愁，乡愁只是一种情绪而已。但在古人的话语体系里，还乡是一种价值。所以屈原才会为了楚国而生而死，所以才会把楚怀王招魂回故都。

在今天，只有一些边疆少数民族还保留着这样的招魂习俗。比如我国云南的纳西族，每家都有一个竹篓挂在墙上，这个竹篓不是用来装东西的，而是用来存放家庭成员灵魂的。一个女子倘若要出嫁，不光人要嫁过去，连灵魂也要通过一些仪式进到婆家。这种仪式就好像精神意义上的转户口，甚至比转户口还重要。而每当有人去世，竹篓的作用就显现出来了。纳西族的招魂与本文相似，其目的不再是让灵魂返回肉体，而是指引灵魂返回祖先居住的地方。为此，纳西族的巫师，也叫东巴，专门绘有“神路图”，上面写着一个灵魂被招魂时要经过的地方，地名甚至多达一二百个。

由此反观屈原时代的招魂，就可以更好的理解“返乡”在招魂中所占的地位了。

【原文】

天地四方，多贼奸些。

像设君室，静闲安些[1]。
高堂邃宇，槛层轩些[2]。
层台累榭，临高山些。
网户朱缀，刻方连些[3]。
冬有突厦，夏室寒些[4]。
川谷径复，流潺湲些[5]。
光风转蕙，氾崇兰些[6]。
经堂入奥，朱尘筵些[7]。
砥室翠翘，挂曲琼些[8]。
翡翠珠被，烂齐光些[9]。
蒻阿拂壁，罗帱张些[10]。
纂组绮缟，结琦璜些[11]。
室中之观，多珍怪些。
兰膏明烛，华容备些[12]。
二八侍宿，射递代些[13]。
九侯淑女，多迅众些[14]。
盛鬋不同制，实满宫些[15]。
容态好比，顺弥代些[16]。
弱颜固植，謇其有意些[17]。
姱容修态，絙洞房些[18]。
蛾眉曼睩，目腾光些[19]。
靡颜腻理，遗视矊些[20]。
离榭修幕，侍君之闲些[21]。
翡帷翠帐，饰高堂些[22]。
红壁沙版，玄玉梁些[23]。
仰观刻桷，画龙蛇些[24]。
坐堂伏槛，临曲池些[25]。

芙蓉始发,杂芰荷些。
紫茎屏风,文缘波些㉖。
文异豹饰,侍陂陁些㉗。
轩辌既低,步骑罗些㉘。
兰薄户树,琼木篱些㉙。
魂兮归来!何远为些。

【注释】

①像设:假想陈设的。闲:空间宽阔。

②邃:深邃。槛:栏杆。轩:走廊。

③网户:指门户被镂空雕刻。朱缀:在相交的地方涂上红色。方连:方格图案相连。

④突(yǎo)厦:结构重深的高堂大厦。

⑤径:直。复:这里指山谷里的水流曲折的样子。

⑥崇:丛生。

⑦奥:里间。尘筵:铺在地上的竹制作的凉席。

⑧砥室:指地面好像被磨平的磨刀石一样,光滑明亮。翠翘:翠鸟尾巴上的羽毛。

⑨齐光:色彩交相辉映的样子。

⑩蒻(ruò)阿:绵软的料子。帱:墙壁上的帐子。

⑪纂组绮缟:指四种颜色不同的丝带。纂,赤色的丝带;组,杂色的丝带;绮:有翻花纹的丝织品;缟:白色的丝织品。琦璜:美玉,形状是半璧的玉器。

⑫兰膏:用泽兰籽炼制的用以点灯的油脂。

⑬二八:二八十六岁。射:厌。递:交替。

⑭九侯:泛指楚国属下的许多个小国。迅:真正的。

⑮盛鬋:浓密的鬓发。鬋,下垂的头发。

⑯比:并。弥代:盖世的、冠绝的。

⑰弱颜:见人害羞而容颜有忸怩之状。固植:心志专一。謇:句首发语词。

⑱姱:美好的。修:美好的。絙:绵延。

⑲曼:长。睩:明眸善睐。

⑳靡:细致。腻:光滑。理:肌肤。𥇍:含情脉脉,顾盼生姿。

㉑修:被装饰的。

㉒高堂:高大的殿堂。

㉓红壁:用红泥涂墙壁,即红墙。沙版:用丹砂涂饰的板壁。玄玉:黑色的玉。

㉔桷(jué):方形的椽子。

㉕伏:倚着。

㉖屏风:荇莱,一种水生植物,紫色的茎。

㉗文:这里指波纹。文异:文彩奇异。豹饰:用豹皮做衣服,特指武士的战甲。陂陁:高低不平的山坡。

㉘轩:有篷的轻车。辌:有蓬有窗,可以卧息的安车。低:通抵,到达、抵达。

㉙薄:草木丛生。

【经典原意】

天上地下四面八方,到处都有险恶、豺狼。

看看你现在的居室,还是原来的模样,舒适、安宁的地方住着多么舒畅。

高高的大堂深深的屋宇,雕花的栏杆围着九曲的走廊。

亭台楼阁,依山傍水。

雕花的红色大门,方格图案相连紧。

冬天有温暖的深宫,夏天有凉爽的内厅。

山谷中小路绵绵,流水潺潺如优美乐曲一般。

阳光中微风吹来华草摇曳,阵阵兰香播撒心间。

穿过大堂进入内室,红色的地毯铺满地面。

光滑的墙上装饰着美丽的羽毛,还有晶莹的玉钩挂在上面。

翡翠珠宝镶嵌被褥,熠熠生辉色彩斑斓。

细软的丝绸罗纱的帐子,悬垂壁间。

多彩的丝带,系着美玉多么灿烂,

宫室中那些陈设景观,多姿多彩奇形怪状很是好看。

香脂制烛光焰通明,光下美人花容月貌明亮光鲜。

美丽少女来陪宿,倦了厌了再替换。

属下诸国的美丽女子,看不尽数不完。

各色美女，齐聚后院。
容颜姿态争奇斗艳，互相比拼谁最灿烂。
娇柔健美的少女，洋溢着青春的气息令人心旷神怡。
俏丽的容颜美妙的体态，让人流连忘返。
纤纤弯眉明眸婉转，顾盼之间秋波连连。
肌肤细腻如脂如玉，留下动人一瞥意味深含。
来在宫外消闲解闷，他们侍奉在君王身边。
张挂起翡翠色的帷帐，装饰那高高的殿堂。
红漆涂的墙丹砂涂的版，还有黑玉一般的大屋梁。
抬头看那刻满花纹的方椽，画的都是龙蛇形象。
坐在堂前凭倚栏杆，面对池塘一望无边，
塘中荷花开放点点，肥壮荷叶铺满水面。
紫茎的水葵挺立其间，风生水起涟漪一片。
身穿豹纹服饰的侍卫，守卫在山冈坡前。
有蓬有窗华丽的安车刚到，步骑随从已分列两边。
丛丛兰草种在门前，株株玉树权当做篱笆护院。
魂灵啊，回来吧！为何还要停留远方呢？

【原文】

室家遂宗，食多方些①。
稻粢穱麦，挐黄粱些②。
大苦咸酸，辛甘行些③。
肥牛之腱，臑若芳些④。
和酸若苦，陈吴羹些⑤。
胹鳖炰羔，有柘浆些⑥。
鹄酸臇凫，煎鸿鸧些⑦。
露鸡臛蠵，厉而不爽些⑧。
粔籹蜜饵，有餦餭些⑨。

瑶浆蜜勺，实羽觞些[10]。
挫糟冻饮，酎清凉些[11]。
华酌既陈，有琼浆些。
归来反故室，敬而无防些。
肴羞未通，女乐罗些[12]。
陈钟按鼓，造新歌些。
涉江采菱，发扬荷些[13]。
美人既醉，朱颜酡些[14]。
娭光眇视，目曾波些[15]。
被文服纤，丽而不奇些。
长发曼鬋，艳陆离些[16]。
二八齐容，起郑舞些。
衽若交竿，抚案下些[17]。
竽瑟狂会，搷鸣鼓些[18]。
宫庭震惊，发激楚些[19]。
吴歈蔡讴，奏大吕些[20]。
士女杂坐，乱而不分些。
放敶组缨，班其相纷些[21]。
郑卫妖玩，来杂陈些[22]。
激楚之结，独秀先些。
菎蔽象棋，有六簙些[23]。
分曹并进，遒相迫些[24]。
成枭而牟，呼五白些[25]。
晋制犀比，费白日些[26]。
铿钟摇簴，揳梓瑟些[27]。
娱酒不废，沉日夜些[28]。
兰膏明烛，华镫错些。

结撰至思，兰芳假些[29]。
人有所极，同心赋些[30]。
酎饮尽欢，乐先故些[31]。
魂兮归来！反故居些。

【注释】

①宗：尊崇之谓也。多方：多种多样。

②粢：小米。穱：早熟的稻麦等谷物。挐：掺杂。黄梁：黄小米。

③辛：辣。

④腱：腱子肉。臑（ér）：炖烂的样子。若：你。

⑤吴羹：吴地的汤。

⑥胹：煮。炰：烤。柘浆：甘蔗汁。

⑦鹄酸：用醋烹制的天鹅肉。臇（juǎn）：少汁的肉羹。鸿，大雁；鸧，一种鹤，水鸟。

⑧露：借为卤。臛：肉羹。蠵（xī）：大龟。厉：浓烈。爽：败。

⑨粔籹：用蜜和面粉制成的点心。饵：糕、饼。㶊餭（zhānghuáng）：即麦芽糖，又甜又粘牙。

⑩勺（zhòu）：通酌。羽觞：古代的一种酒器。

⑪酎（zhòu）：醇酒。

⑫通：齐备。

⑬涉江、采菱：都是楚国流传的歌曲。扬荷：也就是著名的《阳阿》，也是楚国的流行歌曲。

⑭酡：喝酒导致的脸红。

⑮娭光：形容撩人的目光。曾：通层。

⑯陆离：光彩绚丽。

⑰衽：衣襟。交竿：衣襟相交，好像竿子一样。抚：拍击。下：指弯腰下屈，在舞蹈时候常常有这个动作。

⑱狂会：繁弦急管。搷：击，敲鼓之谓也。

⑲激楚：楚国的歌舞曲名。

⑳吴歈：吴地的歌曲。蔡讴：蔡地的歌曲，都是指流行时尚的音乐享乐。

㉑组缨：系冠的丝带。班：通斑，斑点。

㉒妖玩:美女。

㉓菎蔽(kūnbì):饰玉的箭囊。象棋:象牙棋子。六簙:古代的博戏。

㉔分曹:相对的两方,分组。

㉕枭:古代赌博的术语。牟:取。五白:五颗骰子组成,意味着得此牌就可以取胜。

㉖犀比:犀角制的带钩,也用来当做赌胜负的彩注。白日:指一天的时光。

㉗铿:象声词。簴(jù):放钟的架子。揳:抚。梓瑟:梓木所制之瑟。

㉘沉:沉湎不起。

㉙结撰:构思。至思:努力思考。

㉚极:形容极乐。

㉛先故:祖先。

【经典原意】

全族的人都来了,丰盛的食品已经摆满。

有大米有新麦,还掺杂新鲜的小米分外香。

酸甜苦辣咸应有尽有,各种滋味全都用上。

肥牛的蹄筋最是佳肴,炖得酥烂美味扑鼻香。

备好各种美酒,端上吴地靓汤。

清炖甲鱼火烤羔羊,再蘸上新鲜的调料和琼浆。

醋熘天鹅肉煲煮野鸭汤,还有油炸的野味真叫香。

更有霸王别鸡熬成汤,味道鲜美又把身体养。

面饼米糕作点心,还加上很多麦芽糖。

晶莹如玉的美酒甜如蜜,斟满酒杯供人品尝。

新榨的清酒再冰冻,醇香可口心情舒畅。

豪华的宴席已经摆好,玉液琼浆珍馐佳肴还有美女伴身旁。

归来吧返回故乡,这里的人依然爱你敬你像往常。

丰盛的酒席还未撤去,舞女和乐队就已登场。

调好编钟摆放好大鼓,先把新作曲子来演唱。

唱罢《涉江》再唱《采菱》,更有《阳阿》美妙动听天下扬。

美人已经喝得微醉,面添红光露出娇羞的模样。

含情脉脉目光撩人，秋波流转摄人魂魄。
绣花的薄纱微露玉体，斑斓的色彩令人眼花。
长长的黑发高高的云鬓，细细的腰肢随你荡漾。
装饰一样的舞女，激情奔放舞场。
裙钗摇曳环佩叮当，婀娜多姿舞步轻扬。
吹竽乐手狂热地演奏，激情的鼓槌敲得震天响。
整个宫殿仿佛都在跳动，唱出的《激楚》悦耳动听。
献上吴地蔡地的俚曲，笙瑟鼓钟配成合声。
被酒和歌陶醉的男女，交织在一起不辨西东。
宽衣解带摘下帽子，面满红光缤纷鲜亮。
属国来的妖娆女子，纷至沓来跳进舞场。
《激楚》之歌的结尾，令人沉醉特别悠扬。
拿过雕花的赌具象牙的棋子，一起来玩六簙棋游戏。
分成两阵对弈搏杀，环环相扣紧紧相逼。
成为枭棋取得两鱼，五白特彩大呼快来。
玩着晋国制的犀角赌具，光阴飞逝也不在意。
编钟铿锵钟架齐晃，抚弦再把梓瑟弹起。
饮酒娱乐轻歌曼舞，沉湎其中日夜不歇。
带兰香的明烛多灿烂，华美的灯盏错落有致。
精心构思撰写文章，文采绚丽借得幽兰香气。
尽情地唱啊跳啊，再赋诗一首表达心意。
香醇美酒尽情畅饮，也让先祖故旧心旷神怡。
魂灵啊，回来吧！快快返故里。

【当代阐释】

亡灵归来：人间与幽界

当魂魄被巫阳从远方被招到故乡之后，在哪里安置这个亡灵呢？这是招魂辞的第二部分所描写的情景：人们在故乡为亡灵建筑了巨大豪华的墓穴，堪比人间甚至比人间更奢华。这个时候，巫阳是要在前面倒退着行走，引领魂魄，一边念着“魂兮归来”等咒语，一边手持工具，引导魂魄走入墓道。

这哪里是坟墓，分明是一座地下宫殿！

宫室建设无疑是辉煌的：亭台楼阁依山傍水，有雕花的红色大门。不论是大厅还是卧室都是奢华无比，连墙壁上都装饰了羽毛，更不用说随处可见的晶莹剔透的金银珠宝了，这是墓穴的居住情况；

侍从们大多是美丽的年轻女子，她们来自各个不同的国家，夜夜侍奉寝宿，轮流不休。容貌自然是争奇斗艳，身材自然是丰满美丽，皮肤也细腻如脂，五官则明眸婉转。对与男人而言，如果在阳间就能享受这么多的女子，那么他一定是君王无疑。这是墓穴的荒淫享乐。

最吸引人的无疑是饮食。有主食如大米和麦子、小米；有肉类，如肥牛的蹄筋、清炖的甲鱼、火烤的羔羊；有禽类，如醋熘天鹅肉、煲煮野鸭汤；还有饮料，如吴地靓汤、楚国的酒，如新榨的果汁、冰镇的琼浆。

最后，这位被招来的魂魄不仅可以享受这些物质，还能享受世间一切的游戏。他们赌博、唱歌、跳舞、赋诗不一而足。总而言之，就是吃喝玩乐，就是享受世间一切可以享受的东西，忘掉自己只是一个魂魄而已。

屈原这样写，看似奢侈，其实并不表明他主张人间的君王也奢侈。而是因为这不过是一首招魂辞，上述的种种享乐在现实中可能只是一些随葬品和墓穴的壁画。而之所以要用奢侈来招魂，这也是因为被招的魂魄是楚怀王。虽然怀王丧权辱国，但却为人诚信，且仁爱对民，所以成为了楚国的人们格外可怜的君王。所以，正是为了寄托哀思，才用这样的奢侈来纪念他。

而近些年许多楚墓的发掘，完全可以证实招魂所体现的写实性。

远一点的，如上世纪长沙子弹库楚墓出土的男子驭龙升天图、长沙陈家大山楚墓出土的龙凤导人升天图，都表现了招魂这种习俗的存在。长沙马王堆西汉墓出土的帛画，画有天上世界、人间世界、地下世界等丰富内容。这均表明在当时，楚国楚地特别注重人死后灵魂归宿的问题。

而2002年在湖北襄樊枣阳市发掘的九连墩楚国墓地，则佐证了墓穴的奢华。发掘发现了迄今为止全国规模最大、保存最完好、最壮观的车马坑。两个车马坑内随葬车辆共40乘，葬马88匹，其中一辆车驾马6匹，可谓奢华之至。墓葬是罕见的真马陪葬，马匹的尸骨保存得也很好。

此外，这次发掘还挖出了一套完整的木制礼器、乐器，以及迄今为止我国楚墓中最大的铜鼎，直径达82厘米、通高93厘米。出土了一批以前从未见过的遗物，如造型精美的虎座鸟架鼓、莲花豆座、铜马、人擎灯、雕花漆圆盒，另外还有一批目前还不知名称和用途的器物。

这些出土文物，大都是为了墓穴主人享乐而埋入的，无独有偶，这些文物也都是关乎吃喝玩乐的器具。这充分说明了《招魂》的描写是写实的。人间与幽界，虽然人鬼殊途，但在某些方面却也具有惊人的一致性。

【原文】

乱曰：献岁发春兮，汩吾南征[①]。
菉蘋齐叶兮，白芷生[②]。
路贯庐江兮，左长薄[③]。
倚沼畦瀛兮，遥望博[④]。
青骊结驷兮，齐千乘[⑤]。
悬火延起兮，玄颜烝[⑥]。
步及骤处兮，诱骋先[⑦]。
抑骛若通兮，引车右还[⑧]。
与王趋梦兮，课后先[⑨]。
君王亲发兮，惮青兕[⑩]。
朱明承夜兮，时不可以淹[⑪]。
皋兰被径兮，斯路渐[⑫]。
湛湛江水兮，上有枫[⑬]。

目极千里兮，伤春心。

魂兮归来！哀江南！

【注释】

①乱：乱辞，尾声，小歌。献岁：进入新的一年。汩：形容时间流逝很快。

②菉：荩草。蘋：一种生于浅水的水草。白芷：生在南方的香草。

③贯：贯通。庐江：长江的一条支流。长薄：树林绵延不断。

④倚：沿着。畦：水田。瀛（yíng）：大水泽。博：旷野。

⑤青骊：青黑色的马。驷：四匹马拉的车。

⑥悬火：点上火把，来驱赶野兽。玄颜：此处指黑色的天空。烝：烟气蒸腾，烟气熏天。

⑦步：徒步。骤处：让乘车的随从停下来。诱：诱导，这里指打猎的向导。

⑧抑：勒马。骛：奔驰，和抑相对。若：顺，指进退自如。

⑨梦：指云梦泽。课：比试。

⑩惮青兕：拔箭射猎物。

⑪朱明：太阳。

⑫皋：水边的高地。渐：遮住、淹没。

⑬湛湛：形容水的样子。

【经典原意】

尾声：春天到来，花儿待开，我匆忙向南行去。

水中的绿苹长出片片新叶，刚生新绿的白芷又吐芳馨。

道路贯通穿越庐江，连绵的丛林铺满左岸上。

沿着沼泽往前走，一望无垠的水田伸向远方。

四匹青黑色的马儿驾着一乘车，后面千乘随驾去打猎。

点起火把燃起篝火，透红的火光耀明夜空。

步行的随从快点赶，狩猎的向导又先驰骋。

勒马纵马技术精，进退自如左右行。

与君王一起驰猎场，赛一赛谁先谁后有本领。

君王拔箭射猎物，却怕射中青兕灾祸生。

红日一出放光明，狩猎正酣不肯停。

猎物钻进草丛里，草盖小路无处寻。

清澈的江水潺潺流，岸上有成片的枫树林。

极目远眺千里地，春色多么引人伤心。

魂灵啊，回来吧！江南堪哀难以忘情！

【当代阐释】

尾声：哀江南

六朝的时候，著名文学家庾信写下了千古名篇《哀江南赋》，这其中的“哀江南”一语，正是出自本篇最后一句诗：

目极千里兮，伤春心。

魂兮归来！哀江南！

这一段，是屈原正式把楚怀王的魂魄招来之后，完成仪式，则作歌吟咏。于是这段小小的抒情诗，在盛大的招魂之后，显得格外清新动人。这是春意盎然的时刻，青山隐隐，绿水迢迢。我骑着马儿沿着河流走过，身后留下的马蹄印，散成一点点对往事的追忆。这些往事，纷繁芜杂，让四月的春天变得残酷而血腥。那曾经孔武有力的君王，曾经与我一起在草丛中打猎射杀恐怖巨犀的君王，如今却已经化作一缕孤魂，游荡在楚国之外。幸亏我招魂让君王回来，然而我的君王却再也不能返回人间了。

屈原向着远方眺望，伤心着温暖却又悲哀的春天。

长沙，是楚国首封之地，也是楚国先王的祖庙所在地。因此，楚怀王死后的灵魂，可能被引导到长沙的祖庙里。那么，屈原为怀王招魂的仪式也可能是在长沙举行的，本篇《招魂》也或许是在长沙写作的。长沙，成了哀江南的焦点。

而这首短短的终曲，也因为极具悲剧意识而被后人铭记。“哀江南”，成为了表现曾经的辉煌而今归于尘埃这种历史悲剧的代名词。除了庾信那首哀叹梁朝的首都南京被叛臣侯景焚毁的《哀江南赋》之外，还有很多文学作品都用这个题目来表达悲剧。如孔尚任《桃花扇》

里面的一套北曲也叫做《哀江南》，也是文辞哀婉，与本篇屈原在南方的土地上悲伤流浪的意境十分吻合，也成为名作：

“俺曾见金陵玉殿莺啼晓，秦淮水榭花开早，谁知道容易冰消！
眼看他起朱楼，眼看他宴宾客，眼看他楼塌了！
这青苔碧瓦堆，俺曾睡风流觉，将五十年兴亡看饱。
那乌衣巷不姓王，莫愁湖鬼夜哭，凤凰台栖枭鸟。
残山梦最真，旧境丢难掉，不信这舆图换稿！
诌一套《哀江南》，放悲声唱到老。”

【国学故事】

楚怀王的故事

如果说在屈原的《楚辞》中出现频率最高的人物是谁，那么一定非楚怀王莫属。《招魂》一诗，就是屈原为楚怀王招魂。那么，这个楚怀王到底何许人也？他为什么让屈原又爱又恨，又是怎样在历史上留下他的事迹？

楚怀王的故事，大都记录在司马迁的《史记》里，可以说，楚怀王的一生是悲剧的一生。只有理解他的生命，才能体会屈原写下如此情义深挚的作品的缘由。

楚怀王，芈姓，熊氏，名槐，所以大多数时候他被称作熊槐。公元前329年，他的父亲楚威王去世，于是身为太子的熊槐即位，成为新一代楚王。初即位的楚怀王，面临着北方秦国那虎视眈眈的威胁，还是立志要做一个有为之君的。比如，刚刚登基的楚怀王很重用屈原，任命屈原为左徒，类似于今天的美国国务卿。甚至出行也常常和屈原在一起，听从屈原的意见，对内修治内政，对外和齐国结盟，时刻准备应付秦国的攻势。此时的楚怀王，扎实能干，朝廷内外也甚是得民心。

楚国一直是大国，但是在战国的后期屡次的战乱导致国力越来越衰弱。楚怀王一直很想恢复楚国的荣光，但是他性格过于急躁，容易意气用事。后来，他又娶了郑袖，于是越发的荒淫无度起来。对屈原也越来越疏远。屈原屡次劝谏，楚怀王不仅不停，还觉得屈原很烦人，于是找了个理由把他从核心决策机构撵走了。此时，楚怀王开始任用佞臣令尹子兰、上官大夫靳尚，宠爱南后郑袖，致使国事日非。

这下，在一旁虎视眈眈的秦国可高兴啦。秦惠王想攻伐齐国，但是为齐、楚结成联盟而担心，便派张仪入楚游说楚怀王。张仪到了楚国，就故意利诱楚怀王说，“只要楚国与齐国断交，同秦国结盟，秦国就会把商、於之地的六百余里归还楚国。”楚怀王的一些大臣苦劝不可，但是他宠信的一些大臣却支持，贪图土地的怀王于是答应了。下令与齐断绝关系，并派人入秦受地。

谁知道，张仪一回到秦国，佯装摔伤脚，三个月不露面。楚怀王得知之后，竟以为是因为自己与齐国绝交不够坚决，于是又派人到齐国大骂齐王。这下，齐王被惹得大怒，遂决定抛弃楚国与秦结盟。这下，正好符合秦国“远交近攻”的策略。于是张仪告诉随行的楚国将领，自己答应楚王的，不是六百里商、于之地，而是自己的奉邑六里。

楚国的使臣返回楚国，把张仪的话告诉了楚怀王，楚怀王大怒。起兵十万攻打秦国，却被齐、秦联军于丹阳（今豫西南丹水之北）击败，折兵八万，楚将屈丐等 70 多人被秦军俘虏。秦国随即占领了丹阳和汉中等地，置汉中郡。秦国的巴蜀郡与汉中郡于是连成一片，既排除了楚国对秦国本土的威胁，也使秦国的疆土更加扩大了六百多里。

楚怀王遭此失败，恼怒不已，于是举倾国之兵攻秦，再惨败于蓝田，只好再割两座城池与秦国讲和。秦王提出，用商于之地换取楚国黔中之地。商于之地本来就是楚国的，楚怀王竟然答应了。他说：“我恨死张仪那个小人，只要得到张仪并亲自诛之，愿将黔中之地奉送。”张仪于是置生死度外，只身到了楚国，买通了靳尚和郑袖，暂时蒙蔽了楚怀王。张仪向楚王提出，他可以向秦王建议不要黔中之地，只要两国太子互为人质，就能永远修好。楚怀王对此十分高兴，接受了张仪的条件。

其实，这只是张仪的缓兵之计。不久，张仪偷偷离开楚国逃到秦国。一场变故下来，楚国不仅损兵折将，而且连张仪也没能杀掉出气。楚怀王引以为奇耻大辱。

这时候，齐国国君齐闵王派人给楚怀王一封信，希望齐楚两国能够再次合纵。楚怀王看了信，犹豫不决，和大臣们讨论也意见纷呈，最后昭睢说服了楚王。楚怀王终于答应齐王，退出和秦国的连横，改和齐国合纵了。

四年后，秦王去世。新即位的秦昭襄王一上任，就派人送了份厚礼和几个美女给楚怀王，主动和楚国亲善。楚怀王又背叛合纵，改投靠秦国了。这下，楚怀王又惹恼了齐国，于是齐国和魏国合兵讨伐楚国的背叛，楚怀王赶紧让太子到秦国做人质，向秦国求救。秦国出兵后，齐国也就罢兵了。没想到，一波未平，一波又起，才在秦国呆了一年的太子，因为私事和秦的一位大夫斗殴。楚国太子一怒之下杀了秦大夫，并偷偷溜回了楚国。

秦王大怒，发兵攻楚，大败楚军，杀两万人，攻占了重丘。第二年，秦军又杀楚军两万，杀楚将军景缺。楚怀王让太子转到齐国去做人质，请求齐国的谅解，希望齐国看在旧日联盟的分上拉自己一把。可早已经被楚怀王几次背叛折腾的齐国再也不理楚国了。无奈，楚国只好向秦国求和。

没想到，秦王居然写了封信邀请楚怀王到秦国去和他结盟。楚怀王犹豫不决，去吧，担心又被骗；不去吧，秦国大兵压境。真是进退两难。这时候，他的儿子子兰说："秦王这次可能没有什么坏心，还是去吧。"于是，楚怀王就启程到了秦国。

一到咸阳，秦昭王就对楚怀王说："你把巫和黔中两个地方永久割给秦国，我们再来谈结盟的事情。"楚怀王大呼上当，坚决拒绝了秦王的要求。秦王微微一笑，似乎早就料到了，于是挥挥手，楚怀王就被软禁了。

消息传到楚国，朝廷哗然，为了防止秦国拿楚怀王来讹诈楚国，于是赶紧把太子从齐国借来登基，是为楚顷襄王。秦王一看讹诈没成功，于是出兵攻打楚国，杀了五万人，夺了几座城池而去。

可怜的楚怀王在秦国惶惶不可终日，终于得到一个机会逃跑了。他向东跑到了赵国，想从赵国绕路回楚。结果赵王害怕秦国，不让楚怀王从赵国经过，楚怀王于是赶紧去魏国，结果在路上被追赶的秦军捉了个正着。

第二年，楚怀王就病死在秦国。

秦国在楚怀王死后做了件算作人道的事情，把他的遗体送还楚国。楚怀王虽然先后被秦国秦惠王、秦武王、秦昭襄王祖孙三代欺负哄骗，但对国内百姓还算仁爱，且老百姓都觉得怀王很可怜，于是很哀伤的安葬了楚怀王。

【文化常识】

端午节的三重来源

农历五月初五，是我国传统的端午节，又称端阳、重午、端五节。早在周朝，就有“五月五日，蓄兰而沐”的习俗。在今天，这种习俗已经越来越深厚，比如龙舟竞渡的运动项目、作为民族特色食品的粽子、悬挂艾叶菖蒲、洒雄黄水，饮雄黄酒等。而且，今天端午节的众多活动已经完全与纪念屈原有关了。这样多的民间风俗都附着在端午节，也附着在屈原一个人身上，这是中国其他的节日都不具备的。

其实，端午节的来源有好几种。除了纪念屈原，其他比较重要的说法还有纪念伍子胥、起于三代夏至节、吴越民族图腾祭、黄巢起义等说法。

我们在这里，主要讲三种最有名的传说，即屈原、伍子胥和黄巢起义。

六朝的吴均在《续齐谐记》中记载：

屈原五月五日自投汨罗而死，楚人哀之，每至此日，辄以竹筒贮米，投水祭之。汉建武中，长沙欧回忽见一人自称三闾大夫，谓君见祭，甚善，但常为蛟龙所窃，可以楝树叶塞其上，以五彩丝缚之，此二物蛟龙所惮也。回依其言，世人作粽，并带五色丝及楝叶，皆汨罗之遗风也。

按照这个记载，可以知道，屈原投江自尽后，当地人特别怜悯他，于是都纷纷来到江上纪念他。但直到汉代，人们才知道水中有蛟龙与屈原争夺祭品，于是人们就用粽叶来包裹食物投进江中，以免蛟龙侵害屈原。后来还有人把雄黄酒倒入江中，据说，雄黄酒灌醉了蛟龙，浮上了水面。人们就把蛟龙拉上岸，抽了筋，然后把龙筋缠在孩子们的手、脖子上，又用雄黄酒抹七窍，有的还在小孩子额头上写上一个“王”字，使那些毒蛇害虫都不敢来伤害他们。这就是屈原的传说。

而另一个传说，是说端午节纪念伍子胥。

伍子胥，名员，春秋时期楚国人。他父亲伍奢是楚太子建的老师，后来，伍奢因得罪了楚王，全家100多人被楚平王所杀，而伍子胥幸免于难逃到吴国。后结识吴公子光，并帮助公子光夺得王位，号称吴王阖闾。伍子胥忠心耿耿帮助吴王西破强楚，北威齐晋，南服越人，吴国国力达到了鼎盛之势。吴王阖闾去世后，伍子胥继续辅佐夫差即位，帮助吴国打败越国。

但是，吴王夫差骄傲自大，越来越不相信伍子胥，甚至听信伯嚭谗言，最终将伍子胥赐死。五月初五，吴王夫差更残暴的把伍子胥的尸体装在皮革里投入大江。伍子胥死后三年，吴国被越所灭，夫差掩面自杀。

东汉的一块碑《曹娥碑》上说，每年农历五月初五，浙江上虞人民要迎涛而上，迎接“伍君”。这说明伍子胥的传说也是很古老的。但随着时间的渐渐推移，不管是纪念伍子胥还是纪念屈原，这些风俗逐渐合二为一了。

第三个传说则并不可信，然而在历史上却流传甚广。据说，唐僖宗年间，农民军黄巢领兵造反，所到之处，烧杀抢掠，血流漂杵。很多老百姓听见黄巢来了就纷纷逃难，害怕被黄巢杀掉。

这年的五月，黄巢的军队攻进河南，兵临邓州城下。准备第二天大举进攻。黄巢亲自骑马到城外观察，只见一妇人背着包袱，手里抱着个男孩像是在逃荒，于是感到很奇怪，就上前询问。那妇人说，“听说黄巢杀人不眨眼，很快就要攻进邓州。城里的男人都去守城，女人只能带着孩子逃命了。”

黄巢听了，觉得很惭愧，于是对这妇人说：“你不用逃难了，黄巢不

是你说的那个样子，你回去把菖蒲和艾草插在门口，这样谁也不会伤害你们家的人了。”妇人听了，半信半疑，于是回到城里把这个消息告诉了父老乡亲。

第二天正是五月初五，黄巢的军队攻进城里，见家家户户门上都挂了菖蒲艾草。于是黄巢下令，谁也不许烧杀抢掠，而这座城市也得以保全。为了纪念这件事，此后每到端午节，大家就会在门上插菖蒲、艾草，用作辟邪、保佑。

关于端午节的三个传说，我们认为都不能完全相信，但也不能完全认为是错的。因为民俗的发展和人口的流动，让这些传说的根源并不重要，重要的是流传的习惯和民俗本身。

所以，让我们珍惜自己的民族文化，不要再让其他国家偷窃我们的文化。

《九辩》

【导读】

九辩，是中国文学史上第一篇悲秋的诗歌。从此，“伤春悲秋”成为中国古典诗歌的经典之美。

悲哉秋之为气也！萧瑟兮草木摇落而变衰。

憭慄兮若在远行；登山临水兮送将归。

这两句，已经成了悲秋的绝唱。

那么，《九辩》是什么意思？谁写的？为什么要写？

屈原曾写过：“夏启则《九辩》、《九歌》，以上傧于天”，由此可知，九辩，就是把一首曲子唱“九遍”。反复吟咏，一唱九叹，真可谓情深意挚了。难怪明代的王夫之说：“辩犹遍也。一阕谓之一遍。……可以被之管弦。其词激荡淋漓，异于风雅，盖楚声也。”鲁迅先生在《汉文学史纲要》中也评价说：“《九辩》，本古辞，玉取其名，创为新制，虽驰神逞想，不如《离骚》，而凄怨之情，实为独绝。”

而这篇“悲秋变奏曲”的作者，就是宋玉。王逸说：“闵惜其师忠而放逐，故作九辩以述其志。”意即，宋玉感叹其老师屈原的悲惨命运，所以写下了这首《九辩》。那么，就让我们感受这种扑面而来的秋天的悲怆吧。

【原文】

悲哉秋之为气也！萧瑟兮草木摇落而变衰①。
憭慄兮若在远行；登山临水兮送将归②。
泬寥兮天高而气清；寂漻兮收潦而水清③。
憯凄增欷兮薄寒之中人④。
怆怳懭悢兮去故而就新；坎廪兮贫士失职而志不平⑤。
廓落兮羁旅而无友生；惆怅兮而私自怜⑥。
燕翩翩其辞归兮，蝉寂漠而无声⑦；
雁廱廱而南游兮，鹍鸡啁哳而悲鸣⑧。
独申旦而不寐兮，哀蟋蟀之宵征⑨。
时亹亹而过中兮，蹇淹留而无成⑩。

【注释】

①秋之为气：秋天之所以是秋天，是因为其有着与众不同的气息。萧瑟：形容草木被风吹动的样子，凄清寒冷。摇落：动摇，脱落，指树叶落下来。

②憭慄（liáolì）：凄怆、凄凉。若：语气助词。登山临水：就是登高远望。

③泬寥：旷荡空旷的样子。潦：积水。收潦而水清：秋天的时候，溪水格外显得清澈。

④憯凄：悲痛的样子。薄，迫近。

⑤怆怳（chuànghuǎng）、懭悢（kuǎnglǎng）：都指失意。坎廪：困顿不得志。

⑥廓落：落寞，孤寂。羁旅：寄居外地。友生：友人。私自怜：自己为自己的境遇而悲伤。

⑦辞归：这里指冬季到来之前，燕子离开这里飞到南方。

⑧廱廱（yōng）：雁鸣声。鹍（kūn）鸡：一种黄白色的鸟，似鹤。啁哳：鸟鸣的声音，形容很细很密集。

⑨申旦：由半夜到凌晨。宵征：夜行。

⑩亹亹（wěi）：向前走不停止。过中：生命走完了一半。蹇：句首的发语词。

【经典原意】

秋天的气氛啊最引人悲伤，草枯叶落万物凋零大地一片萧瑟景象。

凄凉的景象就像我漂泊去远方，离故乡别亲人万分感伤。

秋高气爽更显天宇空旷悲凉，寂寥啊雨水停止秋水变清。

微微寒气袭来已觉凄凉，悲怆啊去沦落背井离乡，坎坷啊贫士失官心中志向难忘。

孤独啊流落他乡没有亲人和朋友，惆怅啊形单影孤自我哀伤。

燕子翩翩飞去温暖的南方，鸣叫的蝉儿也不愿发出声响。

大雁鸣叫着向南翱翔啊，鹍鸡啾啾不停的悲声啼唱。

独自通宵达旦难以入眠啊，蟋蟀的哀鸣更让我悲伤。

时光匆匆我已经过了中年，岁月艰难仍一事无成。

【当代阐释】

《九辩》的序曲

《九辩》，意思就是一首歌曲被演奏了九次。我们可以想象一下，这种乐曲格式在今天的音乐领域可能就是所谓的“变奏曲”。《九辩》有一个音乐主题，即悲秋和伤怀。这个主题在每次的被演奏中都被呈示出来，但每一次呈示的风格又都不同。那么，此处的一段，就是这个主题的第一次被呈示，也是全篇的序曲。

这首曲子的主题是“悲秋”，可这是怎样的一个秋天呢？我们首先看到的，是一个短小的乐句“悲哉”，随即就是一个重重的休止符：感叹号。那么，这就像贝多芬那首著名的“命运”交响曲一开头那个著名的乐句一样，奠定了全篇的感情基调。

究竟是怎样的秋天引得诗人如此感伤？我们顺着他的眼睛看出去，却发现这是个很美的秋天，草木摇落、山高水清，这是一个萧瑟的秋天，而这美也是一种萧瑟的美。诗人就在这种萧瑟之美中，感受秋天的滋味，感受他的个人遭遇，感受他的爱与恨。这就像那首好听的歌曲，由陈淑桦演唱的《流光飞舞》中所唱的一样：半冷半暖秋天，熨帖

在你身边。静静看着流光飞舞，那风中一片片红叶，惹心中一片绵绵。留人间多少爱，迎浮生千重变，跟有情人做快乐事，别问是劫是缘。

那么，这位诗人的平生，是劫还是缘？

那么，读完这首诗后的我们，是劫还是缘？

【原文】

悲忧穷蹙兮独处廓，有美一人兮心不绎[①]。
去乡离家兮徕远客，超逍遥兮今焉薄[②]？
专思君兮不可化，君不知兮可奈何[③]！
蓄怨兮积思，心烦憺兮忘食事[④]。
愿一见兮道余意，君之心兮与余异[⑤]。
车既驾兮朅而归，不得见兮心伤悲[⑥]。
倚结軨兮长太息，涕潺湲兮下霑轼[⑦]。
忼慨绝兮不得，中瞀乱兮迷惑[⑧]。
私自怜兮何极，心怦怦兮谅直[⑨]。
皇天平分四时兮，窃独悲此凛秋[⑩]。
白露既下百草兮，奄离披此梧楸[⑪]。
去白日之昭昭兮，袭长夜之悠悠[⑫]。
离芳蔼之方壮兮，余萎约而悲愁[⑬]。
秋既先戒以白露兮，冬又申之以严霜[⑭]。
收恢台之孟夏兮，然欿傺而沉臧[⑮]。
叶菸邑共患难而无色兮，枝烦挐而交横[⑯]；
颜淫溢而将罢兮，柯仿佛而萎黄[⑰]；
萷櫹椮之可哀兮，形销铄而瘀伤[⑱]。
惟其纷糅而将落兮，恨其失时而无当[⑲]。
揽騑辔而下节兮，聊逍遥以相羊[⑳]。
岁忽忽而遒尽兮，恐余寿之弗将[㉑]。

悼余生之不时兮，逢此世之俇攘[22]。
澹容与而独倚兮，蟋蟀鸣此西堂[23]。
心怵惕而震荡兮，何所忧之多方[24]！
卬明月而太息兮，步列星而极明[25]。

【注释】

①廓：空旷、辽阔。绎：很愉快、开心。

②徕远客：来成为远行的客人，指羁旅四方。薄：接近。

③不可化：无法化解。

④烦憺：烦闷、惆怅。

⑤道：说出。

⑥朅(qiè)：去，离去。

⑦结軨(líng)：古代车厢前面和左右两面均用交错的木条结成，形似窗棂。潺湲：流貌，这里指流泪不绝貌。轼：古代车前面的横木。

⑧忼慨：慷慨。绝：尽。瞀乱：心中很乱。

⑨怦怦：内心急切。

⑩平分四时：一年四季。凛：寒冷。

⑪奄：忽，形容速度很快。离披：枝叶分散低垂、萎靡不振的样子，此处或指被摧残。

⑫昭昭：光明之貌。

⑬芳蔼：芳香而茂盛。萎约：身体疲病而忧贫也。

⑭戒：警戒。申：重申、强调。

⑮恢台：广大旺盛的样子。欿傺(kǎn chì)：停止，这里指草木繁盛的景象停止了。

⑯菸(yān)邑：枝叶枯萎的样子。烦挐：牵缠纷乱。

⑰淫溢：过分、泛滥。罢：疲敝。仿佛：形容暗淡看不清楚。

⑱萷：树梢。櫹槮(qiūshěn)：叶子落光之后光秃秃的样子。销铄：焦枯。

⑲纷糅：形容枯枝和败草混在一起。无当：不值、不逢。此处诗人感慨自己生不逢时。

⑳骓：骖马，驾在车辕两边的马。节：马鞭。相佯：徘徊。

㉑遒：迫近年关，因为秋天之后是冬天。将：长。

㉒徨攘(guàngrǎng):纷纷扰扰的样子。

㉓容与:迟缓不前犹犹豫豫的样子。西堂:西厢房的前堂,泛指西边的堂屋。

㉔怵惕:惊恐。多方:多方面。

㉕步列星:在星光下独自散步。极明:等待至天亮。

【经典原意】

悲愁苦闷啊独处空旷之地,忠良臣啊心中悲苦凄凉。

远离亲人啊客居他乡,漂泊不定啊不知未来在何方?

思念君王的心啊不肯改变,君王不知啊我有何良方?

悲苦无奈啊郁积在心,心中烦闷啊毫无食欲。

多想见君一面啊诉说心思,我深知君王心思啊与我相异。

驾起马车啊去了还得回,见不到君王你啊我更伤悲。

倚靠着车厢啊长长叹息,泪水涟涟啊沾满车轼。

与君王慷慨决绝啊实在不忍心,思绪纷乱啊心惑神迷。

自我哀怜啊何时可了啊,这颗诚实正值的心啊谁人能知。

上天平分一年四季啊,我却独自对寒秋叹息。

白露降下百草把头低啊,霜打得的树叶飘离梧桐枝头远去。

长长的白日就要远去啊,悠悠黑夜慢慢来临。

百花繁茂的时节已经过去啊,余下枯木衰草令人悲伤。

白露先降带来深秋的信息啊,预示着随后即有冬天的严霜。

繁茂的夏日已经过去,万物生机也已停止。

叶子干枯没有了色彩啊,光秃的枝条交叉纷乱在风中抖。

草木凋谢无颜色啊,树干萎黄就要枯朽。

光秃秃的枝梢真可哀啊,焦枯毁伤的树形实堪忧。

想到枯枝落叶衰草相杂糅啊,怅恨生不逢时无奈不在好时候。

抓住缰绳放下鞭子让马儿缓缓的行啊,百无聊赖随着马儿悠闲的徜徉在小路上。

岁月匆匆岁暮将至啊,恐怕我的寿命也难久长。

痛惜我生不逢时真无奈啊,遇上这乱世纷扰我无能为力。

独自徘徊凭栏靠,蟋蟀的鸣声从西堂传出。

心哀伤听鸣叫大受震动啊，为何这么多的忧愁萦绕不休？

仰望凄惨的明月深深叹息啊，在月光下徘徊整夜不休。

【当代阐释】

第二辩：寂寞的变奏

《九辩》的第二个小节，寂寞变奏曲。因为诗人把全部情绪都倾泻在一个词汇上——寂寞。这种寂寞来自何方？

第一种是秋天的凄凉天气，让诗人想起了自己的身世飘零，不能在世间找到自己的寄身之地，这是一种外在的寂寞：

世间的欲望如花儿般开放，有道德的人只挑选最适合自己的那一朵去采摘，而不会放纵自己的欲望。诗人流离世间，亦只看到一朵花儿是最美的。只是，“有美一人心不绎”，这最美的却并不以他为美。这个隐喻，其实能看到屈原的影子。是的，诗人也用美人来表达自己在世间的种种坎坷，表达自己的不遇明主，所以悲伤寂寞的心情。

另一种寂寞，是时间的无限流逝和个人生命的有限匆忙之间的张力，这是永恒的寂寞：

诗人从世间的不遇，随即转到了对时间的无奈。他吟咏了秋季，继续哀叹冬季，一次次的悲伤，一次次的失望。他从岁月的流逝中终于品出了生命短暂的况味，和这种人生苦短相比，是否遇到明主的意义也就打了折扣，而这却带来了更大的寂寞和虚无。

于是，第一小节中的“悲秋”，一下子就变奏成了一种超越四季变幻的“寂寞”。寂寞的诗人，在一个寂寞的时刻寂寞的唱着一首寂寞的歌曲。正如一首歌曲所唱的“孤单，是一个人的狂欢；狂欢，是一群人的孤单。”

好吧，让我们聆听宋玉的声音，这是寂寞在唱歌。

【原文】

窃悲夫蕙华之曾敷兮，纷旖旎乎都房[①]；

何曾华之无实兮，从风雨而飞飏[②]？

以为君独服此蕙兮，羌无以异于众芳[③]。
闵奇思之不通兮，将去君而高翔[④]。
心闵怜之惨凄兮，愿一见而有明[⑤]。
重无怨而生离兮，中结轸而增伤[⑥]。
岂不郁陶而思君兮？君之门以九重[⑦]。
猛犬狺狺而迎吠兮，关梁闭而不通[⑧]。
皇天淫溢而秋霖兮，后土何时而得漧[⑨]！
块独守此无泽兮，仰浮云而永叹[⑩]。

【注释】

①曾：层层叠叠。敷：花朵绽放的样子。旖旎：繁盛美好，形容花都开好了。都房：壮丽的房子。

②华：花朵。实：果实。

③服：佩戴。蕙：这里是诗人的自况。众芳：其他的人，也指贤臣。

④闵：悲悯，感伤。奇思：指不同寻常之思，这里指忠心。

⑤有明：指自己很清楚自己的表白。

⑥结轸：心中的愁思郁结成块，导致心中不舒服。增：增加。

⑦郁陶：强烈的郁闷和惆怅，不能排解。九重：天子的大门有九重，这里指天宫的大门难以进入，比喻无法得到重用。

⑧狺狺（yín）：狗吠的声音。梁：桥梁。

⑨淫溢：逐渐浸染。后土：大地，即“皇天后土”的后土，在古代在宗庙里祭祀的土神或地神。

⑩块：块然，形容诗人的孤独和怅然若失的样子。无泽：义谓没有恩施。

【经典原意】

暗自悲叹蕙花也曾吐露芬芳啊，竟展美姿于华堂。
层层花儿千娇百媚为何没能结果啊，已随着风雨四处飘荡？
曾以为君王独爱这蕙花香啊，谁知你将它视同众芬芳。
可怜我空有大志难实现啊，将要离开君王去飞翔。
满怀悲凉凄惨难忍受啊，多想见一面君王倾诉衷肠。

我本无罪为何而离去啊，愁思郁结而更添忧伤。

启不知郁结而思更想见君王。宫门深邃却有九重阻挡。

猛犬对你疯狂地叫啊，关口把守桥梁封闭道路不畅。

秋雨绵绵接连不停地降啊，大地几时能有干燥土壤？

孤独凄凉守在荒芜沼泽地啊，仰望浮云飘荡在天叹声长长。

【当代阐释】

第三辩：思念的变奏

这第三节，可以说成是“思念的变奏”，因为诗人在这一小节叙述了自己之所以寂寞的原因，即他被迫离开君王，尽管他无限思念，却连宫廷的大门也无法进入。

于是，“悲哉”的主题，变成了对这种“思君不见令人老”的情感的变奏。在诗人的眼里，这位君王特别值得爱慕。他其实就是上一节中的“美人”。只见这位君王身着美服，佩戴香花芳草。俨然是一位道德、品行和外貌都特别出色的人。难怪诗人如此的爱慕。只是，这位君主似乎并不待见这位诗人，他的余光扫过诗人，然后移向了远方。

诗人百般努力，也不能相见。他心中的悲凉和凄惨难以表达，只能看着君王远去的背影，独自倾诉衷肠。他把这种爱而不见的痛苦表达得淋漓尽致，“君王的大门有着九重的阻拦，门口还有一群大狗在守卫。更不用说被关闭的通道和桥梁。”这种人间相隔，是诗人无法排解的忧郁。

这一段的情感变奏，特别令人动容。只有寂寞过的人，才能体会到那种感觉：在四面的孤独中突然发现一个人如同一道阳光一样，可以驱散自己全部的黑暗。而突然有一天这道阳光被重重墙壁所遮挡，那么，这种痛苦是难以言传的。所以，这一小节才会变成了思念的变奏曲。

“悲哉”的主题，到了这一小节显得格外凄凉，是的，这个世界上没有什么比思念更凄凉的事情了。

【原文】

何时俗之工巧兮，背绳墨而改错[①]！
却骐骥而不乘兮，策驽骀而取路[②]。
当世岂无骐骥兮？诚莫之能善御[③]。
见执辔者非其人兮，故驹跳而远去[④]。
凫雁皆唼夫粱藻兮，凤愈飘翔而高举[⑤]。
圜凿而方枘兮，吾固知其鉏铻而难入[⑥]。
众鸟皆有所登栖兮，凤独遑遑而无所集[⑦]。
愿衔枚而无言兮，尝被君之渥洽[⑧]，
太公九十乃显荣兮，诚未遇其匹合[⑨]。
谓骐骥兮安归？谓凤凰兮安栖[⑩]？
变古易俗兮世衰，今之相者兮举肥[⑪]。
骐骥伏匿而不见兮，凤凰高飞而不下[⑫]；
鸟兽犹知怀德兮，云何贤士之不处[⑬]？
骥不骤进而求服兮，凤亦不贪餧而妄食[⑭]。
君弃远而不察兮，虽愿忠其焉得[⑮]。
欲寂漠而绝端兮，窃不敢忘初之厚德[⑯]。
独悲愁其伤人兮，冯郁郁其何极[⑰]！
霜露惨凄而交下兮，心尚幸其弗济[⑱]；
霰雪雰糅其增加兮，乃知遭命之将至[⑲]。
愿徼幸而有待兮，泊莽莽与壄草同死[⑳]。
愿自直而径往兮，路壅绝而不通[㉑]；
欲循道而平驱兮，又未知其所从[㉒]，
然中路而迷惑兮，自压桉而学诵[㉓]。
性愚陋以褊浅兮，信未达乎从容[㉔]。

【注释】

①绳墨:绳线和墨斗,木工用以打直线的工具,这里指规则和法度。

②驽骀:劣马,比喻材质很差的人。

③诚:实在。

④骗(jú)跳:形容马的跳跃。去:离开。

⑤唼(shà):指水鸟和鱼吃东西。粱:稻谷、高粱,或指小米之精细者。藻:水草、水藻。

⑥圆凿而方枘:凿是榫眼,枘是榫头。方榫头,圆榫眼,两不相合,比喻不相投合。钽铻:即龃龉,指彼此之间不能和谐共存。

⑦登栖:息止,栖息之谓也。遑遑:形容来来往往、坐立不安的样子。

⑧衔枚:古代军队秘密行动时,让兵士和马匹口中横衔着枚(像筷子的东西),防止说话,以免敌人发觉。此处指闭口无言。渥洽:深厚的恩泽,这里指关系的亲密无间。

⑨太公:姜子牙。匹合:投合。

⑩安:疑问词提前。

⑪相者:相马的人,如伯乐。举:推举。肥:马的肥瘦程度。

⑫匿:躲藏。

⑬不处:不留。

⑭服:驾车。贪餧:贪图牧人的饲养,餧(wèi),喂养。这里指一个有能力的人绝不会追求世俗的功利。

⑮察:考察。

⑯绝端:断绝端绪。初:当初。

⑰冯(píng):内心的愤怒。郁:愁闷。极:终点、尽头。

⑱幸:希望。济:成功。

⑲霰:雪粒。雰糅:形容雪粒纷纷飘飞的样子。

⑳徼幸:即侥幸。泊:停止。莽莽:形容无边无际。壄(yě)草:野草;壄,即野的古代写法。

㉑愿自直而径往:直接过去的意思。壅绝:壅塞、堵塞。

㉒平驱:平稳的驱驰。

㉓压桉:克制、按捺;桉,同案,通按。学诵:学习吟诗,这里特指诵《诗经》,根据《左传》等的记载,春秋时期的士大夫彼此之间以及出使其他国家都需要诵诗来演习辞令。

㉔褊浅:狭隘浅薄,这是诗人的自谦。

【经典原意】

为何时俗是那么的工巧啊?违背准绳而改措施。
抛弃骏马不愿乘啊,驾驭劣马就上路。
当世难道无骏马啊?实是没人能驾驭。
看到乘着无能力啊,骏马也会蹦着跳着远离去。
野鸭大雁都吞吃高粱水藻啊,凤凰却要扬起翅膀高翥。
圆洞眼安装方榫子啊,我本来就知道难以进去。
众鸟都有栖息的窝啊,唯独凤凰来来往往难寻安身之地。
我想口中衔枚不说话啊,想到曾受君王恩惠怎能无语。
姜太公九十岁才显荣啊,诚因没有得到合适的机遇。
哪儿才是骏马的归处啊?凤凰应当在哪儿栖居?
改变古风旧俗啊世道衰败,今天的伯乐只爱马的肥腴。
藏起的骏马性烈不好驾驭啊,凤凰高高飞翔慕德者啊。
鸟兽也知应该怀美德啊,怎能怪贤士不肯勤于朝?
骏马不贪图喂养而驾车啊,凤凰不贪喂饲乱吃食物。
君王远弃贤士而不用,他们又到哪里去尽忠。
想默默躲开不侍君啊,却不敢忘君当初之厚德。
独自悲愁把人心伤啊,悲愤郁结何时是尽头!
寒霜凉露交加多凄惨啊,心中的希望还没有停息。
雪片纷飞越来越大啊,才知道遭受的厄运将至。
心怀着侥幸慢慢等待啊,在莽莽荒原与野草一起死掉。
愿自前行去面君啊,路又堵塞不通去不成。
想沿着大道平稳驱车行啊,又不知道怎样去做才能行。
车到中途就迷了路啊,强迫自我去学诵诗。
秉性愚笨孤陋又浅薄啊,真没领悟从容不迫的精要。

【当代阐释】

第四辩:清高的变奏

国学大师陈寅恪曾把他毕生追求的信念概括为一句话:自由之思想,独立之精神。这恐怕也是中国几千年来,所有知识分子精神追求的总结吧。而我们在《九辩》的第四小节,也同样嗅到了这种精神追求的味道。当然,诗人是用一种诗意的语言来表达的,这也是《九辩》的第四次变奏,风格就是一种清高独立的精神。

“悲哉”的主题,在这个小节变奏成清高,所以风格也显得刚强卓绝了。诗人抒发了自己怀才不遇的痛苦,从而表达了一种独立于世俗之外的信念。

诗人穷此小节,都把自己比喻成骐骥和凤凰。仅仅二十余行的诗句,就出现了五次“骐骥”和五次“凤凰”的描写:“却骐骥而不乘兮”、“当世岂无骐骥兮”、“凤愈飘翔而高举”、“凤独遑遑而无所集”、“谓骐骥兮安归?谓凤凰兮安栖?”、“骐骥伏匿而不见兮,凤凰高飞而不下”、“骥不骤进而求服兮,凤亦不贪餧而妄食”。而且,骐骥和凤凰往往都是一对一对的同时出现。这两种动物在上古时代,都不是一般的动物。骐骥是天上的骏马,拉过太阳车,不是人间的劣马能够并肩的;而凤凰则是神鸟,在古代是圣贤的隐喻。天下能出现凤凰,说明将要有圣人出现。

诗人用这两种神圣的动物来反复吟咏,目的正是要突出自己的清高独立,卓尔不群。这也就是这一小节的主题变奏。

【原文】

窃美申包胥之气盛兮,恐时世之不固[①]。
何时俗之工巧兮,灭规钜而改凿[②]。
独耿介而不随兮,愿慕先圣之遗教。
处浊世而显荣兮,非余心之所乐。
与其无义而有名兮,宁处穷而守高。
食不媮而为饱兮,衣不苟而为温[③]。

窃慕诗人之遗风兮，愿托志乎素餐④。

蹇充倔而无端兮，泊莽莽而无垠⑤。

无衣裘以御冬兮，恐溘死不得见乎阳春⑥。

【注释】

①申包胥：申包胥是春秋后期楚国的大夫，是楚君蚡冒的后裔。此人品行高尚，重信义，他和伍子胥是好朋友，当年伍子胥因父遭谗被害而出逃至吴国，并于楚昭王十年（公元前 506 年）用计助吴攻破楚国。申包胥赴秦国求救，但秦哀公拿不定主意是出兵还是不出，申包胥就“哭秦庭七日，救昭王返楚”，秦哀公终被其诚意感动而出兵求楚。楚复国后，要重奖申包胥，但他却拒不受赏，躲到山里隐居起来了。

②凿：放置、措施之意。

③媮：苟且，这里是诗人表示对那些出卖灵魂换取功名利禄的人的鄙视。

④诗人：指《诗经》的作者们，这里并非宋玉的自况。《诗经》的作者主要是周代的贵族，即使有些传说是百姓的民歌，其实也大都是贵族所做。

⑤蹇：通“謇”。充倔：得意忘形貌。倔，委屈、倔强。

⑥溘：突然。

【经典原意】

心中赞美申包胥的爱国气概啊，恐怕时代已经不同。

如今世俗是多么的巧诈啊，前人的规矩已被改掉。

唯独耿介不随波逐流啊，愿缅怀前代圣人的遗教。

即使在这污浊的世界得到显贵啊，也不能让我心中快乐而欢笑。

与其没有道义获取名誉啊，我宁愿遭受穷困也不能把志向抛。

不依苟且而求得饱腹啊，穿衣不苟且求得暖身就好。

内心追慕诗人的千古遗风，我秉持“功成不受赏”的信念。

心头充满着满心委屈，在千里荒野踽踽独行。

用什么衣服来抵御寒冬？只恐怕这次死去永远见不到春日。

【当代阐释】

第五辩:悲怆的变奏

第五小节,悲怆的变奏曲。这一小节,诗人的情绪突然变得苍凉悲怆起来,他追忆古代的圣贤,表达内心的激烈,然而却又时时提醒自己不能太极端,因为自己的处境并不能令他如屈原那样彻底的笑傲四方。

这一小节是一个短章,但情绪却格外充盈。诗人是通过一位叫做申包胥的古代圣贤来表达的。申包胥何许人也?

在屈原的作品中,最常常被提到的古代圣贤之一是伍子胥。因为伍子胥是一个敢作敢为、敢爱敢恨的臣下。为了替父兄复仇,甚至不惜帮助吴国来攻打楚国,最终攻下了楚国的国都郢都。这种复仇,表面看上去很令人不可思议,其实在当时是很令古人赞叹的。而申包胥是伍子胥的好朋友。早在伍子胥因父亲冤案逃离楚国时,伍子胥曾对申包胥说"将来灭亡楚国的一定是我。"申包胥立刻回答说:"将来如果你灭亡了楚国,那么复兴楚国的就一定是我了。"楚昭王十年,吴王用伍子胥的计策破楚入郢。申包胥跟随楚昭王流浪别国,后来自己要求到秦国去请救兵。一开始,秦王不答应,申包胥于是七天七夜滴水未进,日夜在秦国的朝廷下放声大哭。秦哀公终于被感动,就派兵援救楚国,最终帮助楚军赶走了吴国的军队,并收复了郢都。

所以,伍子胥是一个激烈的复仇者,而申包胥是一个悲怆的爱国者。所以,屈原更爱伍子胥,是爱他的激越苍凉;而宋玉更爱申包胥,是爱他的悲怆感动。"悲哉"的主题,再次回到"悲"之上。

【原文】

靓杪秋之遥夜兮,心缭悷而有哀[①]。
春秋逴逴而日高兮,然惆怅而自悲[②]。
四时递来而卒岁兮,阴阳不可与俪偕[③]。
白日晼晚其将入兮,明月销铄而减毁[④]。
岁忽忽而遒尽兮,老冉冉而愈弛[⑤]。

心摇悦而日幸兮，然怊怅而无冀[6]。
中憯恻之凄怆兮，长太息而增欷。
年洋洋以日往兮，老嵺廓而无处[7]。
事亹亹而觊进兮，蹇淹留而踌躇[8]。

【注释】

①靓：安静、寂静。杪秋：秋天的末尾。缭悷：忧思萦绕而不得解脱。

②逴逴：渐行渐远。

③俪偕：一起、同时。

④晼晚：黄昏的时候。

⑤驰：松弛，这里指精力不济。

⑥怊怅：惆怅。冀：希望。

⑦嵺廓：寥廓空旷的样子。

⑧亹亹：这里指勤勉、孜孜不倦。觊：企图、想得到。

【经典原意】

这深秋的长夜无比寂静，我的心头哀伤萦绕。
年华似水我从何追忆？只能徒劳感慨独味凄凉。
春去秋往一年行将逝去，总是一个人端详日出月落。
黄昏夕照日暮途穷，唯有月华长如练。
年岁如水马上就过去，我挡不住的衰老让人心痛。
心中激荡着情绪，但每天的侥幸第二天总要失去。
更不必说心中的惨痛呢！连上天都听得见我的长长叹息吧。
时光如梭不停地旋转，人只有到了老朽才真正感到内心空虚。
当年我办事勤勉希望进用，你看我现在徒留下徒自彷徨。

【当代阐释】

第六辩：无奈的变奏

第六小节，“悲哉”的主题开始抒发诗人的无奈。这是怎样的一种无奈呵？诗人这一段仅有九句，却反复抒写了一种情绪：人生苦短。

这是秋天的夜，他心中感到郁结惆怅。由秋夜，诗人联想到了四季的变化。四季循环不停，白天与黑夜的阴阳交织，都是人力所不能决定的。而看似稳定不动的四季和日夜，其实却有岁月的隐蔽流逝。一天又一天，一年又一年，一年三百六十天，一百年才不过三万六千天。诗人就在不知不觉中，猛然意识到“岁忽忽而遒尽兮，老冉冉而愈弛”，自己的生命不过是岁月永恒的简单一瞥而已。

这种时间无限——人生有限的对比，成为了几千年来文人词客的共同主题。有那么多的诗篇来探讨如何对待这种人生的有限性，每个人都提出了不同的答案。比如张若虚的《春江花月夜》，提出的答案是“不知乘月几人归，落月摇情满江树”，用情感的永恒来战胜时间的无限；比如李白的《把酒问月》提出的答案是“惟愿当歌对酒时，明月长照金樽里”，用酒精的麻醉来战胜时间的无限；比如苏东坡的《前赤壁赋》提出的答案是“盖将自其变者而观之，而天地曾不能一瞬；自其不变者而观之，则物于我皆无尽也”，用当下的享乐来战胜时间的无限。

而宋玉，只能用无奈的叹息来回答了。他本是个软弱的人，并无屈原的激越，亦没有后世诗人的旷达。他的无奈，也真叫人感到无奈啊。

【原文】

何泛滥之浮云兮，猋壅蔽此明月[①]！
忠昭昭而愿见兮，然露曀而莫达[②]。
愿皓日之显行兮，云蒙蒙而蔽之[③]。
窃不自料而愿忠兮，或黕点而汙之[④]。
尧舜之抗行兮，瞭冥冥而薄天[⑤]。
何险巇之嫉妒兮，被以不慈之伪名[⑥]？
彼日月之照明兮，尚黯黮而有瑕[⑦]；
何况一国之事兮，亦多端而胶加[⑧]。

【注释】

①猋:三条狗纠缠在一起,表示狗群奔跑的样子;引申一步,便派生出迅速、飙升的意思。

②露曀(yīnyì):露,指乌云遮天蔽日;曀,指刮起阴风。

③显行:光耀地运行。

④黕(dǎn):污垢、斑点,这两句完全照搬屈原《九章》的《哀郢》。

⑤抗行:高尚的德行。

⑥险巇:本意是形容山路的崎岖险峻,这里专指小人的阴险毒辣。

⑦黯黮(dǎn):黑色、看不清。

⑧多端:事情多的不得了。胶加:纠缠不清,好像都粘在了一起。

【经典原意】

浮云又在遮蔽天空的明亮,连明月也不得不隐藏了身躯。

我的忠心耿耿一颗热心,却因为浓云阴风而难以逾越。

期盼红日在天地间遍照四方,却因为蒙蒙云雾而被迫遮盖。

我其实心灵单纯只知效忠,这样还有人把我污蔑的一钱不值。

你看尧帝、舜帝的高尚德行,如此光辉灿烂上与天齐。

也因为小人的嫉妒,而蒙受肮脏的诬陷难以昭雪。

还有昼夜照耀天地的日月,也遮蔽在这黑暗的时代。

何况一个国家的政事呢?更是纷繁芜杂寻不出一个头绪。

【当代阐释】

第七辩:愤怒的变奏

第七小节,诗人的愤怒。

当时间总有一天会把毕生的欲望和渴慕都归零;当人生无论多么辉煌终究也会沦为荒草间的一个坟茔;当红尘的纷纷扰扰最终也只能给万古留下一次空洞的响声。一个诗人还能有什么值得愤怒的?

对宋玉而言,还是有的,尽管所有的传说似乎都证明,他只是一个敢怒不敢言的人。那么,这一小节正是他的愤怒了。浮云遮蔽了明月,乌云隔断了浩日,小人蒙蔽了君主,这是我们在屈原的作品中常常见到的修辞。与其说这些还是修辞,不如说,这些已经成为表达愤怒的常用语了。是的,尽管世界上有很多条路可以走完一生,但事实上大多数人都是被迫做出选择的。诗人也想走阳关大道,但大道不通,被恶人占据了通衢。那么,难道我连愤怒都不能表达么?于是这就有了这一小节的诗句。

接下来,诗人再次追忆了尧舜的历史。事实上,尧舜的传说在诗人的眼里已经不再是普通的一段开国历史,而是神圣的历史。这段历史的真实性并不重要,重要的是它告诉世人,怎样的政治才是正义的、清明的。宋代的洪兴祖在其《楚辞补注》中曾说:“言尧有不慈之过,以其不传丹朱也;舜有卑父之谤,以其不立瞽瞍也”。

所以,诗人追忆尧舜并不单单是发牢骚,也不单单是表达对明主的期盼,而是对良好政治的渴慕。

既然这些都不可能成为现实,那么,就愤怒吧。

【原文】

被荷裯之晏晏兮,然潢洋而不可带[①]。
既骄美而伐武兮,负左右之耿介[②]。
憎愠惀之脩美兮,好夫人之慷慨[③]。
众踥蹀而日进兮,美超远而逾迈[④]。
农夫辍耕而容与兮,恐田野之芜秽[⑤]。
事绵绵而多私兮,窃悼后之危败[⑥]。
世雷同而炫曜兮,何毁誉之昧昧[⑦]!
今修饰而窥镜兮,后尚可以窜藏[⑧]。
愿寄言夫流星兮,羌倏忽而难当[⑨]。
卒壅蔽此浮云兮,下暗淡而无光。
尧舜皆有所举任兮,故高枕而自适[⑩]。
谅无怨于天下兮,心焉取此怵惕[⑪]?
乘骐骥之浏浏兮,驭安用夫强策[⑫]。

谅城郭之不足恃兮，虽重介之何益[13]。
遭翼翼而无终兮，忳惛惛而愁约[14]。
生天地之若过兮，功不成而无效[15]。
愿沉滞而不见兮，尚欲布名乎天下[16]。
然潢洋而不遇兮，直怐愗而自苦[17]。
莽洋洋而无极兮，忽翱翔之焉薄[18]。
国有骥而不知乘兮，焉皇皇而更索[19]。
宁戚讴于车下兮，桓公闻而知之[20]。
无伯乐之善相兮，今谁使乎誉之[21]。
罔流涕以聊虑兮，惟著意而得之[22]。
纷忳忳之愿忠兮，妒被离而鄣之[23]。

【注释】

①裯：贴身短衣，这里指用荷裁制的内衣，极言其洁净。晏晏：形容服饰的美好。潢洋：指穿的衣服很宽大，不贴着身体。

②伐：夸耀。武：勇武。负：辜负。

③愠惀：忠诚。

④踥蹀（qièdié）：小碎步前进的样子。迈：远行。这二句也都是照搬《九章·哀郢》中的句子。

⑤容与：从容自在的样子。

⑥绵绵：连续不断的样子。多私：损公肥私。悼：伤痛，悲悼。

⑦雷同：指雷声响起后，千沟万壑都有回音而发声，形容臣子不能指出君王的过失，只是阿谀奉承，顺着君主的话往下说。炫曜：骄傲。昧昧：昏暗的样子。

⑧修饰：修饰容貌。窥镜：照镜子。窜藏：隐藏。这句话表示诗人的明哲保身，不想在政治漩涡中陷得过深。

⑨儵忽：形容速度很快的样子。

⑩举任：举贤任能。

⑪谅：相信。怵惕：惊慌恐惧的样子。

⑫浏浏：形容水流的清澈无比，这里特指马奔驰的很快。

⑬重介：重装的铠甲；介，铠甲。

⑭邅:回旋而不前进。翼翼:小心谨慎,恭恭敬敬的样子。忳:郁闷、忧伤。惛惛:心中的昏昏沉沉。约:约束,束缚;愁约就是贫困穷苦。

⑮过:指生命的无常

⑯沉滞:隐匿、埋没。布:传播、流布。

⑰潢洋:浩荡无际的样子。怐愗(kòumào):愚昧。

⑱洋洋:形容水的宽阔无边。

⑲皇皇:匆忙的样子,同惶惶。更索:到别处另行寻找。

⑳宁戚:春秋时卫国人,初为小商人。后获悉齐桓公重人才,有抱负,便决心投靠齐国,以便有一番作为。他不畏艰难,来到临淄,自我推荐,击牛角高歌,令齐桓公和管仲都注意到这是一个气度不凡、抱负不凡的人物。于是不论资历,不计小节,力排众议,擢用了宁戚。

㉑誉:称赞。

㉒罔:惘,惆怅、惘然。聊虑:姑且进行思索。著意:明志。

㉓忳忳:诚挚诚心的样子。被离:形容乱七八糟,杂乱无章。

【经典原意】

身着荷叶缝制的衣服,虽然柔软可爱但不能束腰太紧。
你看那骄傲自满夸耀武功的人啊,辜负了身旁耿直忠臣的心意。
憎恨赤诚之士的美德,却喜欢小人虚伪的慷慨。
群小踱着小碎步得意洋洋,所以贤人才会远远地躲开吧。
农夫停止了耕作,只知道逍遥就会导致田野的荒芜。
世上的事情虽然琐细却危机四伏,我只好暗自悲痛失败的危险。
世人都是这样的自我炫耀,对别人却是惊奇的诋毁。
如今认真打扮照照镜子,以后谁还能藏身将祸患躲开?
愿托流星作使者来传话,它飞掠迅速恍若惊鸿。
终于被这片浮云挡住啊,黑暗重重不见光彩。
尧帝、舜帝都任用贤人,才能高枕无忧无比从容。
帝王不受天下人的诬陷,心中怎会有我这种惊恐?
乘着骏马飞快地奔驰,驾驭之道不须鞭子抽马。
高大的城墙也不足得依靠,更何况厚厚的铠甲?

小心的回旋不前战战兢兢，心底一片忧郁沉思。

人生天地间忽如远行客，遗留的功业只是一场空。

我愿长期埋没于人群里，再也不在这世上显身扬名了。

所以索性放浪形骸流连人间，这种放纵是不是一种自找苦受？

渺茫一片没有尽头，郁闷徘徊我该何去何从？

人间的骏马你不知道驾驭，求贤若渴只是一种表象罢了。

宁戚在马车下唱歌，桓公在马车上赏识。

我没有伯乐相马的好本领，如今让谁来做评判呢？

怅惘流泪我不住地思索，只有努力求访才能得到贤人吧。

我的一切行为其实都是表现忠心，只是小人的嫉妒才阻挠了光明。

【当代阐释】

第八辩：渴慕的变奏

第八小节，其实已经是全篇主要内容的结束，因为下面的最后一节只是一段尾声了。

“悲哉”的主题几次变奏，终于走到了渴慕的抒情。可以说，这一段是诗人发完牢骚之后的心里话。他穿上了屈原常常穿的那种用荷叶剪裁成的衣裳，表明自己洁净的心志。然后，他开始娓娓道出自己的繁复心事：为什么农夫都那么在乎自己的田地呢？因为他担心田野会荒芜；为什么尧舜是一个圣明的君主？因为他用人得当。为什么我那么渴慕被理解被重用呢？因为天地时间的变幻如白驹过隙，出名应该要趁早。

到这里，诗人的满腹心事已经和盘托出了。他虽然也表明自己不愿意和小人同流合污，也表示对时间的变化带来的虚无感很有体会，但是，他还是不想像屈原那样远走高飞，宁死不屈。而是愿意隐藏起自己的锋芒，感情不那么激烈，多多少少为君主做点事情。否则，一生什么都没有做，即使有一个道德名声，又有什么用呢？宋玉本来就与屈原不太一样，其实也没有必要一模一样。毕竟二人的性格、心理以及所处的环境都是不同的。

所以,“罔流涕以聊虑兮,惟著意而得之”一句,是诗人的诉求,他要擦干眼泪去唱歌呢。这样的渴慕,是不是很令人感动?即使是带有积极性,也仍然让人觉得有些悲,仍未超越“悲哉”的描写。

【原文】

愿赐不肖之躯而别离兮,放游志乎云中①。
乘精气之抟抟兮,骛诸神之湛湛②。
骖白霓之习习兮,历群灵之丰丰③。
左朱雀之茇茇兮,右苍龙之躣躣④。
属雷师之阗阗兮,通飞廉之衙衙⑤。
前轻輬之锵锵兮,后辎乘之从从⑥。
载云旗之委蛇兮,扈屯骑之容容⑦。
计专专之不可化兮,愿遂推而为臧⑧。
赖皇天之厚德兮,还及君之无恙⑨!

【注释】

①不肖:不才,这是自谦的话。放游:远游。

②抟抟:即团团,形容天地之间的精气聚成了团。骛:奔驰。湛湛:聚集貌。

③习习:频频飘动貌。丰丰:指天神众多,聚集在天宫之下。

④茇茇(pèipèi):形容翩翩的飞翔。躣躣:曲折而行的样子。

⑤阗阗:雷师敲鼓的声音,亦即大地上的人听到的雷声。衙衙:向前行进的样子。

⑥輬(liáng):古代的卧车。辎:载重的重型马车。从从:车铃声之谓也。

⑦委蛇:逶迤。扈:侍卫,护卫。屯骑:指车骑聚集的样子。容容:众多马前行的样子。

⑧专专:专一。遂:终于。臧:善、美。

⑨还及:还来得及,能赶得上。

【经典原意】

我渴望在我的身躯离开之前，任凭远游的意志在云中飘荡。

驾驭着天地的团团精气，和天宫的神灵追逐嬉戏。

白虹作骖马驾车飞行啊，经历群神的一个个神宫。

朱雀在左面翩翩飞舞，苍龙在右面蠢蠢欲动。

雷师在上面咚咚敲鼓，风伯在下面跃跃开路。

轻车在前面锵锵前行，大车在后面攘攘跟从。

云旗的飘扬舒卷猎猎，扈从的聚集车骑蜂拥。

既然定下了计议就不能随意更改，我愿献计献策屡建奇功。

祈祷皇天后土天的仁厚大德，保佑我的王者吉祥如意。

【当代阐释】

尾声：理想的神话

与一般的楚辞体相似，在诗歌的末尾总要有一篇“乱辞”做结。当然，我们是把《九辩》当做一阙音乐来解读的，所以，这最后的“乱辞”就犹如曲子的尾声了。既然是尾声，就要既能回顾序曲中呈示的主题，又能格外提出一些观念和感情，让诗人的情感能够有所超越。

首先，诗人的情感的确超越了前面的种种变奏，他不再渴慕，亦不再愤怒；他消解了寂寞，融化了悲怆；他忘却了思念，丢弃了无奈，而今他要给自己一个想象中的满足。人间得不到的，天上能够补偿。于是他想象自己成了天空的神灵，如同屈原在《离骚》中的想象一样，诗人也让自己腾云驾雾，驾驭神物。这是极大的满足，也是楚辞体的本色体现。

不过，诗人的情感仍然是“悲哉”的，于是，尾声中仍然透露出一种悲凉的弦外之音。因为这种想象是虚幻的，而现实中仍然是草木摇落而变衰的凄凉秋天。诗人也很快回到了现实，“计专专之不可化兮，愿遂推而为臧。赖皇天之厚德兮，还及君之无恙”作为全篇的结束句，清晰的反映了诗人的内心：我希望我还能做些事情，希望依赖上天的德行，保佑我的君王能够安然渡过小人的蒙蔽，从此一切都会好的。

这种情绪，透着一股子悲凉劲。诗人把想象和现实做了糅合，恰恰体现出他现实的无奈。

【国学故事】

楚王身边美少年：宋玉的传说

凡是提到楚辞，当然要提起屈原，而数完屈原则必然要提到宋玉。的确，这两位诗人不仅传说是师徒关系，而且在性格上颇有相似的地方。他们都在诗歌中抒发自己的失魂落魄的悲伤；都表现出在浑浊的现实中的种种不适；都喜欢用香花芳草来装饰自己洁净的身体。但是，他们最大的不同，则是屈原终究无法忍受世间的污秽而被放逐，最终在汨罗江自杀，留给中国历史的是一个高洁、悲切、令人涕下的背影；而宋玉则是左右摇摆，最终做了楚王的文学侍臣，并没有继承屈原的道路，留给后世之人的是一个软弱无能、战战兢兢的形象。

平心而论，今人对宋玉的评价实在是太苛刻了。他的真实身份留下的太少，我们只能凭借传说来了解他。

宋玉，又名子渊，相传他是屈原的学生。战国时鄢人。喜好辞赋，是屈原之后著名的辞赋家，与唐勒、景差齐名。相传所作辞赋甚多，《汉书·艺文志》中收录了十六篇宋玉的作品，包括《九辩》和《招魂》，还有《文选》收录的《风赋》、《高唐赋》、《神女赋》和《登徒子好色赋》这四篇。此外还有一些其他的作品。

据说，宋玉是一个美少年，所谓"浊世翩翩佳公子"也。根据《新序·杂事》的记载，他可能被屈原所举荐，进入楚国的宫廷。因为他英俊倜傥，举止风流，又颇通辞令，于是很被楚襄王所喜欢。宋玉少年得宠，就招来了一些人的风言风语。有些人还在楚王面前讲他的坏话。终于，有一次，楚襄王问他："先生最近是不是行为有些不对的地方？为什么我总听到有人说你的不好呢？"宋玉听了，仿佛若无其事，他回答说："有这样的事情不稀奇啊，请问大王听过一个'下里巴人'和'阳春白雪'的故事吗？"楚王说："没有，你讲吧。"

宋玉于是说："最近，有位客人来到咱们郢都唱歌。他开始唱《下

里》和《巴人》，大王您听过吗？这都是最近流行的歌曲哟，于是城里跟着他唱的有好几千人。接着，他唱起了有点专业的《阳阿》和《薤露》，于是城里跟他唱的就少了，也就还有几百人吧。后来，他唱了其他唱法的《阳春》和《白雪》，城里跟他唱的只有几十个人了。最后，他唱出歌剧的花腔、颤音，整个城里跟他一起唱的只有几个人了。”

讲完了故事，楚王就明白了宋玉的意思，他说：“唱的曲子格调越是高雅，能跟着唱的也就越少。你宋玉是说你曲高和寡，所以才会有人嫉妒你，也就对我说坏话对吗？”

宋玉说：“大王真聪明。”

又过了不久，还是不断地有谗言进到楚王这里来。尤其是一个叫做登徒子的大夫，又跑到楚襄王面前说宋玉的坏话，格外强调宋玉特别好色。还说敢跟宋玉当面对质。楚襄王于是又找来了宋玉，让二人当面说清楚。宋玉一来，楚襄王就问：“听说你好色天下第一，是吗？”登徒子也在一边帮腔说：“宋玉！你一见到美女腿都软了，金屋藏娇，还敢不承认自己好色？”

宋玉一听，知道又有人说他坏话了。于是他笑眯眯地说：“我好色吗？请大王评评理吧。天下的美女，最多的是咱们楚国。楚国的美女，又以我家乡为多。而我家乡的美女呢，最好看的就是我的邻家美眉了。这位美眉，身材增之一分则太长，减之一分则太短；容貌呢，著粉则太白，施朱则太赤。眉毛如翠羽，肌肤如白雪，腰如束素，齿如含贝。嫣然一笑，惑阳城，迷下蔡。就是这样一位倾国倾城的美女，却趴在墙头上看我宋玉看了三年，我都不搭理他。大王，您再看登徒子大夫，他妻子蓬头垢面、耳朵挛缩、嘴唇外翻、牙齿不齐、走路一瘸一拐、又疥且痔，丑到了极点，登徒子却很喜欢她，还和她生了五个孩子。大王请看，我连美女都没兴趣，他连丑女都不放过，我和登徒子谁更好色？”

楚襄王一听，觉得很有道理，于是对登徒子说：“原来，弄了半天，您才是色狼啊。”登徒子被说的语塞，狼狈地走了，还在中国历史上留下了一个好色之徒的恶名。

【文化常识】

《楚辞》的四个重要版本及其流变

《楚辞》自从成书后,就日益得到了古今读者的喜爱。于是,坊间也有过数不清的版本出现。这里,我们主要回顾一下主要的《楚辞》版本,并简单谈一下这些版本后面体现的时代思想。

在中国,最早对《楚辞》进行注释的是西汉的淮南王刘安。也就是著名的《淮南子》的作者,但他只注释了《离骚》一篇,称作《离骚传》。后来,西汉的刘向和扬雄都作了《天问》注,东汉的班固和贾逵也作了《离骚》注。西汉的刘向,在为汉代的国家图书馆整理书的时候,把屈原、宋玉、景差的作品以及汉代贾谊、淮南小山、东方朔、严忌、王褒的作品,加上刘向自己所作的《九叹》都合编在了一起,定名为《楚辞》。这是第一部以《楚辞》为名的著作。不过,这些作品早就失传了。

东汉出了一个人叫王逸,(约公元89—158年),字叔师,南郡宜城(今湖北宜城)人。东汉安帝时在朝中担任校书郎,汉顺帝时为侍中,据说后来还担任过豫州刺史,官至豫章太守。参加编修《东观汉纪》,尤擅长文学,所著赋、诔、书、论及杂文21篇,又做《汉诗》123篇,后人将其整理成集,名为《王逸集》,多已亡佚,唯有《楚辞章句》一种完整地流传下来了。首先,他用刘向的本子做底本,又加上自己的《九思》,命名为《楚辞章句》,这就是流传到今天的最古老的《楚辞》版本了。那么,为什么叫做"章句"?这是因为在东汉,对经典的注释都是"章句"体,也就是把经典的注释文字叫做"章句"。而在王逸看来,只有屈原的作品就像经典一样,那么,其他的作品只是对屈原的怀念和追忆,或是代言体。所以才取了这样一个名字。据《楚辞章句叙》和《九思叙》所记,王逸之所以作此书,主要是读《楚辞》而伤愍屈原;又因屈原死后,忠臣贤士读屈作而高其节行,妙其丽雅;还因王逸与屈原"同土共国,悼伤之情与凡有异";更是因为不满于班固对屈原与《离骚》的评价。

关于王逸在汉顺帝时写作的《九思》,有的认为是他自己编入《楚辞章句》的,有的认为是他的儿子王延寿编入的。不过,王逸曾说:"逸

与屈原,同土同国,悼伤之情,与凡有异。窃慕向褒之风,作颂一篇,号曰《九思》,以裨其辞。”所以,至少我们能在今天的《楚辞章句》中读到《九思》是很幸运的事情。

时间到了北宋,又出了一个洪兴祖,他对王逸的版本也不太满意了。这位洪兴祖官至秘书省正字、太常博士、提点江东刑狱等职,后出知真州、饶州,因触犯秦桧而贬官。他发现王逸的版本有很多错误,于是作了《楚辞补注》来纠正其错误。这套书,也流传到了今天,成为了最为通行的版本,以至于我们在今天的市面上几乎找不到《楚辞章句》,只能找到《楚辞补注》,因为《补注》已经收录了《章句》的全文。

而到了南宋,思想又有了新的变化,理学的兴起让中国人越来越注意开凿自己的内心。于是,大儒朱熹也作了一本《楚辞集注》,他是南宋最为著名的思想家,也是号称孔子之后的第二人。晚年辞官后,他写了《楚辞集注》。和前面的两本最大的不同,在于他认为《七谏》以下各篇“辞意平缓,意不深切,如无所疾痛而强为呻吟”,因此删去《七谏》、《九怀》、《九叹》、《九思》四篇,补充了贾谊的《吊屈原赋》和《服鸟赋》二篇。把屈原名下的作品都叫做“离骚”,非屈原的作品都叫做“续离骚”,极大地提高了屈原的地位。这反映出时代思想的变化对文学文本的影响。

等到了明末清初,天下大乱,满族人入关统治,著名思想家王夫之感慨天下兴亡,国破家亡,写了《楚辞通释》。这本书,最大的特色就是作者对屈原那种国破家亡的感同身受,因此这个版本后来也非常流行。因为他切合了时代的变化。

总之,我们发现,历史上这几套楚辞的版本,其受人重视而流传至今,都不是偶然的。都是与时代思想有关的。